骆平————著

半糖时刻

浙江文艺出版社
Zhejiang Literature & Art Publishing House

图书在版编目(CIP)数据

半糖时刻 / 骆平著 —杭州:浙江文艺出版社,
2023.4
ISBN 978-7-5339-7078-9

Ⅰ.①半… Ⅱ.①骆… Ⅲ.①长篇小说－中国－当
代 Ⅳ.①I247.5

中国版本图书馆CIP数据核字(2022)第239011号

图书策划　柳明晔
责任编辑　张　可
营销编辑　宋佳音
数字编辑　姜梦冉　诸婧琦
装帧设计　朱　琳
版式设计　吕翡翠
责任印制　张丽敏

半糖时刻

骆平 著

出版发行	浙江文艺出版社
地　　址	杭州市体育场路347号
邮　　编	310006
电　　话	0571-85176953(总编办)
	0571-85152727(市场部)
制　　版	浙江新华图文制作有限公司
印　　刷	浙江省邮电印刷股份有限公司
开　　本	880毫米×1230毫米　1/32
字　　数	185千字
印　　张	7.75
插　　页	5
版　　次	2023年4月第1版
印　　次	2023年4月第1次印刷
书　　号	ISBN 978-7-5339-7078-9
定　　价	59.80元

第一章

大屏幕上,她的祝福看起来是那样走心,先前嘈杂的现场宾客一下子静下来,像是跟随着镜头里的她一起沐浴在暖融融的光芒中。朱砂禁不住莞尔。

I

一连几天，朱砂都在学院办公室遇见斯羽。一开始，她并不认识他。就见这个相貌异常清秀、瘦瘦高高的男孩子，背一只耐克的轻便款双肩包，不断来找学院的研究生秘书，每次都带来一堆不同的刊物或是光盘。

他是在纠缠奖学金的评定。文件里白纸黑字地规定了加分项，他的论文和视频全对不上，偏偏要较真，言语里透着那些文件规定不严密、不专业、不全面的意思。一个学生非要对抗学校，这孩子是不是傻啊？朱砂不禁留意起来。

研究生秘书解释了一遍又一遍，这孩子不走，也不动怒，就那样气定神闲地阐述他那些作品的价值，不比别人的差劲，尤其不比文件里罗列的期刊和播出平台上的作品逊色。学院的研究生秘书姓徐，是一个卷发中年男人，不猥琐，也不油腻，平生嗜好唯有摄影，是能够赶一千公里的路、凌晨守在山顶等日出的主儿，那才是他的人生，除此以外，都是庸俗的人间，不足挂齿。朱砂亦是背包客，但与徐秘书不同，她的目的不是赶路看风景,而是寻一处世外桃源,安静下来,彻底地交托纷扰的身心,犹如释迦牟尼的那棵菩提树——当然至今没有找到。因此,她虽不是这学院里的人,跟徐秘书倒是聊得来,互加了微信,偶尔聊一聊冷门有趣的旅行地。

徐秘书对人对事一向高冷,朱砂从未见他对这种拧巴的学生充满耐性,不厌其烦地解答释疑,不由得又多生出一层好奇。

下一次斯羽出现,是在奖学金获得者名单公示以后,一切都成定局,不可挽回了。这一回,斯羽是认认真真地交来一份报告,上面是对研究生学籍管理等各项文件的建议,主要针对学术成果的认定。从来没人向学生征求过这方面的意见,也从来没打算修改文件,看样子他是很把自己当根葱了。徐秘书居然一本正经地接过来,答应转交给分管学生的副书记,争取向学校的研究生学院逐层反映上去。那孩子满意地走了,朱砂再怎么谨言慎行,也忍不住追问这是何方神圣。徐秘书比她还要惊愕,人家瞪大双眼说:这可是你们家罗院长的学生!

原来如此。

为了验明正身,徐秘书把学籍登记表翻出来,拿给朱砂,上面的名字是斯羽,照片上正是那个清瘦、执拗的男孩子,导师那一栏,填着罗勒。斯羽从徐秘书那里赚足的面子,不过是因为朱砂在场,那是她先生罗勒的学生,徐秘书不看僧面看佛面,那样和斯羽周旋,只是不想让朱砂打脸罢了,毕竟她是这孩子的师母。

朱砂是来学院接罗勒下班的。罗勒的工作时间没有定准,说好五点半或是六点下班,往往要拖延到七八点以后。这两年,罗勒为了学院的学科建设铆足了劲,冲击A类学科,入围双一流建设学科,整合资源、凝练特色、引进人才、攻关重大课题,每样都是浩大的工程。一旦在学校工作,这辈子就没有痛快毕业的时候，始终是看成绩说话的，无论是个人发展，还是学科建设，指标量化，力争高分，永无休止。

以往朱砂就待在学院的资料室里，翻翻书什么的，一两个钟头很容易就打发过去了。最近资料室在装修，罗勒有意将它做成影像资料空间，朱砂只好逗留在学院办公室。

朱砂与别的师母不太一样，她从来就没有参与过罗勒麾下的师门聚会，甚至连罗门子弟她都认不全。教师节或是老师的生辰，往往满门大聚会，人家师门里会有那种全家福似的合照，拍照地点通常是在餐馆里，导师和师母在正中间端坐如仪，四周簇拥着一众弟子，倾身向前，集体比心。那种溢出镜头的整肃与恭谨，能让随便什么场景，都拍出太师椅、长马褂的意境来。

朱砂没有扮演过德高望重的师父身边那位钟灵毓秀的师母，不但她没有，就连罗勒也没有配合过子弟们的请求，拍一张一个都不能少的合家欢。罗门的集体照年年有，毕业季拍纪念照是惯例，但是单单没有罗勒的影像。罗勒给师门定下的规矩是，在校期间，有他出席的聚餐一律在学生食堂进行，吃饭上课一锅烩。饭吃完了，纵横捭阖的交流还没有结束，总要等到食堂服务员开始打扫卫生，师徒才快快起身。

在罗勒看来，不以学习为目的的师生饭局都是耍流氓，他跟学生吃饭，是要立竿见影地传道授业解惑，是课堂的有益补充，没有那些耍花腔的聊天喝酒说八卦。跟他交好的几个博士生已经在高校任教，步入青年才俊的行列，是能够与他在学术上相互应和的。罗勒不屑于被一帮在校学生众星捧月，在他看来，那纯属瞎扯淡。

当然，在食堂交流的机会也不多，平均每个学期一两次，这样的频率导致即使是罗勒本尊，也很难跟每个弟子熟稔起来。罗勒倒不是沾染了一箪食一瓢饮的迂腐气，他是做电影研究的，很洋气的学科，他这个人的做派和观点也是很前沿的，一张口就是一篇可圈可点的锦绣文章。他实在是太忙了。不是"996"的"科研民工"的忙法，而是一边在电脑前写发言提纲，一边在电话里布置工作，手边还摆着一堆资料要查阅的一心几用的忙。他是学界的大牛，又不仅仅是学者，在一大把学术头衔之外，还有电影家协会、评论家协会的各种职务。最要紧的是，他是师大电影学院的院长，掌管着一百多名教师的发展规划和一千多名学生的职业前景。学艺术的就没有省油的灯，彼此相轻，谁都不服谁，罗勒在这个位置上坐得稳稳当当的，在圈里让人肃然起敬。罗勒长袖善舞地周旋在学院管理、学术讲座、横向课题纵向课题等等听起来就让人目眩神迷的事务中，忙得像一只勤劳的工蜂——这个比喻是不准确的，罗勒不是一只价值单一的工蜂，事业之余，他热衷于马拉松。他有一个群，里面全是中老年马拉松粉丝，他们会组织起来，尝试花样跑步，跑过山峰，跑过河道，跑过铁轨。罗勒把这当成正经事，也是他唯一愿意虚度时光的事。对罗勒而言，硕导、博导是人生中不起眼的角色，更加微不足道的，大约是丈夫这个身份。

　　朱砂时常忘记自己是有夫之妇，身后没有男人的束缚，她像个自由自在的中年少女。罗勒不是在学校里，就是在飞机上，要么就是在奔跑中。他经常在全国各个高校之间飞来飞去，担任着他所在领域各类权威机构的评委。即使不出差，他也多半是在加班，跟团队成员吃饭，参加本地的学术沙龙，与那帮热衷于跑步的老男人合谋着或是演习着充满刺激的新挑战，这些选项都排在回家陪老婆之前。不回家是常态，反倒是要回来吃晚饭，罗勒会提前打电话或是发短信告知她。那就是朱砂的大日子了，她要抓紧时机炫技，身为人妻，喂饱自家男人是基本功。朱砂的厨艺算不得上乘，胜在形式美，她是厨房里的艺术家。

那天晚上，她做的就是中西合璧的菜式，银光闪闪的餐具，点上蜡烛就是现成的烛光晚餐。洁白的大餐盘里是七分熟的牛排、水煮西蓝花、切开的小西红柿，以及一大勺油焖豆腐。没有主食。她和罗勒在饮食上都是懂得节制的人。等待破壁机做五谷豆浆的时候，她到浴室里重新洗了脸，化了个精致的妆，出门去师大。

说是接罗勒，其实是朱砂搭地铁到师大，在电影学院的办公室里消磨一阵子，再坐罗勒的车一同返回。在擅长时间管理的罗勒看来，这纯属多此一举，朱砂却坚持了下来。这是一种仪式，像做爱的前戏，也像是信徒的餐前祷告，抑或是偷情——仿佛唯有一段注定不长久的关系，方能豪情万丈地相爱至死。无论如何，朱砂喜欢这种仪式感，罗勒便迁就着她。

回去的路上，他们全程无交流。罗勒掌着方向盘，用蓝牙耳机接听电话。一个电话接完，又来一个，中间还有两三个没插进来的。朱砂不介意，她已经习惯了罗勒的忙，习惯了见缝插针地跟他单独待一会儿。从忙人手里抢出一点时间来，也不用具体做什么，哪怕是狠狠地扔到地上去，再踩上一脚，也是很有成就感的一件事。

当他们面对面切牛排的时候，罗勒突然提议喝一杯。高脚杯里的白葡萄酒随着碰杯的动作轻轻荡漾起来，这情调够装的。罗勒凑趣地说起一部桌面电影，是他早年一个学生的新作，技术值得喝彩，但故事毫无创意，照搬了一部伊朗电影的情节不说，还近乎完美地做到了去其精华，取其糟粕，一问世就难逃烂片的厄运，在豆瓣的评分创下历史新低。

豆瓣有句点评特别毒舌，说的是，女一号是中学老师，戴黑框眼镜，衬衫里透出来的是老太太的布胸罩，皱巴巴分不清罩杯尺码，这大概就是导演理解的教师人设。"说明这厮不懂教师，更不懂女教师。"罗勒说。

他们喝着酒，聊着电影，给人一种充满情欲的错觉。然而朱砂心里有数，吃完喝完，该干吗干吗，完了各回各屋，洗洗睡。夜晚的家犹如清修之地，他们有自己单独的卧室，互不打扰。罗勒那貌似强悍的、经过马拉松调理出来的体质底下，藏着一个软塌塌的同盟。他的精气神都献给了做爱以外的伟大事业，他越是元气满满地活跃在白昼，到了夜晚就越是抵触情与色，这与他们刚认识时的状态完全相反。

罗勒小酌几杯，蔬菜消灭得精光，牛排倒还剩下不少。朱砂收拾残局的时候，他想起来说了一句，我有个研一的学生，叫斯羽，最近会联络你。

"斯羽？"朱砂反问了一句。她想起那个执着于奖金学的男生，体态纤长，比一般的男孩子要单薄一些。他有一张好看的脸。

"言姐的婚礼定在下月初五，有一个暖场 MV，斯羽帮忙在做，我把你电话给他了，他会跟你约拍摄的事。"罗勒不经意似的补充。他这个人，一向是举重若轻的，开场白永远不咸不淡，重要的桥段都藏在盲盒里，你不知道下一秒会拆出什么来，一条毒蛇，或是一颗钻石，或是空空如也。

"好。"朱砂也是随意地答应着。她站在操作台前，把碗盘叠放整齐，搁进洗碗机里。以往他俩是有分工的，朱砂做饭洗衣，罗勒洗碗擦地，随着洗碗机、扫地机器人的购置，罗勒便很少染指家务。两个人的生活倒也简单清爽，不至于把朱砂变成一个喋喋不休的怨妇。当然，朱砂心里跟明镜似的，她看得很透彻，这份无牵无挂的从容，不外乎是由于他们没有孩子——罗勒有孩子，朱砂也有孩子，但他们婚后没有共同的孩子。

罗勒最后那句话的信息量太大，朱砂收拾着厨房，用了好一会儿才在心里消化。言姐是罗勒跟前妻的女儿,大名叫罗言语,不知道是怎么一回事,一大家子老老少少的,都叫她言姐,连奶奶都是一口一个言姐。罗勒离婚时,言姐已经上中学。这孩子自小就住在奶奶家,谈不上判给谁,抚养权在谁的手里,总之她都住在奶奶那儿。

这孩子不是那种讨厌的拖油瓶,在少有的家庭聚会上,多半是默默地看书、看平板电脑,不会牙尖嘴利地掺和到父亲和继母的关系里去。即使是大学毕业以后,从本科的会计专业转而考上了罗勒学院的研究生,攻读电影学硕士,她也极少出现在朱砂跟前。五年前,朱砂和罗勒换了套大房子,装修时有一个房间是特意为言姐准备的,她入住的次数一只手都数得过来。说不上言姐是识趣还是冷淡,朱砂是压根儿没有机会去了解这个继女,更加无从得知自己的禀性是《白雪公主》里恶毒的继母,还是电视剧里的中国好后妈。

言姐谈恋爱,没人告诉朱砂;言姐要结婚,她更是全世界最后一个知道。这些事,没有知情权是好的,耳根清净。不过,罗勒那句话还包含另一个要素,那就是斯羽的拍摄技术一定相当出挑。罗勒的眼光很挑剔,女儿的终身大事马虎不得,找一个研一的学生出力,而不去拜托学院里那些有经验、有实力的技术类老师,证明斯羽是个人物。

朱砂的判断没错,斯羽的镜头语言很干净,这种约定俗成的MV,也能被他整出好莱坞大片的既视感。统共就是普普通通的几句祝福语,画面被他拍得极美。

拍摄以前,朱砂对自己的形象设计花了大力气。身为继母,这无疑是一次全方位的检阅。她对自己的整体要求是,温暖、知性、善意,不能太落伍,也不宜太时尚,要像日剧里那些宜家宜室、人畜无害的欧巴桑。

她没法跟斯羽聊这些，人家一个没结婚的男孩子，哪里懂得这些奶奶经。但斯羽仿佛完全揣摩到了她的心思，恰到好处地布光，让她的面部表情看起来像《西游记》里下凡拯救唐僧师徒的观世音菩萨。

朱砂没看过样片，她第一次看到镜头里的自己，已经是在言姐的婚礼现场。大屏幕上，她的祝福看起来是那样走心，先前嘈杂的现场宾客一下子静下来，像是跟随着镜头里的她一起沐浴在暖融融的光芒中。朱砂禁不住莞尔。

"师母，是不是感觉特别有圣母范儿？"坐在她身旁的斯羽观察着她的表情。参加婚礼时，朱砂特地穿着拍MV时那身贤淑的套裙，色泽与款式都毫无侵犯性。来了才知道，其实并没有人需要她扮演贤妻良母，就算她穿露背装出场都没关系，在言姐的婚礼上，她根本就是一个打酱油的。

"还好吧。"朱砂收敛起自己的笑意，她不想让一个学生看出端倪。她觉得斯羽已经知道得太多。在MV的字幕里，她的身份是阿姨。言姐有母亲，又有阿姨，有父亲，还有叔叔，好像是被分割成了两家人的孩子，这简直想瞒都瞒不住。

婚礼是在香格里拉大酒店举行的，除了贵，没别的毛病。言姐婆家是商人之家，言姐的母亲也是生意人，强强联手，这排场想不大都难。朱砂没有上台露面的机会，与亲家夫妻并列走过红地毯的，是罗勒和他的前妻，两个母亲较着劲地狠命打扮，一律是掐腰红旗袍，衩开到大腿，尖尖的红色高跟鞋。

主宾席上也没有朱砂的位置，言姐的奶奶事先已经交代过，朱砂不要近前来。这种场合，罗勒的母亲恨不得朱砂不要出现。可是不出现也不对，似乎跟谁赌气似的。朱砂只好远远地坐在后排。她那桌是留给现场工作人员的席位,包括斯羽。斯羽负责婚礼的全程拍摄,然而其他人都扛着设备,尽职尽责地满场跟拍,他居然闲适地坐在朱砂身边观礼。快开场时,又有一个五十来岁的男子期艾艾地坐过来,坐下后就一直低头刷手机。后来朱砂才发觉,他是罗勒前妻的现任丈夫,言姐的继父。他和朱砂仿佛都是见不得光的。

言姐的出场很惊艳,装扮得像个花仙子,在巨大透明的气球里翩然起舞,随着气球,一路舞到新郎面前。言姐的相貌酷似罗勒,那种剑眉星目在男人脸上,是英气勃勃,搁到女孩子这里,就不够秀气了,有点飒爽的味道,没有成都女孩惯常的娇俏玲珑。兼之气球不大听招呼,言姐的舞步逐渐凌乱起来,失去了技法,她身手矫捷,那舞姿搞得就像武打动作。到了新郎那里,也不按照剧情安排,由新郎推开暗门,迎出新娘,言姐是脚下一滑,迫不及待地推门而出,差不多就是滚进了新郎怀里。

现场有了笑声。斯羽更是笑得前仰后合,拍着手说,言姐有创意,搞得跟哪吒闹海似的!朱砂瞥他一眼,问他怎么不赶紧去拍摄。斯羽气定神闲地指指舞台四周的几个年轻人,说,他们去拍就行。

斯羽有个工作室,那几个人是他的合伙人。斯羽是他们那个团队里的灵魂人物,过筋过脉的核心工作由他完成,类似婚礼现场拍摄这种技术要求不高的工作,斯羽不用出面,他的价值发挥在后期制作中。婚礼之后,朱砂在斯羽的微信朋友圈里欣赏了一段视频,对斯羽的剪辑也是服气了,尤其是言姐那破绽百出的开场舞,经过他那么一剪辑,很有惊鸿一瞥的效果。

在制作MV的时候,斯羽加了朱砂的微信。朱砂是从不发朋友圈的,斯羽恰恰相反,平均一天好几条,什么都有,连言姐的婚礼视频都发了好几段。在朋友圈里，斯羽是制造热闹的那路人，朱砂则是默然观看的那一拨。

算起来，言姐还是斯羽的同院师姐。敬酒的时候，言姐却叫斯羽为羽哥，言姐、羽哥，不知道是些什么梗。斯羽不喝酒，端起一杯橙汁，新郎和伴郎就起哄，说斯羽不厚道，要他换酒杯。僵持了几秒，斯羽果真接过酒杯，嘴里说着："言姐的终身大事，我豁出去了！"一仰脖子，就要喝下去。

"羽哥，我来！"言姐伸手拦截住，杯子到了言姐手中。言姐并不喝，笑吟吟地递到新郎唇边，新郎怔了怔，还真是一饮而尽。言姐挽着新郎就往另一桌去了。几个人这么一场戏下来，倒是让朱砂和言姐继父解脱了，避免了上演六国大封相。说实话，名义上的女婿，朱砂是看都没看清楚，一对新人款款走来，她的心都提到了嗓子眼，替言姐尴尬得紧，不知道言姐要怎么来介绍席上这两位长辈。新郎跟斯羽闹了一出酒，朱砂的注意力又都在言姐和斯羽身上，不明白言姐怎么会如此袒护斯羽。

宴席结束以后，一家人在大厅外面合影，朱砂和那个继父都被招呼过去，C位自然是轮不上的，他们拘谨地站在边上，露出尴尬的笑容。拍完照，罗勒的母亲指挥着女眷们去收拾席面上剩下的烟酒喜糖，老太太在任何场合都不露怯，是天然的指挥官。朱砂想要凑过去搭把手，被老人家凌厉的眼神给制止住了。老太太对朱砂保持着距离感，朱砂嫁给罗勒这十来年，老太太一直跟她很疏离，没有冲突，但连一次掏心掏肺的聊天都没有过。然而，这并不意味着她偏袒言姐的生母。就像所有强势的婆婆，媳妇就是她的天敌。

言姐换了便装，在大厅坐下来，单独叫了一碗海鲜面，吃得很香。服务员已经开始打扫。朱砂在这里走也不是，留也不是，讪讪的。

罗勒还在跟亲家那边的宾客寒暄。婚礼就是一场人脉的较量，男女双方都竭尽全力地邀约一些体面的朋友扎场子。正中央那桌贵宾席，都是本地有头有脸的人物，主婚人和证婚人都在那一桌，一位是高官，一位是上过福布斯富豪榜的阔佬。一桌人都没散，在那里起劲地务虚，朱砂不用过去，都知道他们是在分析国际国内的大事，中美形势、经济走向、文化战略，搞得他们像是天天在为江山社稷操心，又各自见多识广地举出一堆子虚乌有的例证，吹嘘一通未卜先知的能力。这个时候，罗勒扮演着一位有格局、有见识的父亲，他要在亲家的圈子里站稳脚跟，不是为了自己的虚荣心，而是为了他前世的小情人不被婆家怠慢。

罗勒是一个负责任的父亲。纵然言姐从不干扰朱砂的生活，但朱砂能够感觉到她的存在，她在罗勒心里的位置坚如磐石。

从罗勒那里得到了言姐结婚的消息，朱砂包了一个两万块钱的大红包，托罗勒转给言姐。这是她反复拿捏过的，罗勒没有找她商量嫁妆的事，显然在这件事上没把她当成自己人，她又何苦觍着脸往上凑呢？两万元是一个有分寸的数额，比给寻常亲友的红包要多，比给至亲的红包要少。钱是从家庭公共资金里出的，不是她的私人情意，而是她和罗勒这个家的礼节。在家庭财产制度上，他们实施的是半 AA 制，两个人都会定期往公共资金账户里增加一些投入，数额大致相似，罗勒会适度地多一些；余下的私房钱，互不干涉。

事实证明她是对的，罗勒接过红包，给了她一个轻轻的拥抱，纯礼节性的，不容朱砂想歪了。隔两日，朱砂在送罗勒的衣物去干洗店时，从他的裤袋里掏出一张转账凭证，收款方是一家4S店，金额是三十六万七千元。朱砂查了一下，那个价格，可以选择的车型还是不少的。毫无疑问，这是罗勒个人给言姐的嫁妆。罗勒开的是一辆四年前换的卡宴,朱砂压根儿就没有驾照。她没把这当作狗血的桥段,罗勒从来就不是她一个人的,他是立体的、多元的、社会的、家族的,他不是言情小说里为了爱情六亲不认的男主,那不真实,也不合理。

罗勒全身心为女儿扎场子,朱砂只好远远地傻等着。斯羽不知道从哪里冒出来,跟他的小伙伴们扛着设备往外走。朱砂脑子一抽,就叫住了他。

"你开车了?"朱砂问。

斯羽说没有,他没车,叫了一辆滴滴网约车,在门口候着。朱砂给罗勒语音留言,说搭斯羽的车先走一步,罗勒回了个"OK"。朱砂回头看了一眼,罗勒还在贵宾席上,衣袖挽上去一些,露出肌肉匀称的手臂,潇洒地打着手势,微微蹙着眉头,正在发表他的真知灼见。从侧面看去,他滔滔不绝而又儒雅谦逊,是个很有型的男人——他是一个360度无死角的有型男人。这种有型,是由内而外散发出来的自信,跟颜值、马拉松没有一毛钱的关系。身为学术圈里的大咖,他已经不需要任何外在的、肤浅的东西加持。

朱砂挤进斯羽叫来的车里,再塞进一些摄像器材,车厢里就没有多少空位了,斯羽坐上之后,别的年轻人就只能乘地铁了。几个小伙子冲他们挥挥手,转头向地铁站走去。

"今晚十一点,准时啊!"斯羽从车窗里探出头去大叫了一声,得到几声青春逼人的口哨作为回应。

"十一点做什么?"朱砂诧异道。

"直播,我们的工作室一早一晚,两场直播。"斯羽说着,从背包里掏出口香糖,递给朱砂一片。他的左手腕戴着一串檀木手链,还有一条手工编织的红色丝带。他的腕骨也要比一般男生纤细得多,细细的曲线蔓延到手背和手指,却又不是女性的那种阴柔,细致中自有一股无法言说的力量——他跟别的男孩子截然两样。

不知为什么,每次见到他,朱砂总是会联想到自己的儿子。分开时,儿子跟了前夫,并没在朱砂身边长大。儿子的年纪与斯羽接近,身高差不多,但体形大相径庭。儿子是铁塔似的身形,黑黑壮壮的,宽额大眼,笑起来像个弥勒佛,哪儿都不像斯羽。可是朱砂莫名其妙地就会想起儿子来,也许是因为儿子眼里的光芒,斯羽也有那样的光芒,带着一种淡淡的执拗,执拗之外,又有几分豁达。朱砂的理解是,他们是同一类型的孩子,心胸开阔,经得住事,即使过得不顺,也不难与世界、与自身达成某种和解。斯羽对待奖学金的态度便印证了朱砂的判断,他一是一、二是二地争取过了,努力时拼尽全力,好像是不得了的大事件,但失败了也不过如此而已。

想到儿子,朱砂的心里就会有轻微的疼痛。在这一点上,她不比儿子能扛事。儿子是她的隐伤,也是她的遗憾。儿子出生后的第三年,她就离开了他,当时她没有意识到别离的后遗症,儿子是她的骨肉,这是任何人都改变不了的事实。这么多年过去了,这一事实没有被改变,儿子依然是她的骨肉,可是,除此以外,什么都没有了。在这骨肉之上,没有理所当然地延续出亲情、信任、依恋,统统都没有。她不过是他生物学上的母亲。

"师母,跟您讲,大家都挺羡慕言姐的。"斯羽嚼着口香糖说。儿子是不吃口香糖的,他喝可乐,可乐不离手,他把那叫作肥宅快乐水。从面相上看,儿子还真就是一个快乐的胖子。

"因为言姐一边读研,一边结了婚?"朱砂猜测。

"那倒不是，结婚没什么值得羡慕的。"斯羽说，"大伙羡慕言姐有个在C刊工作的妈。"

朱砂失笑。斯羽口中的妈，不是言姐的生母，而是她。朱砂在一家理论期刊做编辑，坐了好多年的冷板凳。最近这些年，这本刊物突然变得洛阳纸贵。连续两任领导都是有追求的人，把一本半死不活的刊物做大做强，进入权威核心期刊行列，版面金贵起来，不仅主编炙手可热，编辑身价陡增，连打杂的编务都跟着鸡犬升天。

"言姐做学术还是有定力的。"朱砂说了一句假话。这两年，言姐在她任职的刊物上发表了两篇文章，都是罗勒带着言姐完成的，言姐是通讯作者。稿子是罗勒发给她的，父女俩各自对稿子的贡献度，她一无所知，也不需要知道。罗勒早已封神，他的文章是许多刊物一稿难求的，他几乎不投稿，连约稿都应付不过来。有他署名的文章，谁都不会懈怠，一定是在最近的一期刊发。

"言姐说过，她最讨厌的就是写论文，要不是为了读博士，打死她都不做科研。"斯羽拆穿了朱砂的假话。朱砂只是笑笑，她实在不熟悉年轻人的话术，言姐这么直白地表达自己的喜好，是过于自负还是缺心眼，她一时之间很难断定。

在C刊上发表一篇文章，学院的科研奖励是三千元，评奖学金时还能加十五分，至少三等奖学金能够到手，那就是五千元奖学金，加起来，八千元的收入是跑不了的。斯羽账算得很清。他们这代人，在金钱上大多很直接，但凡有些委婉、懂得技巧的，就被当成有心机，背地里被叫作"绿茶婊""白莲花"。

"钱是次要的。"朱砂虚应着。

"没钱是要命的。"斯羽肯定地说。换作别人,这话会让朱砂反感,然而斯羽说时的那种泰然自若的表情,没有丝毫的市侩气息。他说这句话就像是说,分数是顶顶重要的,抑或是理想是顶顶重要的。把一个俗气的表达驾驭得这么云淡风轻,要么是庸俗到了骨子里,要么就是幼稚透顶。朱砂觉得是后者,斯羽这孩子乳臭未干,口无遮拦,有点不知天高地厚。

紧接着,朱砂就相信自己的判断是对的。斯羽没有让滴滴司机先送朱砂回家,车子顺路先开到了他的工作室。工作室是在一个老旧的小区里租下的一套住宅。斯羽请司机帮忙,吭哧吭哧地把设备搬了下来,掏出手机,从微信上转了一个红包给朱砂。他对朱砂说,这段路的车费他支付一半,待会儿他会在系统里取消平台支付,等朱砂到家了,可以把剩下的车费现场扫码支付给司机。

斯羽计算得这么精刮,简直把朱砂给惊着了。这孩子是有多贪钱!她按捺着不悦,乘车离去。车子转弯时,她看到斯羽找来一辆破旧的手推车,吃力地把设备搬到车上去,那辆车掉了一个车轮,差不多是磨蹭着地面勉强往前行走。斯羽吃了重,脊背垮下去,显得腰身细而薄。这孩子太瘦了,看上去发育不良,不是一个结结实实的年轻男人应该有的样子。

II

朱砂再从罗勒那里听到斯羽的名字，是在婚礼过后好几天的晚上，盛夏到家里来。罗勒从钱夹里数出一沓钞票，让盛夏带给斯羽。

"多给了五百块，就当是车马费。"罗勒叮嘱。

盛夏读博二，是罗勒的得意门生，从硕士研究生一路跟上来，有好几年了。盛夏是那种情商一流的学生，混着混着，就混成了师门里的大师兄，就连博三以及迟迟毕不了业的博四、博五的研究生都叫他大师兄。他不时到家里来，罗勒有些琐碎的事情，诸如查文献、取快递、车子年检、报账什么的，都很放心地交给他去办理。碰到饭点，罗勒留他吃饭，他也不推托。朱砂临时增加一个西红柿炒鸡蛋一类的快手菜，他照例赞不绝口，好像朱砂是一个厨艺高超的师母。有时他会给朱砂带一小束时令花卉，有时是一盒网红酸奶。

"斯羽太不懂事了。"盛夏接过钱，踌躇了一下，评论道。

罗勒不置一词，他靠在沙发上，用微信语音部署第二天的会议安排。

朱砂切了满满一盘哈密瓜招待盛夏,盛夏大方地吃起来,一头吃着,一头就跟朱砂絮叨。朱砂听了半天才听明白,言姐的婚礼MV,斯羽抠抠搜搜地收费了,不过手下留情,在挂牌价的基础上打了个五折。这已经不是头一回了,他不管是给老师还是同学拍片,拍摄没问题,后期制作水平也是有保证的,但收钱这个环节毫不含糊,看人下菜碟,有全价的,有八折的,罗勒和言姐的面子最大,打了对折。

罗勒没用微信或是支付宝转账,他付现金,安排盛夏转交,这个与众不同的付款方式,多少包含着罗勒的不悦。朱砂是了解罗勒的,即使斯羽不开口,他也会支付辛苦费,不会低于斯羽的要价,他从不欠学生的人情。不过,由斯羽一方来主动报价,性质就两样了。

"没人像他那么爱钱,看见钱就走不动道了。"盛夏悻悻地说道,"他就没想过,他哪里买得起全套设备?好些还不是借用学院的,学院也没人找他要设备租赁费。业务好起来,人就跟着膨胀了,谁的钱他都敢收,连老师都不放过!"

"他家里情况不太好吧?"朱砂想起滴滴车费,盛夏的话没让她产生共鸣。她好奇的是盛夏和斯羽这两个90后的学生,一个圆润通透,一个不谙世事——在朱砂看来,斯羽的表现,带着顺风顺水成长起来的、没有经过社会吊打的那种肆意与张扬,但搭配着不要命地赚钱的个性,就很有违和感了。唯有不缺钱的孩子,才能如此理直气壮地天真,天真到近乎可耻。但斯羽那么斤斤计较,又不像是出生在环境优渥的家庭里。

"师母,学艺术的,家境都不会差到哪里去,除非是天才。"盛夏说。朱砂点点头,盛夏说得没错,从高昂的艺考培训费,到不菲的设备配置,都不是寒门子弟能够消费的。

"师门里就数他事儿多。昨天直播带货，东西是假的，体育学院有人买了，找上门来，把他门牙都打松了，闹到保卫处去，通知两边辅导员去领人。"临出门时，盛夏向罗勒告状。

"明晚你带他到家里来一趟。"罗勒终于说。平素罗勒一般不太直接搭理他那些硕士生，自有博士生替他督促。罗勒是大老板，博士生就是硕士生们的二老板，盛夏是这二老板里的头头，罗勒的指令，都是盛夏代为发布的。

盛夏果然带来了斯羽，那孩子是经过了武装斗争的样子，脸上和脖子上有两道醒目的伤痕，门牙箍着，一道银色的光。这是斯羽第一次到导师家里来，多少有点局促。

罗勒在书房接电话，约定一个讲座的时间。朱砂将他们带进罗勒的书房，经过走廊时，斯羽的目光落在占据了左边半面墙壁的乐高展示柜上，身不由己地停下脚步，又不敢问朱砂，回头看着盛夏。

盛夏熟稔地说："那是师母的作品。"

斯羽很是吃惊。

朱砂淡然道："闹着玩的。"

朱砂是一个乐高发烧友，在搭乐高积木上消耗掉的时光，比看书、看片、编稿子还要多。这任性的嗜好是从最近几年开始的，起初她还有点儿不好意思，瞒着掖着的。罗勒发觉以后，倒是怂恿她自由发挥，朱砂也就越买越多，除掉陈列起来的那些，家里的一些小用品，像是挂戒指、耳环的，放漱口杯的，都是乐高的人仔，各式各样的人仔填充进他们的生活，有一种诡异而又趣怪的感觉。

其实走廊右边的那面墙也不简单，全是用贝壳做成的装饰。斯羽被乐高给吸引过去了，对贝壳墙视而不见。盛夏也是这样，来了家里若干次，经过这条走廊时，一定是去看看有没有新增加的乐高，浑然不知另一侧的玄妙。

盛夏和斯羽就在书房里候着。头天剩下的一半哈密瓜还在冰箱里存着，朱砂切了盛在果盘里，端过来，正听见斯羽跟罗勒争辩事件始末。

"老师，其实我也是受害者，我也被骗了，谁知道供货商就是个人渣，合作了三个多月，突然来这么一批假货，发完货，人就凭空消失了，鬼影子都找不着，直接玩了一出人间蒸发。"斯羽一径地卖惨。

盛夏坐在一旁，脸色严峻，看一眼斯羽，又看一眼罗勒。罗勒依旧是手眼并用，微信里敲着字，嘴里说着话。罗勒的话断断续续，说的是："你别忘了，进校时，我就跟你谈过，你的创作才华，我是基本认可的，但你的理论基础，跟其他学生比还有不小的差距。"

"老师，我记得您的训导。"斯羽的态度毕恭毕敬。

"我建议你，这个学位，读不读的，没什么大不了的。"罗勒仍旧在发微信，头也不抬地说，"你不如专心致志去做你的大事业，让爱读书的人去读书，不爱读书的人及早止损。"

盛夏吐吐舌头。斯羽被罗勒的最后通牒给吓住了，赶紧表忠心："老师，我是喜欢读书的，您放一百个心，做什么我都不会耽搁学习的……"罗勒做了个手势制止斯羽说下去，他的电话进来了。

"是，在家里。"罗勒说。

"还有这样的事?"罗勒皱起眉头。

"现在? 你是说，这个时候?"罗勒看了看腕表，表情变得错愕，他站起身来，在室内踱步。然后，他挂断电话，下定决心似的对盛夏和斯羽说：

"正好你俩在,跟我出去一趟。"

罗勒什么都没有解释,起身拿外套。朱砂跟过去说了一句:"这么晚了……"罗勒拍拍她的肩膀,带着两个学生出去了。

朱砂靠在床上看书,看了一会儿,始终定不下神来,干脆把新买的一款EV3机器人拼起来。细碎的组件就搁在棉被上,她趴在那里聚精会神地倒腾着,找寻一个零件与另一个零件之间的拼接处。她已经不看说明书,进入全凭第六感玩这种游戏的境界。

好多个夜晚都是这样过去的。她很容易失眠,一旦失眠,难免烦躁,没法安静地做别的事,唯有拼搭乐高积木可以消磨漫漫长夜。有时她会自嘲地想到古代那些趴在地上捡豆子的寡妇,她们颇有异曲同工之妙。罗勒是一个身心健康的男人,除了年龄,他不比年轻男人逊色。然而,在两性这件事上,几年前他就已经很荒疏,朱砂觉得那更多的是懒惰,他丧失了取悦她、向她展现雄性魅力的原动力。他是个强大的男人,什么都可以自行解决,包括疏导欲望,他不需要跟任何女人合作,那太费时、费心。

朱砂在他的电子设备里发现过情色小视频,她不认为他会约炮什么的。毕竟身为电影圈中的理论研究者,大世面是见过的,本色的美见过,假奶假臀也能一眼看透。见过的美色太多,审美疲劳是一码事,更核心的结果是阈值提高了,不太容易动心动情乃至动手。尤其朱砂原本就不是什么旷世美女,有点人淡如菊的气质,罗勒在最初的稀奇过后,难免一天胜似一天地平淡。至于暧昧关系,有肯定是有的,但罗勒是个爱惜羽毛的人,他不见得会为了洛丽塔而放弃自己的清誉。换言之,女人对他的意义,脱离了原罪的部分,更多地上升到了精神层面的交集。这与柳下惠又不一样,柳下惠是君子之风,而罗勒是清楚自己最想要的是什么。

将近十点钟，一行人声势浩大地进了屋。说声势浩大绝不夸张，因为随着罗勒师徒返回的，还有言姐，以及言姐的一大堆行李，连累赘的丝绸被褥都被打包带来了。那些床品是言姐奶奶亲手缝制的，作为言姐的嫁妆带去了新家。

　　一到家，言姐就窝在沙发里刷手机，好像这外界的天翻地覆都与她不相干。罗勒一进屋，就到书房里去，门敞开着，听得见他一个接着一个地打电话。盛夏和斯羽则扑来扑去，帮着把东西往言姐的房间和储藏室里归置。朱砂不便做主，每样东西都指使盛夏和斯羽去问言姐往哪里放。言姐戴着最新款的苹果耳塞，懒洋洋的，不肯出声，两个大男生挖挲着手，大眼瞪小眼。末了，到底是朱砂硬着头皮来指挥。

　　盛夏眼里有活，收拾完了东西，便帮忙修剪室内的绿植，斯羽拿了洒水壶浇灌。浇到一半，斯羽跳起来，扔下洒水壶，说："我得走了！直播快开始了！"人就匆匆忙忙地奔了出去。

　　"师母您瞧，天塌下来，斯羽的抖音直播是不能耽误的。"盛夏摇着头说。朱砂不便发言，她都不知道到底发生了什么。不过，那一晚，盛夏在家里待到很晚，反复确认用不着他了，这才离开。被盛夏这么一衬托，斯羽的共情能力简直堪忧。

　　罗勒从书房出来，把朱砂叫进去，告诉她，言姐要在这里住些时候。罗勒的效率一向惊人，他已经联系法律顾问和心理医生，初步确定了处理这桩事故的方案。

　　言姐在举行完婚礼不到一个礼拜的时间，就开始惊心动魄地闹离婚。言姐结婚时，朱砂没有参与感，离婚就不同了，她似乎就在演播现场。

　　家里一下子热闹起来，罗家的七大姑八大姨，言姐母亲家的七大姑八大姨，言姐婆家的七大姑八大姨，往来穿梭不绝。这些人自动给朱砂加上了"恶毒后母"的"人设"，朱砂一现身，她们的嗓音就压低下去，眼神里无声地传递着形形色色的讯息，数只眼睛在她脸上扫来扫去，像是舞台中央的追光灯。

身为女一号的言姐反而消极怠工，把自己关在房间里，不出面，不发声，任凭外面的世界波诡云谲。言姐的新婚丈夫来过一次，是个衣冠楚楚的年轻人，胡须刮得很干净，衬衫领子雪白。但是朱砂没有给他同情分，这种人她见识过，清醒的时候是绅士，失控的时候就是魔鬼。言姐闭门不见，那小子倒也没有纠缠，礼貌地向朱砂道别。

罗勒的前妻来过两三次，一来就到言姐屋里，待不上十分钟就走人。从轮廓上看得出来，罗勒的前妻曾经是一个美丽的女人，可惜一胖毁所有，朱砂一看到她，就想起在言姐的婚礼上，她努力塞进旗袍里的那些肉肉。这女人胖是胖了点，但气场很足，浑身上下都是奢侈品，有一种说不出来的大气磅礴。罗勒跟她说话的时候，一点表情都没有，朱砂的理解是罗勒在自卫——在前妻面前，罗勒的身价贬值不少。他的前妻白手起家，从事的行业是风投，赶上了猪都能被吹到半空的好机遇，眼下家资过亿，出个门阵仗不小，司机、秘书一应俱全，全在楼下候着。相形之下，在象牙塔里横着走的罗勒，出了校园，无论多么伟岸博学，只是一个不折不扣的穷书生罢了。

言姐这件事，没人跟朱砂正儿八经解释什么，她从罗勒的只言片语里拼凑起大致的情形。说起来，斯羽还是导火索。言姐的婚姻原本门当户对，婆家有家族企业，是言姐母亲的甲方，不是一般的牛。然而新郎在中学时期患上躁狂症，临床治愈后，本人和婆家都在婚前隐瞒了病情。婚宴上，言姐让新郎代替斯羽喝了那杯酒，新郎便起了疑心，每晚都在洞房里重复"人生三问"：他是谁？他在哪里？他要干什么？言姐不屑于回答，新郎在自说自话中发了病，反锁了房门，打开煤气灶，扬言要烧掉言姐陪嫁的寝具，再跟言姐一块儿让煤气熏死。言姐报了警，又给罗勒打了电话，罗勒带着两个学生赶过去，连夜把言姐接走了。

离婚是不可避免的了。罗勒主张索赔，不能放过这种挖坑的婆家。言姐的母亲不想声张，坏了生意事小，坏了姑娘名声事大。而言姐的婆家信誓旦旦地表示这病能治愈，复发是因为举行婚礼前后累着了，服药不规律，只要不停药，他就是正常人。三方各执一词。朱砂经历过离婚大战，知道这种事没有公道可言，每个人都有自己的算盘和委屈，一番较量下来，能把人折腾掉半条命。

罗勒照例早出晚归，把这一屋子的人扔给朱砂。朱砂的杂志社不坐班，她被迫留在家里当了几天"田螺姑娘"，端茶斟水，一到饭点就殷勤地叫外卖。她分不清楚那些人，对言姐娘家的和婆家的都一视同仁，尽量准备丰盛的饭菜，还做主加菜，亲手煲了一大锅松茸鸡汤，吃了外卖，再来碗鸡汤。这下子，言姐娘家这边的"吃瓜群众"不干了，窃窃私语地议论，后妈就是后妈，孩子给人欺负成这样了，还留饭，还煲鸡汤，分明是胳膊肘往外拐，恨不得老罗家的闺女给人作践死了才痛快。朱砂花了钱还受窝囊气，不想蹚这浑水，索性向主编申请了一趟约稿的公差，飞到福建去了，远离那帮搅和是非的主儿。

作者是朱砂维系了多年的一个知名学者，从工作到友情，本来一通电话就能谈妥。她专程飞过去，见面喝个咖啡以后，敲定了题目与交稿时间，公务就算顺当地完成了。她不打算回去"躺枪"，便从福州出发，坐动车去厦门，到鼓浪屿看海。这些年朱砂走过挺多地方，出门她都是一个人，安安静静地住下来，按照当地的节奏，一早去菜市场转转，试图找到不同的生活路径。在市场里，她跟大量草根阶层的人闲聊过，结果发现全世界都一样，有人的地方就有江湖，有江湖的地方就有阶层，有阶层的地方就有名利，就有杀伐。于是，她不再渴望找人说话，住下来，散散步，看看书。

鼓浪屿她来过两三次了，没有丝毫奔赴景点的激情，找了一家靠海的酒店，修建在大榕树下的一栋老别墅，在半山腰上，露台平滑地伸展出去，灰蓝色的海面就在不远的地方，一直绵延到天空深处，海天一色。这些年来她四处行走的收获就是，挖掘出游客这种身份的价值。在别人的浮世绘里，游客只是观众而已，不会进入实质性的厮杀中，算是享受了一种短暂的超凡脱俗。

朱砂泡一壶茶，在露台上看书，她带了《祖堂集》和《五灯会元》，最近手头有一篇禅宗与文学类的稿子，她需要恶补这方面的知识。朱砂博士阶段的研究方向是魏晋南北朝时期的美学，做了期刊编辑以后，相近的领域都要涉猎。她从师大中文系毕业时，罗勒还是副教授，电影学院也还没有成立。罗勒给系里的研究生开了一门电影美学的课程，场场爆满，从标准教室换到阶梯教室，仍是挤得水泄不通，外校的学生都有闻名赶来蹭课的。朱砂凑趣听过几次，挤在人堆里，领略着罗勒的讲课技巧。罗勒是好老师，语言很密，学术纹理清晰，再适度地插科打诨，几乎做到了讲课时全程无尿点。朱砂笼统地觉得很好，仅此而已。她的研究方向注定了必须用严谨的方法，罗勒那种大开大合的思维模式不太适合她。加上她自己的功课也忙了起来，就没再去听了。那会儿她是做梦都没有想到，那个在讲台上眉飞色舞的男人，会与她的后半生关联起来。这么捋一捋，在名义上，罗勒和朱砂是有师生之谊的。若是学术圈里讲究传统伦理，她与言姐、盛夏、斯羽倒成了同学。

想到言姐，朱砂有些走神。如果言姐愿意，在婚姻的际遇上，她们可以深入地聊一聊。朱砂看不出言姐对待这场打击的态度，她没表态，或许是刚刚受到重创的缘故。一个人被一块飞石击中，一瞬间一定是怔怔的，要到血汩汩流下，才会对痛感有所觉知。

如果迟早要离婚的话，言姐在这个阶段离是值得庆幸的。在这个时段里，由荷尔蒙催生出来的爱情幻觉濒临消解，在柴米油盐、鸡毛蒜皮中培育和累积起来的共同对抗生活的战友情又不够深厚。更为要紧的是，他们没有孩子。有了孩子，离婚便是抽刀断水、藕断丝连，无论如何都做不到一辈子老死不相往来。没有孩子，意味着可以断得干干净净，绕一大圈，回到原点，中间的历程，过去了，就是过去了。

这些道理，朱砂没有机会讲给言姐听，就算讲出来，言姐未必感同身受。人生中大部分的释然，不是通过训导、阅读能够带来的，那些"二次元"的体验更是隔岸观火。必是要走过了一大段路，再回过头来审视，机缘到了，坐是禅，行亦是禅。所谓"却顾所来径，苍苍横翠微"，便是那顿悟过后的顾左右而言他，是拈花微笑一般清清爽爽的拿得起放得下，是同道中人的心领神会，不足为外人道也。

因此，在言姐面前，朱砂没有好为人师的欲望。每个人的生命都是一部《西游记》，都要经过九九八十一难，无人能够替代，即使是亲妈，照样爱莫能助。

朱砂在道德上对言姐离婚这桩大事没有负疚感，她心平气和地在鼓浪屿住下来，不去管家里的飓风海啸。她的旅居生活很规律，早起出门转转，上午读书，下午睡一个长长的午觉，傍晚继续散步，那种不问世事的惬意，让她简直恨不得就在此地客居终老。

她用手机拍了一些很小众的细节，诸如散落在屋顶的木棉花、红墙、高高的棕榈树、垂钓的大叔、黑色的礁石。拍完发给罗勒，发完就后悔了，在两分钟之内赶着撤回来。她不能让罗勒觉得自己没心没肺，言姐在离婚大战的水深火热之中，她不能同仇敌忾就罢了，居然有闲情逸致跑去厦门，四处溜达。她给罗勒报备的是仍在福州，老作者又推荐了几位学者，分别约着坐一坐，聊聊选题与未来合作的空间。罗勒不是一个管理型的老公，他对朱砂的行迹一向很放任，睡前相互道一声晚安便罢。

住到第三天下午，朱砂到大堂询问酒店那些舒适松软的枕头来自何处，有可能的话，她想找到地方买一对。前台很客气地告诉她，那是酒店特制款，非卖品，厂家也没有外销的货品。朱砂有些失望，她睡眠很轻，一有风吹草动就失眠，在酒店的这几个晚上却睡得很好，连带去的乐高都没派上用场。她琢磨着理由，刻意规避了独处带来的悠闲，因为那是一个可怕的结论，她情愿相信是枕头的功劳。

前台看出她是真心喜爱，请她留步，与客房经理联系了，对方答应做人性化处理，从新进的一批床具里出让两只枕头给她，只收出厂价，条件是请她在订房 APP 里留言盛赞。朱砂当即就应允了。她谢过前台，正待转身，就听见身后一个似曾相识的声音在打听早餐的价格，不住店，只吃早餐。这是一个很奇怪的请求，不过前台见惯不惊，一口就答应下来。

朱砂回过头来，询问早餐的不是别人，却是斯羽。斯羽穿着一件修身款的风衣、一双球鞋，仍然背着那个深蓝色的双肩包。若是别的成年男人这样搭配，不是土气，就是痞气，但斯羽不一样，他能驾驭这种风格，行止间透着率性而为的气息。

"师母!"斯羽见到朱砂,情不自禁地吐吐舌头,像被抓了个现行。这孩子气的举动让朱砂好笑起来。斯羽是这样一种学生,他一定不是循规蹈矩的,有时甚至"学渣"附身,言行天马行空,可是她没有办法跟他计较,不仅仅因为她只是他的师母,更为要命的是,他有一双清澈的眼睛。那双眼睛,屡屡让朱砂想起儿子,她想象中的或者是记忆中的儿子,也有那样澄明的眼神。

斯羽不是单独来厦门的,他还带着两个助手。他坦白跟朱砂交代,此番是接受了一个旅行公司的委托,直播厦门这边的自由行。这家酒店富有特色的清粥小菜将是直播的一部分。由于公司预算有限,酒店的住宿费不在预算之列,他们住的是青年旅舍,但在酒店门前的树影下用早餐是一景,尤其是酒店的绿豆粥,淡香可口,被列进了他们的拍摄计划中。

"师母,您会帮我保密吗?"斯羽期盼地望着朱砂。

"你未必惧怕老师,"朱砂笑笑,"我不会告诉盛夏。"

斯羽笑了,他说:"师母,您有一颗七窍玲珑心。"

朱砂说:"不用拍我马屁。"

朱砂看得出来,盛夏有意无意地欺负着斯羽,其中的缘由,她不知道,也没兴趣去多想。任何地方的人际法则,都是丛林法则。师门也不例外。或许盛夏和斯羽原本就分置在食物链的不同层级。

第二天早晨,朱砂果然遇见斯羽和他的团队。斯羽遥遥地向她点头示意,他处在直播中,手机支架就搁在他面前,背后是一块突出的岩石,岩石下方有海浪层层卷涌。斯羽对着镜头,笑逐颜开地推荐着这里的早餐,一份烂软的绿豆粥,几样可口小菜。朱砂坐在邻近的木头餐桌旁,怀着姑妄听之的心态，看看这孩子如何从事这份浅薄的活计。

纵欲还是清心寡欲，这是不同的人生态度，也是不同的人通往幸福的力量。斯羽的开场白够有深度与广度，朱砂吃惊了一下，不过转念一想，这也就是套路罢了，这样的心灵鸡汤网上一搜一大把。

"羽哥，昨晚睡前吃书了吧？要不要这么鸡汤啊？"斯羽的小伙伴懒洋洋地插进来。他们的直播风格很是诙谐。

"没错，恶补了一遍文化知识。"斯羽接着说，"老人有个说法，淡薄之中滋味长。所谓越简单的食物越有暖意。用来形容这家被我'种草'已久的酒店早餐，再合适不过。在古代，粥是贫穷的象征，三餐四季，困顿的餐桌上只有一碗能够照得出人影的稀粥。曹雪芹曾经写过一句诗，'满径蓬蒿老不华，举家食粥酒常赊'，讲的就是当时自己的经济状况。不过，《红楼梦》里的粥可是有门道的，贾宝玉喝的碧粳粥，林黛玉喝的燕窝粥，老太太喝的红稻米粥，哪样都集养生与稀缺食材之大成。"

"果然有学问，这样的你都能背下来。"斯羽的小伙伴又来了一句，还竖起大拇指。

斯羽谈吐自如，一些游客聚拢过来，饶有兴趣地围观，朱砂惊觉自己已经听了好一阵子。过去她是连抖音APP都没有下载的，以为那只是一些没有营养的影像碎片，斯羽的直播倒是颠覆了她的认知。可惜接下来斯羽就露了马脚，让她的三观碎一地。

斯羽说："很多人的早餐在蛋白质与脂肪含量上做足了文章，那不适合我，像我这样的草食动物，肉欲很稀薄，白粥小菜里的碳水化合物就足够让我一个上午精神抖擞，富足的膳食纤维还解决了便秘的问题，一个不便秘的早晨是好运的开端。"

话音未落,他的小伙伴又跟说相声似的来了一句画外音:"羽哥,难怪你在洗手间里待了两个钟头,敢情因为你昨天早上吃的是牛肉面,还额外单独加了两份牛肉。"

围观的游客都笑起来。朱砂不用猜,都知道他们在这里一定给斯羽做了一个大红脸的动画设计。斯羽伸手做了个开枪的姿势,恨恨地说:"你上礼拜借的两百块钱,立马还给我!"一群人笑得东倒西歪。

从这里开始,斯羽的主播"人设"一路垮塌,从掉书袋到抖机灵,原来他们不仅是做旅游团购,商品橱窗里还有不少本地物产。斯羽对着手机屏幕,不断地插播网购信息。

"'一只裸泳的猫',刚刚订了厦门双人团。话说猫会不会游泳啊?"

"'俺家那旮旯最帅的小哥哥',下单了厦门特产大礼包。小哥哥,建议你也亲自参个团,来厦门体验一把阳光沙滩海浪仙人掌——谁能告诉我,海浪跟仙人掌有啥关系?"

"'月亮小饼干'进来了,哈喽,小饼干。"

朱砂摇摇头,起身离开,回到房间的露台上,泡一杯咖啡,读她带来的书。这不是媚俗与否,根本是代际问题,她和他们不在同一个语言系统,那种无厘头的话语她接受无能,倒不是觉得猥琐粗俗,只是滑稽,颇具冷幽默。而身为一个"70后"的老女人,她的生活已经不需要额外的冷幽默,因为生活本身往往就是一个最大的冷幽默。一切不稳定、不靠谱的东西,她都不再喜欢。

看着书,一上午很快就过去了。快到午后一点,朱砂站起身来,伸个懒腰,决定出去觅食。紧挨酒店的是一条美食街,前几天,她在那里每餐随意地挑一家,轮番吃过去。朱砂不是资深吃货,味道别太差劲就行。她信步走出房门，下电梯到了大堂。一个人从等候区的沙发里站起来，又是斯羽。

"嗨，师母好。"斯羽谦恭地打招呼。

"你的直播结束了？"朱砂望向他身后，没有其他人。

"他们还要去拍几条视频。"斯羽说，"我陪您去吃午饭。"

"你是专程等我的啊？"朱砂乐了。这小子看起来很率性，竟还会来这一手。

"那个，师母，我这次出来，真的没有跟学院请假，老师和大师兄都不知晓。"斯羽摸了摸鼻尖。

"我不是答应你了吗？我不会说的。"朱砂说，"但你这抖音直播，谁还看不见啊？"

"老师不会刻意去看抖音，除非要研究抖音传播什么的。大师兄就更别提了，他说抖音就一俗物，他是一眼都不会去看的。"斯羽说。

"放心吧，我从来就没有在厦门遇见过你。"朱砂莞尔。斯羽到底是个孩子，他不明白，其实她也不想让罗勒知道她在这里偷得浮生几日闲。

"来，有家网红店，适合大众味蕾，您不会排斥的。"斯羽舒出一口气，笑着说。这孩子的笑容有一种明亮的感觉。朱砂想到儿子，斯羽推荐的，估计也是儿子属意的，这些孩子是同一个星球的怪人。

朱砂没有多想，跟着他去了那家店。店铺的格调很文艺、很小资，斯羽拣了餐厅中央的座位，这与朱砂的习惯相左，朱砂是喜欢角落或窗边的。上菜的时候，朱砂明白了斯羽选座的目的。他们的座位靠近操作台，这家店里有些菜品是在操作台现场配制的，斯羽一边跟厨子搭讪，一边拍视频。朱砂在旁边看着，发觉这孩子倒是很有职业精神。

斯羽点的是几样招牌菜，沙茶煮大斑节虾、厦门薄饼、野刺苋黑猪肉汤。朱砂吃得很少，这些年她虽然没有完全茹素，但饮食中的肉类已经大大减少。

朱砂看着斯羽卷了一张用料很足的薄饼，里面有海蛎、虾仁、五花肉，配上海苔、肉松、鸡蛋丝，说不出的油腻。斯羽眯起眼，陶醉地说："给我一张饼，我能卷起整个地球。"

朱砂微笑。斯羽是个没有心机的孩子，儿子也是这样纯净的一个人。

"您尝尝。"斯羽把那张饼递过来。

"太腻了，我自己来。"朱砂拒绝，她挑了一些蔬菜卷进饼里，蘸上芥末酱和特色辣椒酱。

"还真有人喜欢吃素啊?"斯羽瞪大眼睛，"我以为只有约会的时候，女生才会假装食量很小，而且吃肉很少。"

朱砂淡然一笑，她愿意去懂得斯羽的惊讶。毕竟这世界十分广袤，孩子们没有见过的事情还有很多很多，时间和阅历会改变他们，让他们不那么容易一惊一乍的。

在斯羽这样的岁数，朱砂听到过一位女性前辈跟一位男性领导的交流，两人都五十岁往上了，他们的话题是肠胃蠕动的问题，也就是放屁。两人都感受到了经常放屁的困扰，并且对次数、气味和性质进行了充满医学名词的探讨。那位女性前辈衣着考究，身材保持得极好，朱砂做梦都想不到她会跟一个男人讨论这种话题。当时，朱砂走在他们身旁，脸都红了，替她臊得慌。朱砂的精神洁癖不能忍受这种随心所欲。现在，朱砂觉得这没什么大不了的，几十年的同事，没有什么是不可以交流的，无所谓性别。

这是一次很纯粹的吃饭，斯羽除了吃，就是跟厨师刨根问底。厨师是个寡言的人，斯羽也不嫌人家冷淡，兴致高涨地追着问来问去。到后来厨师忍不住对斯羽的身份产生疑惑，斯羽立即出示抖音账号，让人家转告老板，自己好歹也是抖音流量大咖，可以帮他们上几条视频宣传一下。老板当天不在店里，厨师大约也是见过世面的人，说来这店里拍抖音的人不少，毕竟是网红店。斯羽并不气馁，加了厨师的微信，让他把老板的微信推过来，店里若是开发了成品，可以谈合作的。

这一番神操作，朱砂看傻了眼。她记起罗勒跟斯羽的谈话，罗勒的担忧不无道理，这孩子的心思用在了发掘商机上，还能有几分留在学业上，实在叫人怀疑。

埋单的时候，朱砂坚决不允许斯羽付账，罗勒的原则就是这样，再有钱的学生也是学生。斯羽抢了半天，涨红了脸，朱砂见他着实难堪，心一软，答应晚饭换作他请客，找一家米线店，简单吃点儿。

朱砂有午休的习惯，斯羽送她回去，自己就待在酒店大堂里上上网，蹭蹭空调。朱砂躺了一会儿，又起来看了几页书，想到楼下那实心眼的孩子，坐不住了，下楼来。

斯羽果然还在大堂里，靠着沙发，仰着脸，睡着了。朱砂没有叫醒他，坐在他对面等他睡醒。他的嘴巴微微张开，长长的眼睫毛一动不动地覆盖下来，下巴上有一层细碎的胡须的影子，衣服软软地贴在身上，现出了肋骨的痕迹。他太瘦了。儿子不是这样的，儿子遗传了前夫的络腮胡，稍不打理就会毛发浓密，棕色的皮肤，身坯壮实，一看就是雄性荷尔蒙爆棚。

斯羽与成年后的儿子毫无相似之处，他跟幼年时的儿子很像，白皙、温暖，有一种说不出的柔软甚至柔弱的感觉。

III

吃米线，斯羽也不马虎，做足了功课，拿出几个备选项，最终由朱砂定了一家当地有名的小馆子。除了米线糊，斯羽还叫了炸枣与正宗的烧仙草。朱砂破了功，打破晚餐少食的习惯，几乎吃撑了，斯羽提出去散步消食的时候，她完全没法拒绝。

"我带您去一个冷僻的地方。"斯羽说。他领着她经过笔山洞的那道斜坡，慢慢穿过古老的榕树林与石板路，攀越了一把狭窄的铁梯，从藏在笔山公园的入口处，来到月光岩。

朱砂对鼓浪屿没有太多的研究，要么待在酒店里，要么随波逐流地去一些教科书式的景点，这些年来，她几乎放弃了后者。相比挤在人群里游荡，她更向往在不同韵致的酒店里喝咖啡、读书。因而前几次来厦门，日光岩她是去过的，月光岩却是闻所未闻。

月光岩是一个还没有被过度开发的景点，几块岩石浑然天成地垒成小堡，四处都是杂乱的藤蔓，遮天蔽日的大树牵丝攀藤。透过岩石的缝隙,可以望见鼓浪屿。晚霞在海面上漫无边际地铺展开来,是天然的大片背景,很适合拍摄令人震撼的日落场景。

四周荒无人迹,只有海浪拍岸的声响。斯羽破天荒地收起手机,专心致志地在树下捡贝壳。贝壳出现的地方不仅有海滩,还有岛屿的大树与草丛,看样子斯羽是知道的。他精挑细选,一边捡一边扔,最后就剩下一把,献宝似的捧到朱砂跟前。那里面竟然有一枚美丽的凤尾螺,朱砂忍不住接了过来,放在掌心中细看。

"在佛家,这种贝壳是用来做法器的。"朱砂说。

"我见到老师和师母家里有一面贝壳墙,这几枚也够格镶嵌进去了。"斯羽说。

朱砂怔住了,她以为斯羽跟盛夏一样,根本没有留意到乐高展示柜对面的贝壳墙。相比乐高的高调,贝壳是多么的微不足道。但斯羽是看到的,也记下了。

"那是我从小收集起来的贝壳。"朱砂道。

这件事,在她与罗勒的朋友圈里,不是什么秘密,当然,他们的朋友局限于一些专家学者,他们那样的家庭,是典型的"谈笑有鸿儒,往来无白丁"。在旧宅里,贝壳直接陈放在客厅里。罗勒曾经打趣过,贝壳是朱砂的陪嫁。确实如此。他们结婚的时候,朱砂带来的除了书和衣物,就是一麻袋的贝壳。当然,朱砂迷上乐高以后,贝壳就自然而然地淡出了大家的视野,它们像是重新潜伏在了深深的海底,在一大簇一大簇的珊瑚礁里,或在游来游去的海洋生物间,散发出蕴藉的光芒。

结婚之初,为了取悦朱砂,罗勒但凡出差去海滨城市,都会带回来一些贝壳界的奇珍异宝。朱砂知道,忙碌如罗勒,未必有空亲自到海边捡拾，多半是委托会议和讲座的承办方或是当地的朋友代为办理。但这份心意，她是照单全收的。她和罗勒是半路夫妻，罗勒如此深情款款地为她收罗贝壳，在朋友圈里传为佳话，他们在外界的传说里是情投意合的一对。

婚姻的真相如何，永远不足为外人道也。朱砂读过一位作家的比喻，婚姻犹如黑社会。仔细琢磨，还真是这样，旁人看到的，永远是黑衣墨镜威风凛凛的一溜队伍，谁都看不到内里的血腥与博弈，就像他们的婚姻。没人知道他们除了学术和附庸在学术上的人与事，已经无话可谈。没人知道，罗勒的身体已经诚实地表达了对朱砂的无感。除掉那些小视频，朱砂并不确定罗勒对别的真实存在的女人是否依然怀着强劲的力量，至少在表面上，罗勒从未有过桃色事件。罗勒是一个自恋的男人。但是，朱砂明白，这个自恋的男人，需要时刻印证自己的魅力。他特别享受女人对他的仰慕，也很会撩——他的撩，不是跌跌撞撞一身泥一身水的那种低端撩法，他是高级的，也是隐晦的。撩到了手，不会据为己有，不过随意一扔罢了。罗勒对待那些明恋或暗恋着他的女人是很残忍的。

朱砂对这一切只是佯装不知，用得着她的时候，罗勒自然会叫她出个面。偶尔，朱砂会被罗勒领着，接受某个女性的宴请，对方一定是单独宴请罗勒，当她出现时，人家往往面如死灰。朱砂意识到，又有一颗心破碎掉了。罗勒真是一个大玩家，他就像是玩世不恭的狩猎者，一箭飞射而出，当猎物绝望地闭上眼睛，等待他的捕获，他却再射一箭，将前面那一箭生生地给拦截了。没有捕捉，没有死亡，猎物只看见一个绝尘而去的背影。

朱砂配合着那些莫名其妙的饭局，假装看不见对方又美又惨的脸。

朱砂是一个很好的同盟。没人知道,她是在小心翼翼地维系着一桩叫作婚姻的事业,因为她害怕孤单、害怕失败。

当下,朱砂决定跟斯羽聊一聊关于贝壳的事。在她的婚姻里,贝壳与乐高是不同状态的标志。贝壳是一件浪漫的事,乐高则是一件孤独的事。

"小时候,我有个好朋友,是我从幼儿园开始的同学,直到高中毕业,我们才分开。她的父亲是海员,每年只有一次休假,每次回来,都会带给她许许多多可爱的贝壳。就是在她那里,我头一回听到了海螺里海浪与海风的回声。"朱砂慢慢说道。

朱砂所说的那个女孩子,名字叫青豆。青豆的母亲和朱砂的母亲在县城的同一所中学工作,朱砂的母亲是语文老师,青豆的母亲是数学老师,她俩总是搭班,配合默契。语文老师和数学老师是闺密,她们生下来的两个小姑娘也是闺密。

"我们还在肚子里的时候,我们的母亲曾经闹过指腹为婚的笑话,生下来以后,才知道我和青豆都是女孩。"朱砂说。

"青豆?"斯羽挑挑眉头,直言不讳地评论道,"这名字真是小家子气,格局太小了,比不得红豆的寓意。青豆除了炒了吃、炖了吃、榨成浆,简直一无是处。"

"她是一个小巧玲珑的女孩子,人如其名。"朱砂说。

"好吧,这是一个不错的理由,"斯羽一本正经地点点头,"我原谅她父母清奇的脑回路。"

"青豆患有先天性心脏病,刚出生的时候,大夫预言她活不过三岁。"朱砂说。

"您刚刚说,你们从幼儿园到高中都是同学,也就是说,她打破了大夫的预言?"斯羽打断朱砂,态度变得认真起来,而在朱砂讲述的最初,他是一脸漫不经心的表情。

青豆确实是一个奇迹,她是生命的奇迹,也是朱砂的奇迹。朱砂的母亲严格得近乎苛刻,朱砂是那种用一生来治愈童年伤痕的女子。

在朱砂的家里,父亲是不显山不露水的,他是县教育局的头头,在外面,是领导,回到家里,却是被统治阶层,母亲掌有绝对的教育大权。偏偏母亲遍读中国古代文史哲经典文献,获得了美善之义理的引导,却缺乏省思和审辨的精神,偏执地将伦理启蒙放到年幼的朱砂身上,将她往完美的女德方向打造,试图培育一个罕见的古风淑女。这样的教育导致的结果是,朱砂没有小孩子可爱活泼的性情,她孤僻而自卑。除了青豆,她没有别的朋友。

青豆跟她很像,也是活在清规戒律中,不同的是,朱砂是被禁锢在很不成功的"国学"教育里,而青豆纯粹是被残缺的身体桎梏。青豆不能跑步、不能跳绳,不能淋雨、不能玩水,不能蹦蹦跳跳、不能大叫大笑,她安安静静地坐在家里听收音机,或是帮母亲摘菜、剥豆子。青豆家里经常吃豆制品,比肉类容易消化,又比别的蔬菜营养价值高。

从上幼儿园开始,青豆就三天两头地请假,降温了请假,暴热了请假,一有风吹草动就请假。朱砂一放学就到她的家里,写完作业就陪她听收音机,也陪她剥豆子。她们交换彼此的玩偶,一起堆积木,一起看小人书。青豆父亲从海边带回来的贝壳,青豆会分给朱砂,后来,她发现朱砂对贝壳的喜爱比自己要多一些,索性把所有的贝壳都送给了朱砂。因而朱砂很小就是一个收藏家了,别人收藏的是古玩、书画、标本,她收藏的是贝壳。她得到的第一枚珍贵的贝壳是鹦鹉螺,那时她还不知道它的价值,只是笼统地觉得极美,这跟她对青豆的评价是一样的。她听见过四邻的议论,有病的孩子相貌会格外漂亮一些,青豆就是这样的例证。青豆那种柔弱无骨的妩媚,在她看来,就像那枚鹦鹉螺,动人心魄。

青豆也是一个小小收藏家,她的藏品是当时很流行的邮票。她有厚厚的一大本集邮册,是她的父亲从世界各地寄回来的信封上扒拉下来的。青豆把贝壳给朱砂,朱砂就把家里的邮票都给青豆。朱砂家里的信不多,但她把每封信上的邮票都撕下来,大部分是很普通的、大量发行的邮票,青豆从不嫌弃。朱砂交给她,她就一视同仁地、慎重地粘贴在自己的集邮册上。

青豆是不能出门疯跑的,朱砂也喜静,这两个小姑娘就待在屋子里,欣赏贝壳与集邮册,头靠着头,窃窃私语。她们有说不完的话,两颗稚气的心灵是完完全全相通的,彼此之间是那么的了解,那么的深爱,没有误会,没有猜忌。心有灵犀、心心相印这样的成语,仿佛就是为她们而创造的。

青豆度过了被疾病诅咒的三岁,那不是天意,而是她的父亲长年漂流所赚来的高薪换取的。她被父母从小县城的医院送到上海的大医院治疗。她在八岁时,接受了昂贵的手术,这种手术,每隔十年就要去上海进行一次。青豆的父亲不得不长期从事航海业,他为女儿的手术费操碎了心。不得不说,青豆是一个有福分的女孩子,她的父母甚至放弃了生二胎的指标,全心全意照料着这个如同水晶般美丽而又脆弱的女儿。

有将近二十年的时光,青豆都是朱砂生命里至关重要的角色。结婚以前,青豆对朱砂的意义就在于,她是朱砂在不近人情的母亲之外得到的最为女性化的温暖与呵护。结婚以后,这种意义变成了比前夫更为契合的怜惜与了悟。朱砂是一个受伤的人，她的个性被原生家庭拼命压制，直到母亲在五十九岁那年患病早逝后，才开始逐渐地、一丝一毫地复萌。至于她跟前夫那些纠缠不休的过节，或许是终生都无法修复的。

青豆仍然生活在她和朱砂出生的那个地方，那座县城临山，不通航班，铁轨之外，就是延绵起伏的山峦，山中多雨且潮湿。火车越过弯曲盘旋的山路，透过车窗望出去，一片黛色。

顺着青豆的故事，朱砂描述了自己的家乡，那里以水墨画一般的山色和各种刺激感官的辣味美食著称。出生于此地的姑娘都是天生的吃货，朱砂与青豆是例外。青豆的禁忌源于她的疾病，而朱砂则是由于迁就青豆，她愿意陪伴青豆吃那些单调清淡的食物，不去独享麻辣鲜香的滋味。碰到青豆生病，只能整天喝稀粥，朱砂就留在她家，陪她喝白米粥，连过粥的小菜都不要。青豆的母亲过意不去，单独给朱砂煮两只鸡蛋，她小口小口地吃下去，没有任何技艺、没有任何调料的白煮鸡蛋，也能吃出唇齿留香的美好。这种淡然随性的饮食态度一直伴随着她，纵然远离了青豆，她依然没有报复性地饕餮。从理论上来讲，应该是与青豆之间浓醇的情谊，填补了空虚的胃，她在这方面是没有缺憾的。

斯羽听得很专注，朱砂停顿下来的时候，他开始追问一些细节，比如青豆的病号饭，白米粥的火候、浓淡，米质的选择，等等。时隔多年，朱砂已经记不太清楚青豆母亲熬粥用的是大米还是小米，斯羽很内行地告诉她，一碗用山泉水熬制的小米粥，胜过世间大部分珍馐。朱砂说，青豆家的粥，确实是用泉水熬的，他们的住宅离山很近，半里外就有一条汩汩流淌的山涧。青豆和朱砂每天用水壶去打水，当作一天的饮食用水。青豆卧病时，朱砂就携着两家的两只水壶，经过那段被浓密的竹林覆盖的山路,独自去打水。

"听起来太有诗情画意了,"斯羽坦白说,"师母,我还想听,后来呢?青豆怎么样了?"

"后来——就是没有后来。"朱砂平静地说。斯羽似懂非懂地"哦"了一声,他跟其他听众的揣测如出一辙,他一定以为青豆死去了,不是死在三岁,而是死在了更加令人悲伤的十八岁,像一朵刚刚绽放就凋谢的花朵,花瓣纷纷坠落如雨。

这个闺密的故事,亦是朱砂较为亲近的朋友皆知的,聊到贝壳,朱砂就会讲起青豆,她们曾经是那样的相亲相爱,像一对血脉相连的亲生姐妹。朱砂不是一个在社交圈里活跃外向的人,跟她往来亲厚的人相当有限,她也不太提到自己的私事。成年人的身后,谁都是一地鸡毛,没什么值得夸耀或是卖惨的。然而青豆与贝壳,是她很愿意跟人分享的过往,分享其中最美的部分。后来,在她的讲述中,却是一段神秘的缺失。

朱砂和斯羽在月光岩待到日暮时分,他们顺着来时那道窄窄的铁梯,回到外面的世界。路很陡峭,斯羽一路照拂着朱砂,她倒是无惧,毕竟是在山边长大的,登山皆如履平川。

"要是青豆还在,真想去拍一下她那本集邮册,搁到现在,是很珍稀的了。"斯羽一脸的神往。他想到的点,倒是与常人有异,一般人听完朱砂的往事,会拍下那面贝壳墙,有人还会问起哪些是青豆的海员父亲带回来的,哪些又是罗勒后面填补上去的。朱砂随手指出一些,还真是随手,因为她每回指出的都不一样。

真相是,那面墙上,没有一枚贝壳是从青豆那里拿过来的,没有一枚贝壳沾染着青豆的体温和气息,它们大部分是朱砂离开青豆以后,逐年在旅途中捡拾的,还有一些是嫁给罗勒以后,罗勒带给她的。至于从前青豆赠送给她的贝壳,她初次结婚时,很是隆重地搬去了前夫的家,前夫家有很大的鱼缸,贝壳就沉在鱼缸里,静静地卧在水草和灯管间。儿子牙牙学语时,拽着她的手,把她拉到鱼缸边,指着那些贝壳咿唔作声,看得出来,儿子很好奇。离婚时,她并没有带走那些贝壳,它们和她过去二十几年的岁月一起被留在了那座山边县城里,沉淀在了前夫家的鱼缸里。

其后的这部分,还有其他许许多多不愿回首的往事,除了罗勒,朱砂没有对任何人讲起过,就让他们把那面墙壁当作友谊的象征,就像一些地标性建筑,譬如莫斯科的红场、布拉格的列侬墙、成都的杜甫草堂,既是纪念,也是祭奠。

他们来到大街上,朱砂在手机APP上叫了一辆车,斯羽没有跟她抢。等车的间隙,他们茫然地望向人头攒动的马路。斯羽用手机拍摄着街景,在他这样的年纪,体内的荷尔蒙可以让一切平庸无奇的景观自带美颜功能。

"每座城市都是如此雷同,每个黄昏都是如此孤独。"斯羽好像看穿了她的心思,突然冒出一句文艺腔。朱砂怔了怔,斯羽常常会有少年老成的感觉,其实他早已算不得是少年了,但学生的身份依然将他囚禁在未成年人的状态中。

随着一声尖锐的刹车声,斯羽蓦然跳下人行道,伸手挡在她的眼前。"不要看!"斯羽急促地说。

朱砂不明所以,试图摆脱他的手,斯羽更坚定地靠近了一步,把她的视线挡了个严严实实。从声响判断,朱砂明白是发生了车祸。一阵纷乱的脚步声,一些叫嚷声,远处传来救护车的鸣笛声。

"有人受伤了吧?"朱砂问。

"不要问,"斯羽说,"晚上会做噩梦的。"

"你这孩子,我不是小女生,我不怕的。"朱砂嗔道。

斯羽很固执,就是不让她看。他的身体靠得很近,朱砂闻到他身上的汗味儿,并不太浓,但是有一种奇异的气息,像是青草,或是蔬菜。过后,朱砂想到了中药,清苦的药草味道。那也许是某款特立独行的香水,学艺术的男生多半是考究的,选择香水喜欢另辟蹊径。

这时,朱砂叫的车到了,斯羽携着她,匆匆上车。斯羽侧身朝里,将窗户也挡住了。司机发动油门,一声感叹:"那么一大摊血,指不定救得活救不活呢……"

"你别说了!"斯羽截住司机的话头。面对朱砂惊疑的目光,他坦白交代:"说实话,其实我也不敢看,我晕血……"

朱砂哭笑不得,斯羽真是在高冷和搞笑之间切换自如。原来他才不是什么小暖男,是个胆小鬼罢了。

斯羽把朱砂送到酒店大堂,告诉她渔村那边有一间贝壳博物馆,拥有全世界最丰富的贝壳种类,值得去看一看。朱砂随口问他是否有兴趣,第二天可以一起去。斯羽竟然拒绝了。

"明天我一定要回成都了。"他说。

朱砂想一想,说:"这样好不好,每天我支付导游费,一共三天,请你找寻一些非热门、非网红的打卡地。"

"不用付费,我会去网上搜一遍,链接从微信里推给您。"斯羽说,"但是我没法陪您去,我必须回成都。"

朱砂心里暗暗纳罕,这个嗜钱的男孩子,居然推拒了赚钱的机会。斯羽解释道:"我约了一个慈善组织,明天到华西医院去看望一个患骨肉瘤的孩子。"

"你做慈善?"朱砂惊异道。斯羽年纪轻轻的,不像是一个宅心仁厚的人。

"是。"斯羽说,"我对自己发过誓,要在有生之年,做满一百件善事。"

朱砂没有再多说,只是礼节性地嘱咐他路上注意安全。

"谢谢师母。"斯羽临走时,又转头来问,"那个,青豆真的死了吗?"

朱砂不置可否。

"她要是还活着,我要去追她做我的女朋友。"斯羽正色道。这句话让朱砂心里咯噔一声,像是被重物给撞击了一下,整个人都是蒙的。

"青豆跟我同岁,跟你一比,就是半老太太了。"朱砂听见自己钝钝的嗓音。

"师母,我以为您是最开明的文艺女青年,不会介意年纪。"斯羽稍微有些诧异。朱砂更诧异,这是什么鬼? 是赞美还是嘲讽?

斯羽接下来说的话让朱砂惊掉下巴。"师母,您编故事欠了点儿火候,换作是我,这得是多大的一个悲剧啊,青豆就不要集什么邮了,贝壳就是您和她的最爱,到她临终前,托孤似的把贝壳托付给了您,从那以后,纵然天涯孤旅,您也从来没有扔掉过一枚贝壳。"说到这里,斯羽一拍脑袋,"师母,您有没有发觉,这是一个现成的玄幻题材? 青豆死了以后,灵魂住进了其中的一枚贝壳,您想要跟她倾诉的时候,就对着贝壳吹三口气,然后放到耳边,里面会传来她的回声——这创意太棒了!"

斯羽自得其乐地胡编乱造,朱砂一句话都说不出来。他们这代人是玩游戏长大的,个个是游戏高手,话语里往往有出乎意料的局,朱砂觉得自己的脑子锈掉了,根本转不过来,她忽然间非常后悔跟这个毫不熟知的男生转悠了这么久,还说了青豆的事,实在是自取其辱。

"斯羽,你有没有女朋友?"朱砂镇定下来,用油腻中年妇女的语气问道。她刻意拉开他们的距离,免得这小子造次。

"这个,无所谓有无。"斯羽漫应道,"不过,师母,要是青豆真有其人,我觉得她是值得我展开一场轰轰烈烈的恋爱的那种人,跟一个濒临死亡的人谈恋爱,被死神追到穷途末路,那会是一种什么样的感觉呢?"

斯羽斩钉截铁地宣布:"师母,我真的快要爱上您虚构的这个女人了!"

"再见了。"朱砂突兀地转身就走,她再也不想听斯羽的抒情。她难过得要命,因为青豆的缘故。不是斯羽亵渎了她,而是这个女子居然可以从二十年前的时空里探出手来,从一堆散乱的语言碎片中探出手来,搞定一个年轻的男孩子。朱砂自认没什么讲故事的天分,让斯羽心动的,不是平铺直叙的情节,而是青豆本人。

朱砂不得不承认,不管她的想法与评判如何,青豆就是一个有魔力的女人,吸引力法则在她身上是一种豪横到毫无天理的存在。

第二章

民政局的离婚大军里，言姐一定是最有派头的。停车场驻扎了好几辆车，有言姐的，有罗勒的，有言姐母亲的，就连言姐奶奶也神不知鬼不觉地赶来了。

I

民政局的离婚大军里,言姐一定是最有派头的。停车场驻扎了好几辆车,有言姐的,有罗勒的,有言姐母亲的,就连言姐奶奶也神不知鬼不觉地赶来了。老太太胸前挂着一张公交卡,精神矍铄,看谁都是乜斜着眼睛,一副护犊子的厉害样儿。老太太一向在气质这块是拿捏得死死的,以至于朱砂任何时候见着她,都是谨言慎行的,唯恐出了什么错,被她趁机立规矩。

罗勒那辆车里有朱砂、盛夏和斯羽。其实朱砂在来与不来之间好一阵犹豫,罗勒直到出门都没叫她一道,只叫了盛夏和斯羽助阵。到了地下停车场,发现忘带车钥匙了,打电话让她送下来。她送到车旁,罗勒信口说了句:"今天你不去办公室吧?"朱砂会意,立即说:"不用去,我跟你们一块儿吧,给言姐打打气。"

朱砂就这样跟了来。罗勒也是防御过度,专程从后备厢里把扳手拿出来,放进公文包里,一下车就拎着。罗勒提着他的公文包大步往前走,朱砂、盛夏和斯羽像三个保镖似的跟着。

盛夏没话找话地对朱砂说:"老师有备而来是对的,男方精神有问题,保不准哪根筋没搭对,冲着言姐一刀劈过来,后果就严重了。"

斯羽抬杠:"那个扳手怪沉的,老师抢得动吗?"

盛夏也是杠精,抢先反问:"你的意思是,用不着这个,双手就能自卫?"

斯羽笑笑,说:"老师是马拉松高手,言姐也跑过半马,前三。能跑得过他俩的人,不多。"

罗勒停下来,清清嗓子,做证道:"言姐体育一直很棒,初中开始就是学校的长跑冠军。"

斯羽补充:"言姐还练过跆拳道,黑带,二段,还真用不着这些武器。"

盛夏脸色难看起来,说:"你怎么什么都知道!"

朱砂出来解围,说:"老父亲是会紧张一点,必须外松内紧,毕竟那人精神不正常。"

盛夏立即说:"师母说得对,老师肯定特别担心言姐的安危。"

作为整桩事故的女主角,言姐延续着泰山崩于前而不形于色的本事。这样的日子她都没有翘课,一早就去了学校,上完两堂电影美学,下课后开车过来,一辆崭新的银蓝色宝马,大约就是罗勒给她的陪嫁。相比男方那辆保时捷,这车的气势就弱了。不过男方是单独前来的,在大厅里等着叫号时,坐在长椅上,手里竟然拿着一本纸质书,读得津津有味。略微凑近了,能看见是全英文的读物,深扒特朗普的成长史一类的。美国作者的脑洞是很大的。朱砂一向对热衷于政治的男人怀着敬而远之的心情,此刻对言姐又多了一分怜悯,这是有多倒霉,无端嫁了这么一个癫狂的货。

手续办理得很顺利,两家都聘请了律师,离婚协议书从格式到内容都精准地符合法律条文表述规范,办事员连一个标点的瑕疵都挑不出来。只是这二位从夫妻到路人的过程中,需要解决的财产问题稍显复杂,主要是两套房子,一套是言姐的母亲赠予小两口的豪宅区的大平层,写上了两人的名字,房产证办下来以后才能更名;另一套是男方作为聘礼,单给言姐买的小户型房子,也是产权还没下来,双方约定产权下来以后,言姐配合过户。至于他们作为婚房的湖景别墅,产权属于男方的家族企业,跟他们没什么牵扯。

从办证大厅出来,那个被抛弃的男人彬彬有礼地伸出手来,言姐迟疑了一下,还是跟他握了握手。这一握手,大家都相当警惕,亲友团在言姐身后虚张声势地一字排开。人家看这架势,非但没被吓倒,还跟总统检阅军队似的,逐个跟大家握手,连第二排、第三排的都不放过——本来是没有第二、第三排的,但看到那"咸猪手"伸过来,大家纷纷朝后面躲避,奈何再退一步就是墙壁了,只好硬着头皮受他的接见。

这人也是神棍一个,不厌其烦,谁都不放过,握到斯羽这儿,停顿了一下,说:"这位小哥哥我见过。"说着,就不肯松手了,上上下下地打量着斯羽。

斯羽试图抽回手来,却被一把捉住,牢牢握紧不撒手。这个动作一出来,气氛就两样了。罗勒与朱砂交换了一个眼神,朱砂朝一边退去。他们在车上分派了任务,一有风吹草动,就由三个男人掩护,朱砂和言姐负责报警。

"阿姨,您别走。"那人叫住了朱砂。朱砂不知所措,看了罗勒一眼,罗勒朝前一步,平和地说:"事情办完了,就此道别吧,你也早些回家。"

"我想起来了，你就是婚礼上，言姐叫我帮你挡酒的那小子。"那人对罗勒的话置若罔闻，直视着斯羽。空气里充满了剑拔弩张的危险气息，盛夏的目光下意识地投向罗勒的公文包。

"哥，改天咱们单独喝两杯。"斯羽居然镇定地来了这么一句。

"行！"那人松了手，拍了拍斯羽的肩膀。斯羽瘦，但个子比他要高，他拍的姿势就挺别扭。他说："我老婆——你瞧我，都忘了，现在是前任，我这前任对你可是心疼着呢，我是不是该预祝你们天长地久？"

朱砂捏着一把汗，看来这误会深了，弄得不好，刺激得这人现场发病，可真是吃不了兜着走。偏言姐还不嫌事大，神经兮兮地说："你放一百个心，这辈子我是不可能嫁给斯羽的，他要是肯娶我，当初就没你什么事儿了！不过，他要是肯回心转意，我愿意原地等待！"

朱砂脑子里轰的一声，都不敢朝他们看，想象中，下一秒那人一定当街发疯，指不定掏出什么来，罗勒的扳手就要派上用场了。斯羽说得对，那扳手很重的，抢不抢得动还是两说，又不是关羽耍大刀……她这边一通胡思乱想的，言姐的前夫却整了整他那件 Burberry 外套的下摆，一言不发地、大步流星地，就这样不带走一片云彩地走了。走了？走了——留下原地一众人等在风中凌乱。大家面面相觑，意犹未尽，每个人眼里都是同样的疑问：这么轻易就打发掉了？

他们目送着那个男人驾驶着他的豪华超级跑车一溜烟地冲进车流中。斯羽转过头来，冲着言姐咆哮："姑奶奶，你有毛病吧，我没招你、没惹你，你干吗甩这么大一口锅给我？"

"他就是那种人，救世主人格，他的女人，就是王的女人，必须得有个接盘侠稳稳地接住了，他才安心，不然不知道怎么惦记我、担心我呢。"言姐眨眨眼。

"接盘侠！你怎么不说是备胎呢?!"斯羽抚着额头叹息。

罗勒皱起眉头,说:"都走吧。"罗勒领头朝着停车场走去,几个家伙跟在他后面唇枪舌剑。

盛夏说:"言姐,斯羽这手无缚鸡之力的,你找他当备胎,人家更不放心了。"

斯羽接上:"可不是,言姐,实在缺人的话,大师兄这不现成的吗？肌肉型男,帅炸苍穹,有匪君子,如切如磋,如琢如磨……"

罗勒暴喝一声:"上车!"又加一句:"斯羽,你伶牙俐齿的,有这功夫,搞搞科研,再不济,做你的主播去,还能产生经济效益。"

斯羽灰溜溜地住了嘴,正要坐进后座,却被言姐叫住。言姐说:"羽哥,你坐我的车。"斯羽不敢轻举妄动,看向罗勒。罗勒淡然地说,去吧。斯羽如蒙大赦,跑向言姐的车。罗勒这边就剩下朱砂和盛夏。他们的车缓缓驶出停车场,走在前面的是罗勒前妻的车,一辆朱砂连牌子都叫不上来的豪车。自始至终,罗勒的前妻并没有上前,就在停车场,坐在车里,车窗摇下来,远远地注视着这边。罗勒也没允许老母亲进入大厅,他让老太太在外面候着,离婚手续一完成,罗勒就说要开车送送老太太,老人家固执得很,非要搭公交,说是免费。

前妻与罗勒的车一前一后驶出,在路口,朝着两个不同的方向各自疾驰而去。朱砂回过头去,言姐的车没有跟上来。

盛夏也回过头去看了一眼,转过身来,跟罗勒说:"老师,研一的读书笔记,就斯羽的没交。"

罗勒掌着方向盘,"嗯"了一声。朱砂不是第一次听见盛夏在背后打斯羽的小报告了,盛夏不是刻薄的大师兄,很多时候,罗勒为哪个徒弟的论文发火时,他还会努力去转圜。到斯羽这里,他的大度就行不通了,他好像是故意在煽风点火。

盛夏又说:"规定每学期至少打卡五场学术讲座,学期已经过半了,斯羽才打卡了一次。"

罗勒没再说话,但车子明显提速了。强劲的风从车窗外刮进来,风也没能让盛夏闭上嘴。盛夏接着说:"老师,您不知道,斯羽前两天跑厦门去了,接连三天做的直播,都是在厦门。他跟您请假了吗?"

朱砂愣了一下神。斯羽说过,大师兄是不看抖音的,看来他还是嫩了点儿。不过这也证明斯羽的直播粉丝量不少,连大师兄都被圈了粉。

罗勒含糊地支吾了一声。盛夏接着说:"他跟谁都没打招呼,照他这样的节奏,三年一晃悠就过去了,别说毕业了,连开题都成问题,可千万别在这方面开了咱们师门的先河。"

"我抽支烟。"罗勒在红灯前刹住车,对朱砂说。朱砂没作声,他兀自点燃一支烟。从前罗勒的烟瘾很大,一天两三包的量。几年前在外地开学术会议时,他发作过一次心梗,抢救了回来,从此整个生活习惯都改变了。尽管烟还抽着,但一包烟能对付两三天,并且换成了尼古丁含量较低的细烟。朱砂明白他心绪烦乱,因为他极少在她面前抽烟,二手烟的危害他们都懂。

"像斯羽这样不自觉的学生,就应该要求前两年住学校宿舍,严格考勤制度,当作本科生来规范管理。"盛夏试探着提了一个建议。

"那不行,硕士阶段只能是一种开放式的学习——"红灯转绿,罗勒踩下油门的同时,突然话锋一转,对朱砂说,"咱家那只紫砂煲利用率太低了，秋天了，适当地煲一些汤，对身体有益。"

朱砂反应慢了半拍，见她没有立即表态，罗勒对盛夏说："待会儿我经过学校西门，你就在那里下车，离宿舍最近，你先回去。我和你师母顺道去趟菜市场，晚上你也来家里吃饭。"

朱砂终于明白过来，罗勒的烦躁，不是因为师门里出了个不争气的学生，这还不至于让罗勒抛开不用二手烟祸害朱砂的准则。起因是她没眼力见。

言姐在家里住了好些天，这一回，不知何故，她没有去奶奶家，也没有去她的生母那里。罗勒的住宅在师大统一修建的教工小区里，他们住在顶楼的复式单位，四个房间，阔大的屋顶花园，如果存了心，待在屋子里不出来，一家人整天互不照面也是有可能的。有几天，朱砂确实没有见到言姐，她在房间里，时不时听见外面的关门声、轻轻的脚步声，转眼之间，就静下来。

言姐有没有觉得不自在，朱砂不知道。她自己的起居很规律，不去杂志社的话，她的时间就被改稿、读书、练瑜伽、散步、拼乐高、看电影这些事一件一件地分割开来。白天罗勒是不在家的，他们也没有养宠物，有了言姐，朱砂只需要略略精心地准备三餐即可。其实言姐也很少在家吃饭，有没有课程她都到学校图书馆去，早餐就在路上买一杯咖啡，午餐她也不回来。晚上她到家早的话，朱砂就会准备一点饭菜，当真是一点。朱砂自己吃得少，给言姐的分量同样不太多，一盘蔬菜沙拉、一碟白灼虾等，都是既有营养又减脂的食物——减肥是全世界女人终生奋斗的事业。

言姐从不拒绝与朱砂共进晚餐，她大大方方地坐下来，朱砂捧出什么，她就吃什么，吃得干干净净的。朱砂的理解是，这是个有礼貌有教养的女孩子。她从没想到言姐有没吃饱的可能性。有时罗勒回家,三个人一起吃饭,菜式会更为精致一些,但分量还是跟猫食似的,甚至朱砂会从健康的角度出发,为罗勒准备一餐全水煮的食物,紫薯、山药、玉米,无盐无油,言姐也跟着吃,从不评论。令朱砂不太舒服的是,罗勒回家吃晚饭,不会再提前知会。常常是朱砂和言姐已经开动了,罗勒突然出现,跟突击检查似的,弄得朱砂手忙脚乱,不得不临时从冰箱里拼凑食材。

罗勒在校门外放下盛夏,又叮咛了一遍让他来吃晚饭,就把车子开到了超市。罗勒是不太去超市的,他也不懂得那些特价打折之类的奶奶经,他往推车里搁的,都是同类产品中最贵的,连蔬菜都是绿色有机的。结账时,收银员报出一个惊人的数字,罗勒面不改色地付了账,用的是他自己的钱。平时购物都由朱砂埋单,他们的公用资金是朱砂在管理收支。

不只出面买菜,罗勒还亲自下厨了。朱砂听见他在电话里推了好几件事,还把手机调成静音,让朱砂帮他系起围裙,专心致志地担当大厨。罗勒的学术身份高贵,但绝对不是什么衔着金钥匙出生的豪门贵胄,他是寒门出贵子,"君子远庖厨"这些说教在他那里是不存在的。他操刀的姿势很有范儿,又舍得作料,一通煎炸烹煮,厨房里香得像饭店的后厨。

朱砂兢兢业业地打下手,罗勒把操作台弄得像爆炸现场,她负责善后。罗勒擅长核心环节,不善于收拾清洗,然而生活中往往没有那么多的主次之分。这样一来,朱砂比哪回做饭都要累,忍不住揉了揉腰,她的腰椎不是太好。

"老婆,辛苦了。"罗勒轻揽了一下朱砂的腰。

朱砂笑着说:"在家做一顿大餐不容易。"

"我是看言姐老叫消夜,那些外卖不卫生。"罗勒凝视着她的双眼,温言道。

罗勒的话里没有一个字是在责备她，但朱砂听出了机锋。她以为这顿饭是庆祝言姐重获新生，结果完全不是这么一回事，人家是看着女儿晚饭没吃饱，以身作则，含蓄地提醒朱砂身为长辈的职责。朱砂不由得心生愧意，那些外卖餐盒，言姐没有刻意藏起来，就扔在垃圾袋里，朱砂也看见了，却根本没有多想。

"是我大意了，没有考虑到年轻孩子消耗大，需要更多的能量。"朱砂坦诚道，"从明天开始，我正正经经做有热量的晚餐，你知道言姐喜欢吃什么吗？"

"这个我倒是没有发言权。"罗勒想了想，"你可以问问言姐，我看她点的外卖里面，肉类不少。"

"年轻的时候，谁都是无肉不欢的。"朱砂说。这句话好像有些跑偏了，罗勒没有接话。婚前，罗勒是一个热情似火的恋人，即使不见面，在电话和短信里他都能撩，他有一堆古风古韵的荤段子说给朱砂听，每个段子还一本正经地注明出处，他从《山海经》里都能爬梳出一两则黄色笑话来。这些段子专属于朱砂，他从来不在外面讲。在饭局上，他讲的是关于文化的典故，引经据典，旁征博引，他能从古希腊文明讲到科幻电影，任何饭局，他都是当之无愧的核心人物。然而最近这几年，那些黄段子在朱砂跟前也消失了，朱砂不知道他是转了心性，还是留给了别的听众。

罗勒转过头去，一样一样近乎繁文缛节地摆放餐具，朱砂看着他的架势，心里呻吟一声，待会儿洗碗机会崩溃的。罗勒解掉围裙，拿出一瓶红酒，两人就坐在餐桌前傻等。

先来的是盛夏。到底是乖孩子。盛夏洗了手坐下来，听说这一桌的菜都是导师出品,吃惊得眼珠子都快要掉下来了。盛夏带来一篮子草莓,朱砂用淡盐水浸泡清洗过,做了个果盘。

罗勒给言姐打了两遍电话,大小姐终于姗姗来迟。一同来的,还有斯羽。两人扛着好些设备,准确地说,是言姐扛着好些设备,斯羽跟在她后面,手里替她拿着包包。

斯羽是不速之客,朱砂起身多摆放一套餐具。言姐吃得很少,罗勒煞费苦心的作品,她不过是蜻蜓点水地尝一尝。

罗勒忍不住王婆卖瓜,自卖自夸了,说自己这餐粗茶淡饭是有门道的,蒸蛋没加葱花,以蟹腿肉来提鲜,那盘红烧的是鱼脸肉,看着像茄子的那个炖盅,里面是甲鱼裙边,汤汁正好拌饭。

“早知道有大餐,下午我就不买那两盒肉松小贝了。一盒六个,我全吃了。”言姐诚实地说,“老师,我实在是吃不下去了。”言姐是个趣怪的女孩子,自从考上罗勒学院的研究生,就跟着学院里的其他人,称罗勒为老师。

闻言,朱砂为言姐盛了一碗猴头菇老鸭汤,这丫头哪怕喝两口汤,那可怜的老父亲心里也要好受一些。

斯羽吃得也不多,罗勒盯着他:“怎么,你吃了那另外一盒肉松小贝?”

几个人都笑了。

言姐喝光了那碗汤,站起身来,说:“吃饱了,继续去搬砖。”

斯羽扔下碗,跟上她,两人把设备搬进言姐的房间,紧紧地关上房门。

罗勒转头问盛夏:“他们在干吗?”

盛夏说:“他们又做了个‘言姐羽哥’的新号。”朱砂看了盛夏一眼,这位大师兄还真是无所不知。

"什么？"罗勒没听清。

盛夏拿出手机，打开抖音APP，搜出那个账号。那是一个整蛊的策划，斯羽和言姐找了一些爆款影视剧，剪辑其中的片段，用四川方言来配音。盛夏放了几段，好些作品都被他俩给玩坏了，但恶搞毕竟带来了小乐趣，连罗勒都撑不住笑了。

"这孩子！"罗勒喝了一大口红酒。

"老师，您要看他们直播吗？已经开始了。"盛夏说，"他们会在直播间里唱歌，还卖电影卡。"

"卖电影卡？还真是学以致用。"罗勒推开碗盏，头也不回地进书房去了。

盛夏一边帮着朱砂收拾餐桌，一边说："师母，我觉得老师要管管言姐，这段时间她心情不好，可以理解，但她要是从此跟着斯羽混下去，她的学业该怎么办？"

朱砂"嗯"了一声。盛夏接着说："师母，您得提醒老师，他事儿太多，顾不上。"

朱砂不得不敏感起来，盛夏是个理性的孩子，从未见他唐僧念经似的絮叨。他对斯羽有莫名其妙的敌意，现在，朱砂鉴言辨色，渐渐地厘清了事情的渊源———定是言姐。

果然，盛夏和斯羽三天两头就往家里跑，言姐不知怎么怂恿起了盛夏，连端庄持重的大师兄也跟着他们胡闹起来。朱砂专门下载了抖音，到那个账号里去看，短短几天，涨粉两三万，有一条视频是三个人的配音，那个尖着嗓子说话的，是盛夏。

账号里也有斯羽做慈善的视频，三个人一块儿，每个周末坚持去一个郊区的农户家里。那家人也算是倒霉透顶，一个病病歪歪的老父亲，患了风湿，走路都吃力，儿子、儿媳都是精神病人，成天呵呵傻笑，偏偏生了一对粉雕玉琢的儿女，一家人全仗着老人照顾。他们仨去接那对脏兮兮的小姐弟，到母婴店里洗澡换衣服。那家人住在比草屋好不了多少的低矮砖房中，脏乱差。他们送回孩子时，顺手打扫卫生，把屋里堆成山的垃圾清理出去，可惜每回把东西归置整齐了，下次去依旧一塌糊涂。

朱砂一段一段地翻看着视频，斯羽已经为这个家庭募集了好些奶粉、衣物，每次上门都扛着一些快递包裹，孩子们的营养基本不成问题。家私用具也是赞助的。

现在，朱砂有的是看抖音的时间，煲汤的时候看一眼，焖肉的时候看一眼——她的生活陷进了柴米油盐的泥淖。罗勒已经明示过了，她没法消极怠工。她每天都搭罗勒的车赶早出门，目的地是超市，挤在一帮老头、老太太中间，采购新鲜的食材。一过午后就得着手准备做菜，傍晚六点半准时开饭。言姐、斯羽和盛夏是准点到家，他们的直播时间是七点。就连罗勒在家吃晚饭的频率也陡然提高，即使加班，他也开车回来吃过饭，再到办公室里去。

朱砂每餐都煲汤，配菜参照营养学的要求，花样不断翻新。她的厨艺有限，一两个礼拜下来，就有点黔驴技穷了，不得不随时打开"下厨房""小红书"上的菜谱宝典，常学常新。然而，问题接踵而至。首先是她那些衣服，不适合当大厨的工作服。朱砂走的不是妖妖娆娆、媚眼如丝的狐狸精路线，她的衣服款式简单，但都是一些轻奢品牌的经典款，经不起油烟的"熏陶"。然后是她的脸，虽然没有做过医美，但一千多块钱一小瓶的精华液，在菜籽油、猪油、黄油面前，什么都不是，毛孔变粗大，黑头、斑纹纷纷破壳而出，要多绝望有多绝望。当然，跟耗费的时间相比，这些还不算事儿。早晨的超市、夜晚的厨房像两场飓风，一转眼就把她的一整天给席卷到了半空，再啪的一下拍死在地上。

有一天晚饭后，朱砂穿着进厨房的专属睡衣，用橡皮筋把头发绑在脑后，守着洗碗机工作。这个时段，她本应争分夺秒地开启扫地机器人，要是没有统筹兼顾的意识，家务就是一个坑。可是，她实在想要懈怠一次。她坐下来，给自己冲了一杯咖啡。

这个时段，每个人都在做自己的事情。言姐、斯羽和盛夏待在屋里直播，言姐很有领袖气质，不仅把牢骚满腹的大师兄忽悠到直播间里去了，还帮他们起劲地吆喝卖电影卡。罗勒吃完饭就一头钻进了书房，赶着做第二天的演讲PPT。朱砂应该冲好咖啡送进书房，放到罗勒手边，再切一碟子水果，悄悄放到言姐的房间里。作为这个家的女主人，一个有分寸感的妻子，她理应做得更周到，她一直在努力朝着那个方向去奋进，可是，此刻她什么都不想做了，她情愿蓬头垢面地坐在厨房里喝咖啡。

她觉得累。她不想矫情地欺骗自己，这就是生活。不，这正是她曾经不顾一切逃离的状态。时不时与罗勒共进晚餐，是愉悦的、充满期待的，可是，偶然一餐与每天一餐，差异大了去了。前者是一种调剂，后者却是一道深渊。她感到自己正在被某种规则改造——逃过了前半生，最终栽在了后半生。

她盘算着请一个钟点工，工钱他们负担得起。他们已经有了一周一次的保洁服务，添加晚餐服务，这没什么。但是，时机和节点很重要，太早提出来，她无疑就是一个懒惰、狠心的后妈。她不由得想到前夫的现任，那个代替自己为儿子做了二十几年饭的女人，究竟是什么样的执念让她坚持不懈地做着这样一件枯燥、油腻的事？以前她狭隘地将答案圈定在爱情上，可是，毫无疑问，她也很爱罗勒，那爱里，有欣赏的成分，有敬仰的成分，也有虚荣的成分。这本就无可厚非，爱不是金属，不需要以纯度来衡量，更不需要99K纯金质地，它本身就是一种复合物。她是那么爱罗勒，爱屋及乌，延展到言姐身上，就变成了叶公好龙，她没法为言姐做出长时期的牺牲，不管是时间，还是精力。这一点，她要比抚养儿子长大的那个女人逊色太多，后者即使是做戏，也是假戏真做了。

刚嫁给罗勒时，她曾经有过生一个孩子的念头。就像一切陷入爱情的女人，她的母性基因发作起来，她说服了自己，也说服了罗勒。但是，那两年，她正赶上评副编审，要考试，要有科研成果，她不甘示弱，生孩子肯定得往后挪。等她评上了副编审，罗勒迎来了一次国字号人才称号申报的机会，需要全情投入，生孩子就彻底搁浅了。他们都有孩子，也都不是糊涂的人，凡事看得透彻，一码归一码，再婚的意义在于与一个有趣的人结成灵魂伴侣，而不是把初婚生孩子、养孩子的日子重复一遍。

"这不能是一场持久战。"有个声音在她身后轻轻响起。朱砂一惊，回过头去，是斯羽。他熟门熟路地倒了一杯白开水。

"你是指什么？"朱砂反问。

"我是指，生活。"斯羽嘴角有个淡淡的微笑。

朱砂不语，心里却十分震撼，这孩子看出了什么？

"想到每天都要跟油腻腻的灶台、一大堆乱七八糟的垃圾打交道，就会觉得，生命实在是太长太浪费。"斯羽接着说。

"你要咖啡吗？"朱砂镇定自己，她承认斯羽说得对，可是，她不能跟一个二十多岁的毛头小伙纵谈人生，那太幼稚。她甚至想起一句歌词，但是她没法跟他探讨。

"不了,除了白开水,我不想喝别的。"斯羽晃了一下手里的纸杯,紧接着,哼唱出朱砂想到的那句歌词,"是谁来自山川湖海,却囿于昼夜厨房与爱。"

"直播结束了?"朱砂按捺着震惊,平淡地问。

"没呢,这会儿大师兄和言姐对唱英文歌,让他俩尽情发挥吧。"斯羽看着她,"师母,您不应该把自己搞得这么憔悴,太具象了不好。我猜,老师离不了油烟气,但他更愿意让您保持缥缈的仙气,就像在厦门时的那种感觉一样。"

朱砂好笑起来,说:"斯羽,我没有成仙得道的野心,你老师也没有,我们都是接地气的凡人。"

斯羽说:"那您就是老师的白月光,师母。男人吃完番茄酱,一擦嘴巴就忘了,心里留着的,永远是那道可望而不可即的白月光。师母,您看那里。"

斯羽指向窗外,朱砂看过去,这种有轻度雾霾的天气,天空中除了灰黑,就是迷离的灯光的倒影,别无他物。朱砂问:"那里有什么?"

斯羽说:"什么都没有。"

斯羽说:"今儿不是晴天,看不到星星和月亮。"

斯羽说:"师母,您有没有一种感觉,每到深夜,当我们拉开窗帘,看向外面,即使是空无一物的天空,也会生出一种神奇的力量,让我们充满了朝向无尽的夜空飞去的欲望?"

朱砂不欲深谈,开玩笑道:"仙气,白月光,飞翔,你的意思是,人类喜欢的都是看得见够不着的?"

斯羽认真地说:"是,天上的意象,除了风,对我们而言,都有足够强大的气场。"

朱砂问:"为什么除了风?"

斯羽说:"因为会飞的东西,是很难把握的。"

他说这句话的时候,好像有一道光,穿过幽深的隧道。他端起水杯,像举起了酒杯。随着这个动作,他的身影似乎开始拉长,越来越长,最后变成了一条白色的细线。那条细线不知道从什么地方断裂开来,一些细小的水珠滴落下来,整条线都成了滴落的水珠,朝着楼梯淌下去。这个过程安静得不可思议,一切都仿佛理所当然,就连朱砂都没觉得匪夷所思,好像变成水珠是一个人的宿命。那么问题来了,斯羽呢? 他真的化成了一道流水?

II

朱砂猛地醒了过来，她听见自己的心跳声。缓了缓神，她坐了起来，按亮小夜灯。她不明白怎么会梦见斯羽，就因为昨晚他跟她从厨房聊到了月光？梦里的句子，与昨夜简短的交流混为一谈。她不能确认他的语气，是戏谑的，还是诗意的。现实里分不清，梦境中也不能。

她看了一下时钟，快到五点钟了。这是一个尴尬的时间。她索性穿衣起床，梳洗以后，看了一会儿书，到厨房里做早饭。朱砂是新式厨具的拥戴者，她和罗勒的早点基本上用一只多功能的锅子就能解决，温牛奶、热麦片粥、煮鸡蛋。这是中老年人的标配，不适合言姐的胃。在早餐问题上，她要主动一些，扳回一局。婚姻就是一些细节上的对垒，输的次数太多，就会丧失精神上的傲然独立。她不能不识相地等罗勒再次出面示范，如何为女儿准备花样繁多的早餐。入睡前，她已经结合 APP 上的推文，草拟了早餐的名目。六点半，这个时间开始做饭，言姐就能在七点半吃上一顿后妈牌爱心早餐，有碳水，有蛋白质，有维生素，而不是星巴克里的咖啡加面包那么潦草。

果然，罗勒对她的"孺子可教"表示了衷心的感激，他拍了拍她的后臀——这是一个表达亲昵的动作，像微信里的"拍一拍"，男女老少皆宜。罗勒敲门叫醒了言姐，三个人坐在餐桌前，罗勒讲了一个冷笑话，是盛夏那一届的博士生，选取了一个脑残的论文题目，那个论点像是建立在流沙之上，大风一吹，就变得无影无踪。

"因此，标新立异未必适合放在选题上，有时，没人走过的地方，代表着没有路。"罗勒得出结论。

言姐打了个呵欠。"阿姨做的花卷看起来很棒。"她说。

朱砂露出老母亲慈祥的笑容，但言姐接着说："老师，我上午没课，我去睡个回笼觉。"她抓起一只花卷，睡眼惺忪地往屋里走去。

罗勒目送着言姐的背影消失在房间门口，对朱砂说："回头我让徐秘书发一张研二的课表，你看着课表，了解一下言姐的作息。年轻孩子贪睡，让她睡到自然醒。"

"好。"朱砂答应着。这一回，她的微笑里藏着咬牙切齿。扮演良母需要的演技超出了她的预期。这还不够，等她搭乘罗勒的车出门去了超市回来，家里来了一尊大神——言姐的奶奶。关键是，言姐没在家，号称睡觉，人却没了踪影，留下朱砂独自面对。

言姐奶奶早年是国营龙抄手餐厅的会计，耳濡目染，对面食很有心得。见了餐桌上朱砂没来得及收起来的花卷，老太太那眼神中的鄙夷，朱砂都不敢看。老太太很少到这里来，多半是罗勒到她家里去。朱砂睁一只眼，闭一只眼。那边有罗勒的家人和女儿，她没道理干涉。除了一些必要的传统节日，她跟罗勒的家人是不太见面的。

幸而老太太平日里也没工夫对他们的生活指手画脚,估计她的看家本领都在罗勒回去的时候发挥殆尽,罗勒不时会留在那边吃饭。言姐住过来以后,老太太担忧孙女被薄待,三天两头嘱咐罗勒过去,带回一些吃食来,多半是糖醋排骨、粉蒸肉这类家常菜,看样子是言姐平素喜爱的。这几天晚上罗勒都回来吃饭,老太太绷不住上门了,检查朱砂有没有虐待他们父女。这老太太一脸的正风肃纪,没戴红袖章也是一副秉公执法的气势。

　　朱砂毕恭毕敬地接受"组织审查",对老太太提出的一切质疑,都保证整改到位,内容包括但不限于:言姐的被褥(鸭绒被)太硬,立即改成棉花被;言姐早餐要吃两只醪糟溏心蛋(上火),一盅银耳羹(清火);罗勒每周日晚上(之前是固定去老太太那里的时段)要吃红烧肘子。

　　老太太不仅送来了精神指示,还带来了货真价实的食粮——罗勒这周末错过的一大锅红烧肘子。朱砂一看那重油重盐的就上头。原来这是罗勒的健康饮食观之外隐秘的快乐。他用星期天的一顿暴饮暴食的晚餐,撑持住其他六天清淡的饮食。果真每个人都有不可告人的小秘密。不过红烧肘子太小儿科了,朱砂没觉得惊异。她不是未谙世事的少女,若是怀揣着一颗玻璃心,早就被罗勒揉搓得面目全非了。

　　好不容易安然地送走了老人家,斯羽却来了。斯羽搬过来一些设备。他们已经不满足于单纯地玩配音。朱砂看过他们的直播,他们混剪了几段清宫戏的片段,把老子、儿子、孙子几代皇帝弄到一起调侃人生。斯羽还从自己的工作室里拷贝过来一些混音软件。

　　随着盛夏的正式入驻,那个抖音账号被改成了"言姐羽哥的盛夏"。一个无意间运行起来的账号,居然赶超了斯羽苦心经营的旅行账号。斯羽负责跟官方联络,花钱刷流量、接广告,顺便把他的旅行账号给卖了出去。三个人里头,显然言姐是文艺范儿,盛夏是愤青,斯羽则是不折不扣的生意人,他从来不做没盈余的买卖。

这些都是斯羽和盛夏留下来蹭吃蹭喝时,朱砂从他们的瞎侃中听到的。之前罗勒极其反感斯羽的抖音视频,这一回,他倒是保持着中立的态度,中间还提过让盛夏做一篇跟短视频相关的论文。想来罗勒的反转,是因为言姐。闪婚闪离的言姐,随便找一桩事来打发一下缭乱的心绪,罗勒肯定不会反对。这种时刻,只要不是违法乱纪就好,高雅也好,低俗也罢,那都是次要的。

傻子都看得出来,这三个人的关系很是微妙,尽管盛夏也加入了他们。盛夏的初衷一定不是钱,更不是热爱,他是去盯着言姐——盛夏对斯羽时常会有隐隐的怒气。那种敌意谁都懂。言姐刚一离婚,身边就热闹起来了。这也好,至少不会让人担心出现离婚后遗症什么的。

朱砂不管斯羽,自顾自地敷了一张面膜,坐在露台上改稿子。一会儿,斯羽出现在露台边,可怜兮兮地问:"师母,有吃的吗?"

朱砂想了想,说:"有坚果,还有水果。"他们家是不备零食的,坚果还是言姐来了以后,朱砂特意去买的。

斯羽勉强地说:"就坚果吧,早上赶急出门,没吃东西。"

朱砂去拿坚果,又给他削了一只苹果。斯羽也不拿自己当外人,一边跟着朱砂转,一边喋喋不休地说:"这种牌子的坚果好贵的,我都买杂牌的,不知道是不是化工香料放得多,口感反而好一些。"又说:"我最不喜欢吃苹果,太甜的会腻,不甜的又像是啃红薯。女生最喜欢苹果,说是减肥效果好。"

"那你要，还是不要?"朱砂停下来，看着他。不知道为什么，这孩子跟盛夏不同，也与罗勒其他的学生不一样，他好像不太怕她这个师母，没有那种缩手缩脚的态度，他有点当她是一个寻常的旅伴，可以信马由缰地乱侃。

"要，当然要。我都快要饿晕过去了，别说是苹果了，就算是喂兔子的青草，我也能吃一大把。"斯羽夸张地接过盘子。

朱砂笑笑，转身进屋，取掉面膜，做了一个细致的皮肤保养。她已经过了四十五岁，不年轻了，搁在不怎么讲究的女性身上，算是即将进入广场舞大妈的行列。因而她花在肌肤护理上的时间和金钱越来越多，不是张扬地做果酸换肤、清痘针、超微小气泡什么的护理，而是很舍得又很低调地用心保养。她从来都相信男人只肯去了解藏在一具好皮囊背后的灵魂，不只是男人，女人也是视觉动物，貌美如花不是一种状态，而是一种礼仪、一种担当，是对世界和他者的敬重。

等她出来，斯羽不见了。朱砂看了一眼入户花园，他的鞋子还在，人大约仍旧在言姐屋里摆弄视频和仪器。言姐的房间是异形的，带有一个很大的转角，布置出来，就是他们的直播间。

朱砂在厨房里做午饭，有了晚餐的负担，午饭就很敷衍了，她清洗蔬菜，打算做一份沙拉。斯羽不知什么时候出现了，靠着门边，又来讨一杯咖啡。

"喏，那边是速溶的，现磨的要自己动手，抽屉里有咖啡豆。"朱砂指给他，没打算帮他。

斯羽冲了速溶咖啡，喝着咖啡，还赖着不走，看她往蔬菜里挤沙拉酱。她连米饭都没有做。她打算用蔬果对付一餐，以平衡晚餐摄入的过高的热量,也算是轻断食。

"师母,有我的一份吗?"斯羽见她在餐桌前坐了下来,磨磨叽叽地蹭了过来。

"我以为你会回学校,不介意的话,跟我一起吃吧。"朱砂直言不讳。她真没准备留饭,晚餐斯羽、盛夏会跟着言姐蹭饭,她不想三餐都伺候这帮熊孩子。

斯羽一听,老实不客气地坐了下来,看了看她面前的盘子,低低叹息了一声:"师母,您确定这不是投喂鸡鸭鱼的?"

朱砂笑着说:"这会儿还早,你回食堂凑合一顿,晚上再过来,我给你们做好吃的。今早买到了虎头鱼,就做红烧虎头鱼吧,肉质不像大黄鱼那么厚,容易入味。"

斯羽摇头:"师母,我不要画饼充饥,您等我一下,我来做两碗面条。"

不等朱砂回答,斯羽已经打开冰箱,查看一番,拿出一小袋瑶柱,嘴里说着:"有瑶柱,就瑶柱鲜汤面吧。"

他一边开火爆锅,一边三两下切了一撮姜丝,就着热油翻炒瑶柱,然后加水入锅,面条直接放在汤里煮,整个动作十分流畅,一气呵成。

"师母,尝尝我的手艺。"斯羽把一碗面条放在朱砂跟前,期待地看着她。

细长的面条躺在浓白色的汤汁里,上面撒着细碎的葱花,散发出瑶柱的鲜香。朱砂吃了一点,倚老卖老地说:"没看出来,你这孩子还挺会做饭。"

"初中毕业那个暑假,我在一家面馆打了两个月的工。"斯羽很响地吸溜着面条。

"初中毕业?"朱砂想一想,"那就是童工?"

斯羽满不在乎地说道:"确实没满十六岁。大家都是邻居,知根知底,也没人举报——说是面馆,其实就是一家路边摊,我什么都得干,刷锅洗碗,遇到生意清淡,老板和老板娘跑去打麻将,有客人来,就是我上灶。"

"勤工俭学啊?"

"算是吧,我得自己赚够高中的学费。"斯羽几大口就吃光了自己的那碗面,连汤汁都喝得一干二净。

朱砂没再问下去,一切过去皆为序章,那序章里的快乐或是不快乐,都是私密的。

朱砂慢慢地吃着面条,斯羽坐在她对面,有一搭没一搭地说着煮汤面的秘诀。他告诉朱砂,涉足直播之初,他还做过吃播。

吃播里的猫腻海了去了,什么广角镜,什么催吐,什么食物道具,他都试过。他工作室的那几个小伙伴,也都出过镜,除了一个胖子特能吃,别的全是假的。这是朱砂完全陌生的一个领域,她听着有意思,也插嘴问一些细节。

正说话间,言姐回来了。看到斯羽,言姐愣了一下。言姐说:"你怎么在这里?"

斯羽笑道:"我拷软件过来,顺便在你家蹭个饭。"

朱砂问言姐:"你吃过午饭没有?"

言姐没有回答朱砂,面无表情地看着斯羽,说:"我找了你一上午。"言姐看起来很疲倦的样子。

"怎么不打电话?"

言姐挑挑眉头,斯羽本能地拿出手机,看一眼,忙道:"不好意思,刚才录了一段视频，手机调成静音了。"

"你的工作室退租了？"言姐走过来，直视着斯羽。朱砂下意识地站起身来，有什么地方不对劲，她不知道该不该回避。

"退了。"斯羽轻描淡写地应了一声，开始收拾碗筷。

"我来吧。"朱砂想要接过去，被斯羽推拒了。斯羽打开水龙头刷碗。

言姐对着斯羽瘦骨嶙峋的背影，突然就暴怒了，冲着斯羽大声嚷嚷："你莫名其妙退什么租？你上哪儿找那么便宜的房子去？你脑子进水了不是？你退租，你也不说一声！"

朱砂还没见过言姐发那么大火，对她那个精神病前夫都没有过——是的，言姐这个研二的女生，已经是有前夫的人了。一念至此，朱砂感到一种突如其来的苍凉。

斯羽不吭声，任凭言姐数落。言姐走过去，扳过斯羽的脸，斯羽被动地看着她。

"退了租，你准备住哪儿？工作室呢？设备呢？"言姐一迭声地质问。

"我不想让你管我。"好半晌，斯羽终于开口，"你放心，我不会饿死的，我买的那些设备我会陆续搬到实验室，管实验室的老师答应让我寄放。睡觉我就在男生宿舍挤一挤，你知道的，他们的宿舍经常空着。我跟辅导员报告过了，下学期就重新申请一个床位。"

"你都知道了？"言姐颓然松开手，语气变得柔软。

"那套房子，你预先租下来，交给中介，用超低的价格租给我，故意骗我说那是凶宅，所以租金才会那么便宜。"斯羽缓缓说道，"你不应该那样任性，言姐，你用的是你父母的钱，他们的钱也不是大风刮来的。况且，你可以随便抛掷，我却不能，我没有资格用他们的钱。"

"我想帮你。"言姐垂下头。

"你知道的，我不需要帮助。"

朱砂听得一头雾水，进退维谷。就在这时，门铃响了，朱砂去开门，不是别人，正是盛夏。这戏越做越大了。她有些慌张，想着这三个人可怎么收场。

"你找到他了?"盛夏轮番看着言姐和斯羽。

"嗯。"言姐应了一声。

"她给我打了好几通电话，说是找不着你了。"盛夏对斯羽说，"就这么两小时不到的工夫，她把整个师门都惊动了，估计就差把电话打到老师那儿去了。"

"我手机静音了。"斯羽低声说。盛夏死命瞪着他，额头青筋毕现。

朱砂决定做点儿什么，她故作轻松地说："孩子们，我做了一点儿酸奶，要不要来一些? 需要加糖的举手。"

"谢谢师母，我不要。"斯羽第一个回答。

"谢谢阿姨，我也不要。"言姐说。

最会做人的盛夏反而没有回答。盛夏从斯羽身上收回目光，转而盯着言姐，突然说："我求你了，不要缠着斯羽，行不行? 世界上那么多的男生，你随便找谁都可以。斯羽他不喜欢你，也不喜欢任何女生!"

朱砂正从冰箱里取酸奶，听见这句话，瞬间石化。见鬼了，盛夏完全不按套路出牌。急于灭掉情敌的心情谁都能理解，但哪有这样简单粗暴地抹黑对方的? 况且，他的劝降对象应该是斯羽才对，叫斯羽远离言姐，留给他追求言姐的时间与空间，这才是王道。

"大师兄，你不清楚状况。"言姐漠然道。

盛夏坚定地说："斯羽，你这么磨磨蹭蹭的，会让言姐产生误解，我来告诉你应该怎么做。你直接告诉言姐，你等待的，不是她，也不是任何女生，你等的那个人，根本就不是女人！"

斯羽和言姐看着盛夏，像是看着一个从天而降的外星人。先是言姐反应过来，笑喷了，她指着盛夏，笑得上气不接下气："大师兄，你在怂恿斯羽出柜？你确定你不是猴子派来的逗比？"

朱砂端着一缸酸奶，拼命忍住笑。

盛夏一本正经地说："言姐，这世界上的男人分很多种，有精神病，有臭流氓，还有天生就不喜欢女人的。你必须学会接受和面对。"

言姐笑得瑟瑟发抖："好好好，男人骚起来比女人还要浪，你们两个在一起，简直要骚出天际。"

斯羽也笑着说："大师兄，你不用这么帮我，你都不知我和言姐的过去。"

"过去？你们能有什么过去？"盛夏从头到尾都是一张严肃脸，完全没有笑意。

斯羽和言姐交换了一个眼神。言姐说："你说吧。"斯羽说："好，我来说。"斯羽看着盛夏，说："大师兄，言姐是我的初恋。"

盛夏那眼神，像是大白天见了鬼。他指着斯羽："你跟言姐？你是说，一个女生是你的初恋？"不只盛夏惊讶，朱砂也吃惊得瞪大了双眼。

斯羽看了看朱砂，说："师母，我和言姐这件事，老师是知道的。"

"斯羽家，跟我奶奶家，过去住一个院子。"言姐说，"我跟斯羽小学和中学都是同班同学，我们从高一开始恋爱，早恋——现在都清楚了吧？"言姐望着盛夏。

"后来，因为某些原因，我们分开了。"斯羽补充。

"某些原因是指，你发现了真实的自己？"盛夏紧逼着问，他的眼神变得凄厉。朱砂回过神来，这件事实在是太出乎意料。

"事情不是你想象的那样。"斯羽无奈地说。

"为什么不是？你身边一直没有女朋友，难道这还不够证明？"盛夏控制不住地说下去。

"大师兄，别再说下去了。"斯羽劝阻，他一动不动地看着盛夏。盛夏一步步朝后退去，一个大男生，脸色苍白得可怕。盛夏猛然间发出一声怪叫，转头就跑了出去。

斯羽和言姐狼狈地坐下来。朱砂默默地给他们送上两杯酸奶，都加了足够多的糖。斯羽苦笑着自语道："大师兄不会觉得这社会太过复杂吧？"

言姐拍拍他的手背："还好，你没有给他机会说出更加不堪的话，以后见面，不至于太尴尬。"朱砂任凭他们坐在沙发上发呆，兀自退回房间里，她想给罗勒打个电话。视频电话拨通了，罗勒接起来，他在办公室。朱砂张了张嘴，发觉不知从何说起，末了她只是问了一句："晚上回来吃饭吗？"

"回。"罗勒简短地答，头也不抬地敲击着电脑键盘。

"我买了虎头鱼。"朱砂说。

"知道了。"罗勒说。

朱砂找不到别的话可说，冒出一句："言姐跟斯羽谈过恋爱？"

罗勒抬起头："他们复合了？"

朱砂想，那就是确有其事了。其实刚刚有一个瞬间，她甚至想到这几个戏精是不是排了一出戏，剧情这么浮夸又这么荒诞。

"我不知道。"朱砂迟疑了一下。两个孩子有没有复合,她确实不明白。

罗勒合上他的笔记本电脑,说:"你多关注一下言姐,高中的时候,他们那场恋爱闹得惊天动地,提出分手的是斯羽,言姐受不了,割腕自杀——幸亏她没找准动脉。"

朱砂一下子想到言姐左手腕上的那只腕表,有一天,她无意中摘下来,底下是一道明显的伤痕。原来,都是因为斯羽。

"言姐研究生改学电影,恐怕也是因为斯羽。"罗勒说。

"这样啊。"朱砂喃喃道。

"我没想到,言姐的姻缘路很不平坦,我以为她成了家就会安稳下来,没想到又碰到那样的事情。"罗勒叹息。

朱砂无话可说,两个人在视频的两端各自沉默了一阵子,朱砂安慰道:"女孩子,一旦过得了情关,人生也就所向披靡了。"

挂断电话,朱砂听到关门声,她追出去,斯羽的鞋子不见了,言姐的房间门开着。言姐在屋里走来走去,手里拿着一支烟。

朱砂轻轻地走开,她以前没见过言姐抽烟,罗勒是否知晓,她无从得知。她不打算戳穿这件事。抽烟没什么大不了的,或许每个女性都有过迷惘期,那是对自身的否认与对峙。朱砂就曾抽烟,读硕士和博士阶段,她经常一个人深夜坐在师大操场的台阶上,喝酒、抽烟。那时,她故意剪短头发,戴一顶男式的帽子,从内而外散发着反叛的气息。这是不为罗勒所知的一面。正式熟识罗勒的时候,她已经是一名杂志编辑,她没有朝跟男文青称兄道弟拜把子的路子走,她的优雅与清隽吸引了罗勒。那个阶段,她的思想已经相对成熟,不会再去浅薄地进行性别批判,而是安分守己地做一个坚韧而又美好的女子。她想，言姐必然也会依靠自己的修炼，平顺地抵达彼岸。

按照惯例，朱砂在午后小憩。她闭上眼睛，想着斯羽和言姐的恋情，又想到盛夏的性取向。盛夏的目标，不是言姐，而是斯羽。三个人之间，会是如此走向，这太荒唐了。

她联想到儿子，儿子是一个无比正常的年轻男人，大学时他谈过一次无疾而终的恋爱，工作第二年就与女同事结了婚。在这方面，他没有让长辈操心。事实上，这么多年来，他似乎都没有让朱砂费过太多心思。那个女人把他养得很好，比朱砂想象的还要好，她不能要求拥有一个身心更为健康的儿子了。优秀与否，那是另外一回事。

到了该准备食材的时间，朱砂意兴阑珊地到厨房里去，脑子里乱哄哄的，想着从APP里学到的关于食物相生相克的知识，梳理一遍预设的菜单有没有犯忌。她打了个呵欠，风花雪月都有腻味的时候，别说人间烟火了。意外的是，斯羽出现在厨房里，正在腌制那条虎头鱼。

"咦，你不是出去了吗？"朱砂脱口而出，说完就有点懊恼，好像她在窥视他的行踪。

"办完了事，刚过来，顺路去买了澳龙，我看您买了丝瓜，澳龙和丝瓜最搭，跟红烧虎头鱼一起，算是一顿海鲜大餐了。"斯羽说。

一旁的袋子里是两只活澳龙，袋子上贴了价格标签，朱砂看了一眼，说："不便宜呢，我用微信转账给你。"

斯羽也不客气，做了个OK的手势。朱砂立即在微信里转账给了他，一分不多，一分不少。她已经明白斯羽对金钱的渴求，他的家境一定是窘困的，高中的学费就需要自己去赚。不过，这孩子是有志气的，言姐偷偷贴补房钱，被他发现了，他宁可退租。他缺钱，但是不受嗟来之食。

朱砂看他处理食材的手法很娴熟，就问："你不只在面馆打过工吧？"

斯羽说："大学时，我在香格里拉酒店当过传菜员，厨师的手艺，多多少少看了个皮毛。上层社会的家常便饭，就像《红楼梦》里的那道茄鲞。"

"你读过《红楼梦》？"朱砂反问。

"就读过课本里节选的那一段，"斯羽笑嘻嘻地说，"我看过电视剧，那道茄鲞谁不知道？暴殄天物。"

"我来帮你吧。"朱砂过意不去。

"不用，您歇着。"斯羽说，"师母被大师兄给吓坏了吧？"

朱砂不语。

"有一种——说不上来是什么感觉。"斯羽自说自话。

"恶心？"朱砂试着猜测。

"不对，肯定不是。"斯羽说，"再说了，没什么恶心的。只是，谁都没想到是这样。我跟言姐，我们都以为大师兄被言姐吃得死死的，言姐说的话，他是言听计从。他一直对我有敌意，考勤、作业，处处针对我。他是大师兄，我一直忍让，不承想——"斯羽说不下去了。

"没觉得是侮辱？"

"也许，有一点儿吧。"斯羽想一想，"不过，站在大师兄的立场，咱们专业这些男的，谁的臂弯里都吊着个小姑娘，那是标配。就他跟我没有，所以他瞎想了。"

朱砂默然。罗勒那些搞电影的学生，她多少见过几个，确实有些男生走的是阴柔路线，长发唇膏耳钉，跟女朋友站一块儿，倒还让人以为是闺密。

"我一直挺奇怪的,盛夏背地里那么挤对你——"朱砂停住,盛夏在罗勒面前告的那些状,斯羽未必知道。

"大师兄不只背地里挤对我,当面也经常跟我过不去。"斯羽不以为意。

"如今想来,也许他是想要制造一种英雄救——英雄的情境吧。"朱砂忍不住道。

"大师兄这一出,我得理解成赞美不是? 说明我那是闭月羞花,谁见谁心动!"斯羽露出沾沾自喜的表情。

"去你的!"朱砂忍不住笑,"盛夏平时的人缘儿挺好的吧?"

"是挺好,要不怎么成大师兄了?"斯羽说,"师母,我跟您讲,我试着打听了一下,大师兄没女朋友是肯定的,但在可调查范围内,他也没男朋友。您觉得他喜欢男人还是女人?"

"我看不出来。"朱砂说。

"大师兄的心理,值得研究。"斯羽说。朱砂看着他,心想男人八卦起来,就没女人什么事了。

"今晚的直播,他还来吗?"朱砂问了一个要命的问题。

III

盛夏当然没有露面,那个"言姐羽哥的盛夏",昙花一现,就被重新恢复成了"言姐羽哥"直播间,底下的注解是:来自星星的盛夏,回到了冬季。这语焉不详的解释自然不能让人信服,一众粉丝不断质询,斯羽善于东拉西扯,这话题持续了好几天。

几天以后,罗勒下班回来,带来一个让人震惊的消息:盛夏申请了休学。罗勒在餐桌上说了这件事,言姐和斯羽都保持沉默。看来没人告诉罗勒,那天发生了什么。蒙在鼓里的罗勒一个劲地惋惜,说盛夏的开题报告已经通过,论文初稿的轮廓已经出来了,按照这个节奏,如期取得博士学位是没有问题的。

"眼看送佛就要送到西天,他这小子,一个垂直自由落体,直接回到地面去了。"罗勒说。

"他有说是什么原因吗?"朱砂看了言姐和斯羽一眼,这俩人跟没事人似的,大口吃肉。

"他都没敢来见我,找了徐秘书,说什么老家那边明年初有个事业单位招考,硕士文凭就够了,他考试去了!一声招呼不打,就这么离开了学校。"

"他老家在哪儿?"朱砂问。

"贵州毕节。"

"那里我去过,夏天很凉爽,还有一片百里杜鹃,野生的杜鹃花,特别震撼。"朱砂说。

"过去他一直说想留在成都,想进高校。"罗勒说,"我的博士生,大概率是进高校。"

斯羽放下碗:"老师、师母,你们慢慢吃。"

言姐也搁下筷子:"我也吃好了。"

他俩一前一后进了言姐的屋。这些天,斯羽差不多天天都来家里吃晚饭,他不是白吃,总是帮着朱砂干活,来得及的话,多半是他掌勺。饭后若是直播还没有开始,他也会帮着收拾厨房。罗勒算是默认了这小子的存在,朱砂倒是侧面问过罗勒对斯羽的想法,这方面他似乎看得很开。

"当初跟言姐分手,听说是义无反顾的,这时候又纠缠起来,不知道谁是谁的劫。"罗勒说。

朱砂同情的是盛夏。在感情上,这孩子选择了一条非同寻常的路径,这就注定了他将会遭遇更多的窘境。世间的路,原本就太过崎岖坎坷,每一次的升级打怪,都是九死一生,不知道盛夏会怎样度过他的一生。

朱砂忍不住把这层意思说给斯羽听。直播后,斯羽正在厨房里戴着手套帮她清理下水道。斯羽怔了怔,说:"师母,您是一个善良的人,没人会想到这些,大多数的人都只是对他们这种人充满了好奇或是厌憎。"

"与众不同的人生,常常意味着与众不同的艰辛。"朱砂怅然道,"没有经历过的人,拿着一堆大道理去说教,是没有意义的。就像盛夏,他一定也经过了最大的惶恐、最大的惊骇,到最后,不得不听从内心的召唤,去做一些自以为正确的傻事。"

"接受自己的过程,必然是痛苦的。"斯羽点点头。

"换个角度来看待这件事,所谓求得自在,就需要认识自己的本心,真正辨识善念与恶意,才算是格物。"说到这里,朱砂自嘲地笑了,"格物致知的概念,算不算被我玩坏了?"

斯羽说:"师母,老实说,古典文学这一块,我的基础挺差的。《礼记》《周易》这些古文精髓,在我看来,就是预测命理的,我对算命没有一毛钱的兴趣。"

朱砂说:"电影学是一门综合的艺术学科,人文功底很重要。回头我给你推荐一个特别棒的教授,讲《周易》的,他在B站上有系列讲座,你听了会有所领悟的。"

"师母,我发觉您特别实诚,在做学问上头,也不搞那些虚头巴脑的。"斯羽说,"我最反感那些头头是道的人生哲理,要知道这世上本来是没有鸡汤的,那些所谓的心灵导师把肉和骨头吃干净后,端出来剩下的一缸子水,就成了鸡汤。"

"这譬喻妙极!"朱砂笑起来。

"你们在聊什么?"言姐端过来两杯咖啡,一杯递给斯羽。"阿姨,咖啡您要吗?"言姐问朱砂。朱砂说,谢谢,不要。朱砂心想,言姐问自己的那句就是斯羽说的虚头巴脑。咖啡是星巴克的,外卖,两杯,根本没有请其他人喝的计划。果然,言姐虚虚地客气了一下,就自顾自地喝了一大口。

斯羽也大口大口地喝下去。

"咖啡,你要少喝。"言姐迟疑了一下,对斯羽说。

"瞧你这人,是你请客的,又让我少喝。"斯羽笑笑,"你让我听哪句?"

"两句都听。"言姐也笑了,她看向朱砂,又问了一遍,"刚才你们聊什么呢?"

"在说盛夏。"朱砂如实道。她想,她和斯羽,因为盛夏,确实是正正经经地聊起天来了。

"哦,"言姐沉思道,"大师兄连手机号码都换了,我今天去学院办公室交材料,徐秘书正在那儿着急上火,大师兄的延期手续,需要他本人签字,这下连人都联系不上了。"

"这世界说大不大,但是,一个人存心要消失,是很难找到的。"斯羽说。

"就像你,对不对?"言姐瞥他一眼。

斯羽的脸都红了,想必里面有隐藏的彩蛋。朱砂见这小两口打情骂俏的,赶紧识趣地退到房里去。

第二天是星期五,朱砂跟罗勒提出去青城山住两天。他们在青城山有一间小小的度假屋,暑假会去住一个多月,其他时候都空置着。不过这两年秋冬季节,成都的雾霾厉害起来时,他们也会在周末去小住。

罗勒思忖了一下,这个周末他没有不能脱身的特殊缘由,只有一篇赶着交稿的论文,带上笔记本电脑即可,当下就答应了。

于是周五傍晚,朱砂去师大,坐了罗勒的车子,两个人出发去青城山。他们事先求过言姐的意见,言姐表示不去,留在家里。

"玩得开心点。"言姐说。

"你看没看出来，咱们待在家里，挺碍眼的。"车子驶上高速，朱砂舒展了一下身子，慵懒地说。

罗勒懂得她的意思。

"未必是你想的那样，言姐她母亲很早就给她置业了，她名下有房子，需要的话，她尽可以单独住，不必在我们跟前现眼。"罗勒说。

"这倒是蹊跷。"朱砂也疑惑起来，猜测道，"或者是，言姐愿意在人群里谈着恋爱，更刺激？"

罗勒没有搭腔，闷了一会儿，开口道："你有没有看出来，斯羽那孩子，看起来不太结实。"

"是瘦了一些，而且似乎家境不大好。"朱砂不以为意。

"他的父母是一对二百五。"罗勒第一次说起斯羽的家，原来他什么都知道。罗勒说："他家里爷爷辈留下来的房子，与我们的老宅相邻，到了他父母这儿，两口子都不成器，什么都卖，房子卖了，值钱一点儿的家当也卖了，要是搁旧社会，估计连孩子都得卖。"

"那真是糟糕。"朱砂说，"怪不得斯羽那么在意金钱。"

"他跟言姐是同届，同一年考上研究生，他没参加面试，又多赚了一年的学费，考了第二遍才进来的。"罗勒说。

"给言姐的婚礼拍MV，你是故意安排他来做的吧？"朱砂想起来。

"是言姐安排的，她指名道姓要我找斯羽。"说完，罗勒沉默下来。朱砂能够想象罗勒的心情，他千尊万贵的宝贝女儿，看样子是一颗痴心坠落在了斯羽身上。

"撇开家庭因素，斯羽是个不错的年轻人。"朱砂想到他秀气的脸，纤长的身材，他的睫毛比女孩子还要长，有一种惹人怜爱的美——漫说是盛夏,当斯羽安静不动的时候,她也觉得真有些美少女的味道。朱砂不禁微笑了。

"你笑什么?"罗勒敏感地看了她一眼。

"我想到斯羽,估计他很容易成为同性的进攻对象。"朱砂说。

"什么?"罗勒不解。

星期六一早,他们去爬青城山的时候,朱砂就把盛夏的事情透露给了罗勒。这不是一般的绯闻,罗勒当场被雷倒了。

"学院以前也有过那样的学生。"罗勒说,"不过,第一眼都能看出来,跟同性别的其他人有明显的不同。盛夏我是真没想到,尤其是,他跟了我整整六年,没露出一点蛛丝马迹。"

"你觉得盛夏还会回来答辩吗?"

"难说。"罗勒凝神道,"或许放弃学位对他来说,并非坏事,他这样子,就算博士毕业了,我也不能推荐他进入高校。他已经不适合从事教育类的职业。"

朱砂想一想,罗勒说的是没错,但盛夏毕竟是跟了他六年的徒弟,这样冷静地一通分析,难免有点不近人情。罗勒在工作中,时常会有这种让朱砂感觉冷漠的时刻。罗勒处理问题会呈现出多面的样态,面对学生,面对下属,面对同行专家,面对领导,甚至是不同层级、不同权限的领导,他的处理方式都大相径庭。这种差异,不会让朱砂觉得他个性圆融,反而会觉得他是一个没有感情的人,其他所有的人,在他的眼里、心里,都具备工具属性。当然,这种感受,朱砂从来没有对他说过。他们不是初婚,即使是相识时,也已经不可能有太过浓醇的甜蜜,一切都是淡淡的,所谓的半糖状态。

罗勒在路边的亭子里坐下来,擦汗休息。刚结婚时,他们买了青城山的登山年票,只要周末不加班,就来爬山。一直到前些年,罗勒以高龄迷恋上了马拉松,他们就很少来了。平日里,罗勒改成请私教,针对他的体质设计健身方案。表面看起来,这是一个极其自律的老男人,虽然不玩保温杯里泡枸杞那一套,但熟普和生普是按照时令一丝不苟地轮番喝。唯有朱砂知道,同样是这个热爱生命的罗勒,平均每半年会喝高一次,还不是一般的微醺,是烂醉如泥,让朱砂胆战心惊,彻夜守着他,生怕他被呕吐物呛死的那种醉法。有好几次,朱砂甚至半夜打120,把他送去医院输液醒酒。

罗勒从不跟他那个圈里的人一块儿喝酒,甚至不跟跑友们一起喝酒。应酬时,他是节制的、风趣的,不管做东的是谁,餐桌的气氛和节奏全由他掌控,他不会厚此薄彼,每个人都被他照顾得很舒服,每个人都对他一见难忘。当然,邀请他出来吃饭是很难的,他不会轻易给面子。

让他酩酊大醉的酒伴都是圈外人,他的两个小学同学。朱砂是见过他们的,每回罗勒喝醉了,都是这两个同样醉醺醺的人给扛回来的。他俩都没什么文化,一个被厂里早早买断了工龄,开了一家麻将馆,另一个是一所区医院的会计,那医院门庭冷落,医生、护士比病人多。平时罗勒跟他们没什么往来,也没什么交集。那两人的孩子和父母处于同一阶层,早婚早育,没什么大出息,但也没什么大麻烦,过着老婆孩子热炕头的小日子。朱砂看不出他们的酒局有什么价值、目的和意义,她问过罗勒,罗勒仔仔细细地搜寻着合适的词语来说明理由,最后,说了一个词:舒坦。

罗勒跟他们喝酒舒坦。朱砂不理解,却被迫接受。她哭过,赌气过,好言相劝、冷战嘲讽,温柔的、强硬的手段都使出来过,但一点儿效果也没有。醉后刚清醒时，罗勒的态度是最好的，诚恳接受批评，真诚忏悔过错，对不拿自己的身子当回事的恶劣举止后悔得要命，只差写一篇万言检讨书。但是，几个月过去了，罗勒好了伤疤忘了疼，毫无规律的，不知道哪天抽风了，那酒局又给约上了，拎着几瓶酒就出门了，有时是五粮液，有时是茅台，每回都是好酒。罗勒一喝酒，手机就调成静音，朱砂这头就算是把电话砸了，他也听不到，耳根清净地喝个痛快。

回回都是喝到大半夜，罗勒醉得不会走道地被送回来。有一次，朱砂拦着那两人中看起来相对清醒的一个，质问究竟，人家委屈得很，辩解说是老罗邀约的，一去就往死里喝，他们拦了，没拦住，后来大家就都敞开了喝。

"妹子，你家老罗，你是不知道底细的，他很能喝，没事儿，喝不倒的，喝倒了，爬起来，咱哥仨接着喝！"那人摇摇晃晃地说。他把朱砂叫作妹子而不是嫂子，显然他对朱砂的了解，超过了朱砂对他的了解。

喝酒的罗勒，在学术圈里是不存在的，在跑友圈里也是不存在的。平素的饭局里，罗勒不喝白酒，只喝红酒，大家都知道罗勒不善饮酒，久而久之，也就没人劝他了，不管喝白酒还是啤酒，总会单独给他备下一瓶红酒。

"唯有饮者留其名，我是不在这上头留名青史的。"罗勒曾经戏谑过。朱砂并不接他的话，也不戳穿他酗酒的那回事，只问起那几个发小，他们仨在一起，通常聊些什么。

"怀旧吧。"罗勒说，"我们从小一起掏鸟窝，一起下府南河游泳差点儿被淹死，一聊起来，挺多事儿的。"

朱砂不作声了，她知道罗勒跟他的前妻也是青梅竹马，那些回忆里头，一定也有她的身影。朱砂是个懂事的女人，与罗勒的交流，她从不用傻白甜的方式，她很含蓄，很有智慧。婚后他们甚至没有正儿八经地吵过架，这倒不是因为朱砂脾气好。在前一次的婚姻里，她是那么肆意，那会儿的她年轻气盛，事事抱着争强好胜的态度，对着前夫拳打脚踢，粗话糙话一起上，怎么伤人怎么来。与罗勒的婚姻却有本质的区别，她用足了心思和心意去经营，是只许成功不许失败的。她似乎做得很好，又似乎将婚姻变得面目全非。他们的交流是有分寸的，但是这也不对，好像隔着一层什么，明明是贴身相伴，可是中间却有一堵透明且坚固的墙，这堵墙，注定了他们咫尺天涯。这样寂静的通体散发着高级感的婚姻，与前一场鸡飞狗跳的、赤裸裸得连底裤都被扒掉的婚姻相比，说不上来哪一种更糟心。朱砂也刻意避免去做这样的比较，不过偶尔会有隐约的困惑——罗勒是那样一个优质的男人，他们的婚姻为什么依然做不到割头换颈、生死相依的那种好法呢？

他们爬到建福宫就开始返程下山，罗勒拄着登山杖，走得反而比上山要慢，保护着他的膝盖。长跑他不怕伤膝盖，爬山倒是小心翼翼的。快到山门时，他突然不经意似的提起一件事，说是前几天开会时，碰到朱砂的上司，那本C刊的主编，主编向罗勒透露了一个重要的人事信息，刊物的副主编即将调到另一个部门任职，副主编的位置就空出来了。

这个讯息，朱砂是知道的。副主编要调走的事情，在杂志社已经尽人皆知，朱砂压根儿没有多想。罗勒跟她梳理了一下杂志社现有人员，从资历来讲，朱砂是没有优势的，还有两位年资比她更久的编辑，其中一位还是小有知名度的"杂家"——所谓"杂家"，就是成果丰硕的意思。这位编辑也是女性，跟朱砂同岁，写过现实题材的小说，写过童话，写过歌词，写过电影剧本，写字能干的事，差不多都干过，在每个领域也都拿过奖，可惜在每个领域都属于一口气提到半山腰，就再也上不去的那种状况，全都属于混了个半生不熟。她也跟朱砂一样，早早离了婚，不同的是，一对双胞胎儿子带在身边，养得并不太好，两个孩子都不好好读书，连普通高中都没考上，不到二十岁就在社会上摸爬滚打。她是很早就再嫁了，嫁给一个资深评论家，比她大了三十几岁。结婚时没觉得碍眼，毕竟当时老头还是评论界的一方"诸侯"。临到此时来看，情形就十分狼狈了。老头子奔八十了不说，前两年脑梗，留下了偏瘫的后遗症，护理难度大，给送进了养老院。如今谁都不在她面前提她老公，在这一点上，大家还是很善良的。

不过从学历与职称来说，朱砂超过了这两位同仁。除此以外，朱砂的核心竞争力在于，要走的那位副主编，跟朱砂的学科背景相近，若从同学科替代的角度去选拔，朱砂就有绝对的胜算了。

朱砂听了半天，恍然明白过来，罗勒是在跟她分析提升副主编的可能性。罗勒就是这样的人，他会把真正想要表达的内容，放到一段谈话的末尾，当基调和氛围都已经形成，他就不必以明确的词句来呈现他的动机，因为即便是语焉不详，他也能够妥当地传达出他的意图。

"主编跟每个人都私下里谈过，鼓励大家积极竞聘。"朱砂说。这是事实，主编是个情商很高的领导，他跟每位编辑逐个谈话，内容如出一辙。大约他没有考虑到，杂志社里都是对仕途没有太大欲望的家伙，这些人不仅不领他的情，还把他的怂恿狠狠地交流了一把。这跟清高没有什么关系，朱砂的同事，大多八仙过海，各显神通，甚至有人一边做着核心期刊的编辑，一边在老家的镇上开了一间酒厂——那人的老家在茅台镇。各自不同的人生规划，导致觊觎副主编宝座的，就区区两三个人。而那两三个人，恰好就在罗勒分析的强劲对手名单中，包括那位"杂家"。那位"杂家"

的风格跟朱砂少年时期的某些"学霸"差不多,明明是熬更守夜地做功课,第二天偏要大肆宣称自己看了一晚的电视剧,明明往死里学习了,偏要说自己一直都在玩,非把自己炒作成天才。谁信谁倒霉。"杂家"表示对仕途毫无兴趣,人家正热火朝天地谈着一个电视剧项目,四十集,每集几万块的编剧费,一旦谈成了,哪里还看得上什么副主编? 朱砂吃一堑长一智,学会了反着理解语义,明白这位"杂家"除了赚取电视剧编剧的高收入,竞聘杂志社的副主编也是要忙里偷闲干起来的。她觉得无所谓,副主编的位置就应该属于这位女性,人家已经很惨了,同情分也要多加一些,她没打算跟不幸的人去竞争。

"交流是对的,领导肯定希望从内部产生助手,以免外派过来,彼此都需要一个比较长的磨合期。"罗勒说。他的视角永远是高屋建瓴的,他谈公务与谈学术的风格是一致的,随时站在国家战略部署的高度,让人无从辩驳。

"你怎么看?"罗勒望着朱砂。

"那个,你说得对。"朱砂迟疑了一下。罗勒那套严丝合缝的逻辑体系,不太能够驳斥。这样的情景,如果她表示出丝毫的犹豫,丝毫的妇人之仁,那只能说明她不够成熟。她提都不能提那位"杂家",她知道罗勒不太喜欢那位女编辑,他们在文学评奖会上有过几回交集,罗勒对那位"杂家"的评价是:姿色是有的,软语温言有什么不好,非把自己搞得跟只刺猬似的,评奖推作品,别人都说好话,偏她标新立异,把评奖搞成了文学批评,每部作品都值得大大地批评一番。

"下周安排一个时间,跟你们主编聚一聚,讨论一下路径。"罗勒说。他接着说了几个人的名字,分别是朱砂那家杂志社的上级主管部门的领导,以及跟他们主编关系密切的几位专家,显然他们都是能够为朱砂说上话的。那么罗勒所说的与主编讨论一下路径,其实只是一种谦虚的客套,他已经思考得很缜密了。

下午他们去泡温泉的时候,罗勒进一步说起这件事,以一种务虚的口吻,聊到副主编的平台与见识。他的论点再次展现出逻辑严密、论据充分的巨大优势,就像填写一份国家社科基金项目的课题申报表,天衣无缝,让评委一见,就生出欠他一个项目的激动心情。

朱砂没有机会跟他聊一聊自己的想法——其实她倒也没有愤世嫉俗的脾性,不是要矫情地推拒一下什么的。或许等她想清楚了,说服了自己,她是很乐意积极主动去争取的。但是,由罗勒来决定,由罗勒来筹划,总有点什么是不对的。当年她众叛亲离、不顾一切地离开县城,读硕士、读博士,不外乎是要过一种不一样的人生,而今在表象上,也确实跟以往有太大的不同,可是,生活就像是一颗繁复的洋葱,纵然外表会有细微的区别,一层一层剥开来,内里竟然并无二致,男人们都是一样地浑蛋、一样地自负、一样地擅长制造强盗逻辑。

浸泡在露天的姜汤池里,聊着俗世,四周是层峦叠嶂的山石与树木。池中的水温略高,罗勒很享受的样子,但朱砂快要被烫死了。她坐起来,想要换一个池子,就在这时,她察觉到丛林深处有一道目光一闪而过。她没有多想,披着浴袍登上台阶,换了一个汤池,躺了下去。有人从池边经过,这一回,她看到一张似曾相识的面孔。这张面孔,在他们离开温泉,去停车场取车的时候,被罗勒认了出来。

是言姐的前夫。

那个男人穿着紧身豹纹T恤,一件白色皮衣,驾着他那辆炫酷的保时捷,从他们的车旁呼啸而过。

这次邂逅,罗勒和朱砂只当是偶然。然而那天晚饭后,他们去山门外的草坪散步回来时,发觉那辆车静静地停泊他们住宅外的路边,车篷敞开着,那人戴着耳塞,木然地望着前方,不知道在想些什么。

这就不太对劲了。温泉是大众打卡地,遇见一个认识的人,毫不稀奇。但是他们的度假屋在这一片不属于什么高档小区,言姐的前夫家财力雄厚,不会在这种寻常之地居住。那么,他在这里做什么呢?

星期天下午,他们回到成都的家里,跟言姐说起这两次貌似无意的邂逅。言姐听了,淡淡地说,离婚以后,那人一直跟踪她,这两天她宅在家里,没出过门。斯羽临时接了个活儿,到绵阳去拍摄了,这两天的直播暂停,家里就没人进出过。估计那人见不到言姐的踪迹,以为她跟着罗勒他们去青城山度假了,所以错误地跟到了青城山。

竟然还有这一出!

言姐认为稀松平常的事,在罗勒这里就是天大的事。当下他就有些怒了,问言姐怎么不早说,言姐说跟着就跟着呗,难不成还能抽把刀把她给杀了不成? 言姐说出这句话来,罗勒的脸都变色了。

晚饭时,斯羽从绵阳赶了回来,当晚他们恢复直播。两人在言姐房间里直播,斯羽中途出来煮了一碗米粉带进房间里,说是绵阳特产,联系了供货商,直播带货。

罗勒一反常态地没有进书房,就在客厅里来回踱步。朱砂见他坐立不安的,弱弱地建议了一句:"要不,跟她妈妈说一声?"

这提议立即就被罗勒采纳了,他打电话过去,对方也很重视,顾不得尴尬不尴尬的,当即就赶到家里来,与罗勒和朱砂碰头,一起商量了一会儿。大家都主张小题大做、防微杜渐，毕竟对方有精神病的病史，不能等到亡羊再来补牢。

等到直播结束，罗勒和前妻叫上言姐，连夜直奔派出所报案。三个人刚下楼，罗勒的电话就来了，告诉朱砂关好门窗，那人的保时捷就在小区门口，车门紧闭，看不出人在不在里头，让朱砂和斯羽不要贸然开门或是下楼，等待派出所那边的消息。

"言姐真是自带女主气场。"斯羽慵懒地靠在沙发上说，"别人结婚都是喜剧，她居然弄出了'不要和陌生人说话'的动静。"

"你这孩子，贫嘴薄舌的。"朱砂啼笑皆非，她心里有些怜惜言姐，全世界都看得出来言姐对斯羽另眼相待，而斯羽仿佛浑然忘却了他和言姐有过的那一段伤筋动骨的恋情。他对言姐很好，却仅仅是同门之谊与合伙人的情义，无关风月，无关男女。最悲催的感情就是他俩这样的，你当我是情人，我当你是兄弟。

"师母，今晚我就睡沙发了啊。"斯羽似乎很困，就在沙发上躺了下来，闭上双眼。朱砂看着他，想着这孩子的睫毛如同幼童一般动人。可是，这貌似是一个薄情的男人啊。

朱砂关了扫地机器人，捻灭了客厅的灯，准备回房。斯羽翻了个身，叫住她。"师母，我觉得他不会伤害言姐。"斯羽说。

"为什么?"朱砂停住脚步。

"他要是打算动手，何苦这么耗费工夫，他这样苦苦跟随，无非是想多看一眼言姐。"斯羽打了个呵欠。

"谁知道呢，他这想要多看几眼，可把全家人都给吓坏了。"朱砂说，"你歇着吧，等他们回来再说。"

黑暗中,斯羽呢喃道:"这就是爱的最高境界——我爱你,你随意。"

　　朱砂想说什么,斯羽已经发出微微的鼻息。这孩子没心没肺地睡着了。

第三章

她喝着白开水，或是咖啡，把电脑放在餐桌上，继续编辑未曾编完的稿子。她把这些东西从露台、房间转移到了餐厅，好像是在等他做好饭，又好像是贪图他在家里时的那一点点稀薄的人气。

I

言姐的母亲动用了一些上层关系,派出所相当重视,当即走程序,对双方当事人进行调查取证。男方家里理亏,没有在这件事上针锋相对,派出家族企业公关部的负责人正式登门,向言姐致歉。

按照常理,这事就到此为止了。可是,大家都忽略了,是否了结,最终的决定权不在派出所,而在言姐的前夫手里。他接受批评,也做出道歉,但转过身来,依然亦步亦趋地跟着言姐,驾着那辆保时捷,不做什么,不说什么,甚至不会上前跟言姐打招呼。顶多是言姐在食堂或餐厅吃饭、喝咖啡时,他也下车来,买一份食物,顺手将言姐那份单给买了。

派出所为难了,人家不偷不抢,不违法不乱纪,不能强制人家不许出门是不是?不能规定人家在言姐出现的场合一律不允许现身是不是?

再跟男方家人沟通,对方的态度也强硬起来,放出话来,再这么折腾,他们也要诉诸法律,反诉女方干涉人身自由。

口水战对那个疯子不起作用,他如影随形地跟着言姐。罗勒这边肯定是如临大敌,言姐母亲安排了公司的几个员工24小时轮流值班,禁止那人靠近言姐。人家也不是吃素的,为防备儿子吃亏,保时捷后面跟了一辆保姆车,车里塞了几个彪形大汉。这下子言姐出个门变成了奢侈的事,跟拍港片似的。这种胶着状态持续到了年末,双方的人力成本都不小,但疯子不撒手,谁都没法撒退。

师大研究生学院每年十二月底都会组织一场迎新晚会,研究生的校园生活比较散淡,这就是难得的群体狂欢了。言姐和斯羽表演了一个配音小品。晚会结束以后,所有参演同学到校门外聚餐,吃烧烤。

跟着言姐的公司员工见他们一大帮人一道,打量疯子不敢轻举妄动,就掉以轻心,去买了包烟。谁知就这一眨眼工夫,被那疯子接近了言姐。言姐正跟同学吃着烧烤,一大盘烤脑花从言姐背后递了过来,端正地搁在言姐跟前。言姐回头一看,那疯子朝着她笑。

“就是那种不怀好意的狞笑!”事后,言姐肯定地说。

当时,言姐被那盘脑花大大地骇住了,一声尖叫,失魂落魄地扑向一旁的斯羽。疯子若无其事地端起脑花,跟过来,还递给言姐,还那样地笑。言姐吓得把斯羽的袖子都给扯破了。

“亲爱的,尝尝,你尝尝。”疯子说。

疯子的语气被斯羽模仿出来,滑稽中透着恐怖。斯羽向罗勒和朱砂出示被言姐弄坏的衣袖,证明言姐被吓得有多惨。

“看来这人不光有精神病,心里也有恶念。”斯羽说。

言姐身边的人都知道,言姐最讨厌吃脑花,她看到脑花形状的东西,比如核桃,都会起一身的鸡皮疙瘩。这一点,疯子也是知道的,他毕竟跟言姐有过肌肤之亲。

归根究底,疯子还是没越界,派出所找疯子去谈话,人家委屈得很,说是觉着烤脑花好吃,给言姐他们那桌送一份去,不承想有那么大反应。疯子开豪车、戴劳力士,外形俊朗,言谈有礼,家里的公司又是尽人皆知的国产大牌,派出所根本没辙。

"和疯子谈法律,出了事找谁说理去?"言姐的母亲拍着桌子咆哮。她是一个铿锵有力的女人,她的语言很有力道,一句是一句,斩钉截铁。

以言姐为中心的一大家人聚齐在罗勒家里,坐下来商量对策。朱砂没有具体参与,她的任务是为他们斟茶送水。大家最终商量出一个一劳永逸的法子,言姐接受了母亲的安排,三十六计,走为上计。经过脑花这件事,一向淡定的言姐也实在是没法从容面对了,疯子的行为让她意识到,小命得看紧了。

言姐的母亲行动力和实力都是一流的,迅速办理各项手续。行程安排是,言姐在母亲的亲自陪伴下,前往新西兰,一边休假,一边申请学校,在国外读一个硕士文凭回来。国内的学业,言姐已经进行到研二,研二下半学期是实践学期,没有课程,研三写论文,这些在任意地方都可以完成,只需要毕业答辩的时候飞回来一趟即可。届时言姐就能拿到双硕士学位,读博的规划再从长计议。

罗勒三言两语把结果告诉朱砂,朱砂觉得甚好。与疯子战斗下去,是没有胜利可言的。与其这样消耗下去,不如找个地方读书——明星与富二代如出一辙,一言不合,就出国读书。读什么学校,选什么专业,这都是次要的,读书在这里象征着一种出世与入世的选择自由。

言姐游历的国家不少,长住倒是第一次。她的奶奶兴兴头头地准备起来,连腌萝卜都密密匝匝地装了两大罐,说是国外买不到。言姐却毫无欢颜,继续每晚与斯羽直播,在直播间里与粉丝一次次地做着告别预演。他们的人气大涨,因着别离,因着言姐即将变身为乘风破浪而去的小姐姐,他们的商品橱窗里连存货都销售得一干二净,紧急补货了好几次。

除了在直播间里带货,言姐也跟着斯羽去做慈善。朱砂在他们的抖音账号里全程观看着。在直播间里,斯羽声情并茂地讲了一件事,接连两年,他都募集了一批文具,赶在开学以前送到少数民族地区的小学。以往斯羽联系的是一个彝族大姐姐,那是一个极美的女子,当地的团委书记。这一回,她的电话却打不通,短信、微信都不回。斯羽和小伙伴们首先揣测人家是离开了那个山旮旯,去往繁华的城市,尝试过另外一种人生。就在这时,斯羽收到了一个陌生号码发来的信息,是那位姐姐的丈夫,说是他们一家三口在开车到成都办事的路途中,遭遇塌方,一块巨石不偏不倚,正好砸在姐姐的座位上,姐姐当场殒命。

讲到这里,斯羽和言姐都沉默下来。斯羽拿出手机,出示那条短信。底下无数跟帖。那晚的直播也是公益性质的,斯羽募集了一些大凉山的地方风物,销售所得,如数捐赠给那位姐姐遗留下来的幼小的女儿。

朱砂匿名登录上去,买了一些大米、土鸡蛋,付款后,没有留下邮寄地址。她发觉斯羽的直播有时还是挺有意义的,不单单停留在市侩层面。

言姐的航班是在元旦当天,选在新年的第一天出发,言姐的母亲大约是想讨个好彩头。前一天晚上,结束了"言姐羽哥"的最后一次直播,言姐叫了火锅外卖,请罗勒和朱砂一起在家消夜。

并没有离愁别绪,出个国不是什么了不起的事,罗勒反而松了一口气,不用为那疯子的纠缠担惊受怕——尽管新西兰没有外太空那么遥不可及,但疯子的家人毕竟不是精神病,不会任由儿子一路追到国外。大家都是聪明人，一旦在国外，疯子有这样的举止，是没人可以罩着的，给关进了国外的精神病院，父母可就鞭长莫及了。评估下来，言姐这一走，基本就算摆脱了疯子。隔不了两年，疯子有了新欢，言姐这旧爱自然甩到后脑勺去了——"旧爱"这词，居然头一回显得不那么悲伤了。

罗勒拿出红酒，几个人都喝了一点，斯羽除外。斯羽那杯，言姐代喝。罗勒问斯羽："连红酒都不能沾？"斯羽还没说话，言姐抢着说，他酒精过敏。罗勒不置可否。僵了一下，斯羽倒了小半杯，说，少量的没事。就要喝下去时，又被言姐给拦住，言姐抢过来，到底还是自己喝了。

罗勒喝掉自己杯里的酒，说了句："太晚了，你们早些歇着。"后面就冷场了。斯羽坐不住，起身告辞，言姐送他出去，迟迟没有回来。剩下罗勒与朱砂。罗勒满脸的不快，又不肯直言，顾左右而言他，问朱砂言姐的行李收拾妥当了没，奶奶送来的那些吃的、用的有没有收进皮箱。朱砂一一作答。罗勒又没话找话，问她明天早餐预备了什么，言姐八点一过就要出发，朱砂耐心地说给他听。朱砂知道，罗勒是对言姐那样放下身段迎合斯羽不满到了极点，只差骂一句"贱骨头"。可惜朱砂不是言姐的亲妈，罗勒在她面前要护着言姐的短，不能随意吐槽自己的闺女，一口气憋着，险些要憋出内伤。

言姐回来得很晚，罗勒等不及，到书房去了。朱砂在厨房里，把豆子浸泡好，面团发好，都是翌日早饭要用的食材。短时期内的最后一餐，她愿意尽心尽力。毕竟言姐这一走，就把她从琐碎的家务中解脱出来了，他们的生活会恢复到原先的节奏，早餐清简至极，午餐是各自单位的工作餐，晚饭时间若罗勒想回家陪老婆，那就是朱砂展现厨艺的时机，不是负担，而是情调。

至于罗勒每周去看望老母亲,饕餮一顿油腻腻的红烧肉,朱砂假装不知道。各路婚姻专家都说过一句金玉良言,大致意思是,婚后要让自己变成瞎子、傻子、聋子。这是真理。谁都不是圣人,朱砂有家族遗传性高血糖,她的血糖已经高到了临界点,她知道不应当吃甜食,罗勒也会提醒她,但架不住她喜欢,隔三岔五绷不住了,逮着约女作者去吃下午茶的机会,她会点马卡龙、提拉米苏、红丝绒可颂,大嚼一顿。退回去几年,她吃甜食的频率更高,那会儿跟罗勒结婚不久,对罗勒的期待值还在最高点,因此失望乃至绝望就成了家常便饭,无以解忧,唯有暴食。一大堆的零食、甜点吃下去,吃完又会后悔得无以复加,她甚至用过最为原始、粗暴的方式——催吐。

这是罗勒不知道的部分。在罗勒眼里,朱砂是健康达人。这个优点,罗勒经常在朋友中间夸赞,推广朱砂的养生观。

言姐到厨房里来,倒了一杯白开水,倚着中岛,看着朱砂干活,并没有离开的意思。朱砂见她期期艾艾的,料定是有话要说,便停下手里的活,顺手拿出几枚红枣,递给言姐。

"阿姨,有件事,我想拜托您。"果然,言姐嚼着红枣,开口了。

朱砂忙道:"有事你尽管说。"

"那个,是关于羽哥的。"言姐试探着。

朱砂心生疑惑,想着斯羽一个好端端的大男人,言姐搞得跟托孤似的郑重其事,至于吗?蓦然间,她明白过来,言姐这是不放心。像斯羽这样长得好的男人,不太容易给女人带来安全感,别说是被女性关注,就连盛夏这种大男人都会盯上,他岂止是在花丛中,言姐要是一撒手,就等于把一块大肥肉扔向了狼群,指不定被谁给叼了去。

"我知道你的意思,回头我跟你爸也说一声,物色一个靠谱的学生,随时监督着他的动向,有什么风吹草动的,第一时间向你报告。"朱砂笑眯眯地一口答应下来。

这句话没有让言姐释然,她说:"阿姨,这事您别跟我爸讲。"

这就让朱砂为难了。斯羽处于在读时期,活动半径跟师大密切相关,师大的美眉又多。罗勒不出面,她就无计可施了,总不能跟言姐的前夫似的,神经分分地跟踪斯羽吧。

"我感觉斯羽不是一个随便的人,你也不要太担心。"朱砂想一想,宽慰言姐。

"阿姨,我不是那个意思,斯羽要是能够爱上哪个女孩子,我会为他祝福的。"言姐否认了。

朱砂被弄糊涂了,不明所以。言姐握着水杯,低头沉吟了好一会儿,然后说起了自己与斯羽的过去。正如罗勒所言,在言姐的奶奶和斯羽的爷爷那一辈,两家人曾经是大院里的邻居。言姐和斯羽两小无猜过后,是两情相悦。他们在高一那年开始恋爱,是言姐主动表白的,斯羽没有拒绝。在那以前,所有的玩伴早就把他们划归成了一对,斯羽也毫不掩饰地保护着言姐,俨然那就是大哥的女人,谁都不能碰——斯羽在生病前,是一个以武力打天下的浑小子,怎么捣蛋怎么来。

是的,斯羽生病了。高三那年冬天,斯羽被查出患慢性肾病,要想活命,他的人生必须发生颠覆性的反转,从此只能跟药、安静、清淡的饮食、透析相伴。斯羽提出了分手,言姐死活不肯。这死活不肯的意思就是,她不惜割腕。当然,她没有伤到动脉,罗勒庆幸的是她对人体结构的无知。其实,言姐就是装的。

"我爸我妈以为我蠢到不认识动脉,其实我就没想去死,不过是吓一吓羽哥罢了。"言姐跟朱砂说了实话。

"连死都没让羽哥犹豫,我就明白了,他不是因为生病怕拖累我,他是真的想要跟我分开。不是因为生病,也会是别的什么原因,我们迟早会分手。"言姐接着说。

朱砂意识到言姐是一个无比通透的女孩子。

言姐遵循戏路,在上吊以前,有过一哭二闹的过程,这个过程导致的结果是,斯羽玩失踪。整个寒假,斯羽销声匿迹,连他父母都找不着他,报了警,警察当作无良少年离家出走案件处理,找了一阵没找到,案子就挂了起来。

言姐的自杀,到底把斯羽给炸了出来。他没走远,躲在大院背后一座废弃的防空洞里。那个防空洞掩映在一片杂草之中,从洞口进去,有一小段台阶,台阶下面,是一扇小铁门,长年锁着。斯羽就在铁门外,靠着方便面度过了整整一个月。言姐知道那个地方,那是大院里他们那一拨孩子小时候玩捉迷藏、装神弄鬼的天堂,但是她没有想到斯羽会藏身在那里。

"我们的缘分就是在那时候消失的,没有缘分的人,即使近在眼前,也会擦肩而过。"言姐说。她说得那么肯定,好像缘分是一个看得见也摸得着的东西,就像是在人类生存的空间里的一棵树,或是一条河流。树木枯死了,河流干涸了,那痕迹还在。

谁都没想到斯羽会在防空洞里,因此他成功地"蒸发"了这么久。直到言姐那边闹出了大麻烦,兼之他的药和方便面也吃完了,只好现身。

斯羽去了言姐家里,言姐的手腕包裹着白色纱布。其实用一张创可贴就可以了,但是她要求裹上纱布,纱布带来的形式感让她很受用,她愿意承认自己是死过一回的人了。

"死过一回的人，心胸会变得宽广浩瀚。"言姐说。

斯羽面黄肌瘦地来到言姐面前，这对少男少女做出了一个重要的约定。在说出这个约定前，言姐卖了个关子，她先给朱砂讲了一个笑话。

一对恋人，女友一看男友要来吻她，忙伸出胳膊挡住自己的脸说："不行，在结婚之前，你不能这样做！"

"那好，"男友笑道，"我可以等待。我把电话号码留给你，请你在结婚之后通知我一声。"

这是一个冷笑话，朱砂要想一会儿，才能明白过来。

言姐说，当初她和斯羽的约定就是，他们不要再联系，反正大院快要拆迁了，等到高考一结束，他们就彻底成为最熟悉的陌生人，直到言姐结婚。言姐结婚以后，他们可以重新恢复纯正的友谊，这样确保言姐不再对斯羽有非分之想。

"这是一个狠招，对吧？"言姐轻轻笑着，一笑，眼泪都出来了。

言姐之所以会应允下来，并且在以后的几年当中严格执行彼此的约定，是因为她的自尊心得到了充分的保护。斯羽告诉她，她是自己这一生中第一个也是唯一的一个爱人。此生他都不会再涉足爱情。

言姐用了好几年的时间，给自己物色了一个丈夫。她不是一个被爱冲昏了头脑的女人，婚姻大事非同儿戏，这道理她是懂得的。然而，她求偶的原则不是基于感情，而是怀着理性与功利的目的，进行条件比对与判断，这最终导致她进入一桩金玉其外、败絮其中的婚姻当中。

按照约定，结婚以后的言姐与斯羽全面恢复"邦交"。在这以前，言姐从未放弃对斯羽的关注，偷偷租了房子，低价转租给斯羽。她知道斯羽的病情进展很快,三年前就已经是中期肾衰竭。这样的斯羽,也不是全心全意放在续命上头,他仍旧读书,从事自己喜爱的专业,一边努力赚钱治病,一边做着慈善。

"他从不怨怼命运,他觉得自己需要多多积福。"言姐说。

"这么多年过去了,我跟斯羽已经是兄弟姐妹一样坚不可摧的感情了。"言姐强调。她否定了对斯羽的痴念,但朱砂明白,她的每句话、每个行为,都是爱情,是承蒙他出现,够她欢喜一辈子的那种情感。

言姐要给朱砂的重托,是帮斯羽留意一些能挣钱的活儿,那是斯羽最需要的。斯羽每周要到医院去做三次透析,同时他在拼命储蓄,为换肾做经济上的准备,病情发展到某个阶段,换肾就将是他活下去的唯一途径。用斯羽能够接受的方式去帮助他,而不是直接给他钱,这真是高难度的诉求。

"斯羽的病,你爸知道吗?"朱砂小心地问。她记得罗勒说起过斯羽那对不靠谱的父母,罗勒是了解斯羽的家庭的。

言姐点点头。

罗勒是知道的,斯羽的事,他都了解,但他没有对朱砂和盘托出。朱砂能理解,这依然出于老父亲的自尊心。

"我不允许老师为他做任何事。您不知道,羽哥是一个骄傲的人,他不需要别人的怜悯。"言姐说,"您知道的,老师太忙,在这种小事上不会太花心思,做不到既关照他,又保护他的自尊。"

朱砂黯然。言姐懂得她的父亲,罗勒的格局与站位决定了他没有啰啰唆唆的一面。每个人都活在刀光剑影里,而成功者面对的冷枪暗箭会格外多一些。世界那样拥挤,在往上攀爬的历程中,必得收起獠牙与触须,才能与人相安无事。罗勒收起了他的棱角,同时也收起了他的柔情。

"除了高中时的同学,现在在我们身边的人也都不知道斯羽的病情。"言姐补充道,"要是让斯羽通过众筹去获得治病的钱,那还不如杀了他。"

"我明白了,你放心,我会保密的,也会尽力去照看斯羽,不让他难堪。"朱砂向言姐保证。她想到斯羽身上那种特殊的味道,原来那不是什么神秘的男用香水,是疾病和药物深入五脏六腑,幻化出来的斑驳迷离的气息。至于金钱,朱砂凭借常识也知道,换肾是一项费钱的浩大工程。

这个可怜的男人。

"阿姨,您是一个细心的人,我相信您。"言姐由衷地说。

言姐是个有心眼的女孩子,朱砂不会天真到以为言姐真的对她这个后母情深意笃,那是戏,不是生活。生活的真相是,言姐那么信任她,不外乎她是一个不相干的外人,为着自己的贤良名声,一定会把继女托付的这么一件说大不大、说小不小的事办得妥妥帖帖——这种事儿,反而不适宜交付给亲生父母,父母是带着感情的,他们会本能地排斥斯羽,一切入得了女儿法眼的男人,都是来拱白菜的猪,斯羽还是一头病恹恹的猪,他们不痛下杀手就算好的了,指望他们照顾斯羽,简直天方夜谭。

言姐出发时,斯羽到家里来送行,同时来的,还有跟言姐交好的几个同门。罗勒反而早早地出门了,校长临时召他去谈学科建设。校长是个工作狂,做事不分昼夜,更是没有休息日的概念。罗勒是一个非常拎得清的人,知道轻重缓急,他自然是以事业为重,女儿又不是昭君出塞,犯不着腻腻歪歪的。

斯羽从那只双肩背包里掏出一只巴掌大的熊猫挂饰,送给言姐。"看到熊猫,就想到四川了。"斯羽笑吟吟地说。

"你少煽情了,我不会哭的。"言姐把脸埋进熊猫厚厚的毛毛里,用下巴抵住熊猫,好半天才抬起头来,眼睛却已经湿了。

"来吧,让我们排队拥抱。"斯羽张开双臂,言姐扑了过去,用力抱紧斯羽,不肯撒手。斯羽轻轻拍她的背,而后松开手,几乎是把言姐从自己身上给扒了下来。

另外几个同学上前,言姐流着泪跟大家一一拥抱。

"别哭了,明年暑假,我们组团去看你。"言姐的同学说。

言姐的母亲由司机和秘书送来,坐的是一辆迈巴赫,那种车恰好朱砂是认得的,也知道价值是她十来年的薪水。言姐的母亲不是一个无礼的人,她下车来,在等待司机把言姐的行李箱从楼上搬下来的空当里,微笑地跟朱砂说:"这些天,言姐让你费心了。"

"客气了。"朱砂说。

接下来,似乎也就无话可说了。她们一起沉默地看着言姐跟斯羽和其他同学依依道别。朱砂注意到言姐的母亲四处查看了一番,或许是奇怪罗勒为何没有出现。

"她爸爸学校有急事,赶着过去了。"朱砂主动说。

"理解。"言姐的母亲平淡地说。

"他特地早起,陪言姐吃了早餐。"

言姐的母亲但笑不语。那笃定而又不屑的笑容突然让朱砂不悦。不知道为什么,在言姐母亲跟前,朱砂有义务维护罗勒的面子,不让他显得那么屌。

罗勒极少在朱砂面前提到自己的前妻,关于离婚的理由,他的解释很简单:三观不合。渐渐地,朱砂有些明白过来,罗勒的三观,在前妻那里,必然是有另外一番阐释，他多半是被前妻给嫌弃了。那个女人气场强大，罗勒一介书生，思想比行动要伟岸得多，这就决定了在现实中，无论是思维还是前途，罗勒都远远逊色于他的前妻。朱砂查过百度，她的公司早年经营钢铁，其后涉足房地产等，在郊外有一个工业园区。朱砂猜测，罗勒能够在卷帙浩繁的学术著作中游刃有余，但是前妻的生意，他恐怕是连说都说不清楚的。朱砂眼里了不起的男人，在言姐母亲那里，不过是一个萎靡不振的形象。"甲之砒霜，乙之熊掌"，大约说的就是这个意思。

言姐坐进迈巴赫，车子汇入车流中，新年的第一天，没有早高峰，大街上空荡荡的。送行的几个同学返回学校，斯羽留了下来。在晨光中，斯羽的眼皮略略有些肿，他的眼睛时不时地就会出现轻微的浮肿。过去朱砂没往心里去，现在才知道，他是在生病。而他那么瘦，皮肤那么苍白，也都是疾病的缘故。这样重的病，在别人家里，是天崩地裂的大事情，而这孩子独自撑着——朱砂心里一阵微微的抽痛。

斯羽问："师母，您这会儿有时间吗？想跟您商量一件事儿。"

朱砂说好，叫他上楼去说。

他们搭电梯回到屋里，朱砂也不管斯羽有没有吃过早饭，盛出一碗小米粥，让他趁热喝。她早起做了两只燕窝煲，一只给言姐，另一只是她的，她还没来得及吃，也一并端出来，浇上牛奶，看着斯羽吃下去。

"这个，好像是病号的伙食，还是古代的那种。"斯羽笑着说，"外面下着大雪，人在室内烤着火，围炉而坐，吃一口流食，吭哧吭哧地咳嗽几声，再来一个老中医，号一把脉，摸着长须说，'公子这是急火攻心，待老夫疏散疏散，两剂便见好了'。"

斯羽模仿得惟妙惟肖，朱砂笑着说："这是古代版本的，现代的是什么样?"

"输液、打针、抽血,一根长针下去,浑身的血液都能给更换一遍。现代科学昌明,但我宁愿死在古代,起码不会那么千疮百孔。"斯羽耸耸肩膀。朱砂知道他下意识说出来的,多半是透析的过程。

斯羽帮着朱砂收拾了厨房,向朱砂提出一个奇葩的请求。"言姐羽哥"的直播间积攒了一群粉丝,他们借着言姐的告别,进了不少货,斯羽打算利用这点余热,再做一个月直播,每晚七点,还在言姐的房间里,那面背景墙不变,激发起粉丝们对言姐的思念,将这思念换成真金白银。

斯羽不是白白借用言姐的房间,他出房租的,一个月八百元。这价格也不是凭空臆造,他去中介那里打听过了,同样的户型,分租一间,差不多就是这样的价格。

朱砂跟罗勒说了这件事,罗勒无奈地说:"他是想把我们家变成网红打卡地?"

朱砂说:"要说打卡,轮不上他们那个不上台面的直播间,怎么也该是你那间汗牛充栋的书房。"

罗勒的书房里有藏书近万册,三面墙都做成顶天立地的书橱。他有个学生毕业后到本地的主流媒体做记者,最近刚刚约他做了一次关于专家书房的访谈,发表了一篇图文并茂的报道。朱砂这马屁拍得及时,罗勒很是受用。

"钱是不要他的。"罗勒说。

"我也是这么说,但他坚持要给。知道微信转账我不会收,把现金搁家里了。"朱砂说。

"这孩子,性子够偏的。"罗勒说。

朱砂在微信里用语音给言姐留言,说了这件事,并自嘲道,言姐托付她帮着给斯羽物色财路,没想到反倒是斯羽送钱上门来了。

掐着时间,言姐应该刚落地新西兰奥克兰国际机场,等待转机去首都惠灵顿。言姐的回复马上就来了,言姐说斯羽就是那样,在钱上面算得清清楚楚,不欠人情的,让朱砂不要见怪。

言姐顺手拍了几张机场的图片给朱砂,场地很有设计感。朱砂与罗勒去过新西兰,就在微信里跟言姐说了一些旅游攻略。结果言姐初中就去过了。不仅如此,言姐母亲的现任丈夫,言姐叫作叔叔的那个男人的儿子、儿媳都在惠灵顿,言姐母亲在那里买了一栋房子,由他们一家子住在那里。这一次,言姐和母亲到惠灵顿,不是旅居,根本就是住进自己的家中。

这些事,出发前,朱砂和言姐倒是没有聊到过,因着斯羽,远隔重洋,反而说得很投契。言姐到了惠灵顿,立即拍了视频给朱砂,那是背山面海的一套大房子,清透的蓝天,像白云那样大片大片散落在草地上的羊群,美得像童话。朱砂给罗勒看视频,罗勒显然没见过那栋房子,仔仔细细地看完,末了却是淡淡地说,平安抵达就好。

罗勒就是这点不好,不管内心多么震撼,表面上是不服输的。言姐母亲的现任,据说是政府机关的副厅级巡视员,未必不比罗勒优秀,但是那个男人愿意低头服小。朱砂在言姐的婚礼上见过他,他不急于展示强大的自我,不介意将自己蜷缩在妻子的光芒背后,也算是一种韬光养晦吧。

朱砂再一次确认,罗勒与他的前妻,其实是两个世界的人。

II

朱砂喜欢看斯羽做饭的样子。

在她的生活里,还没有出现过一个如此沉迷于烟火的男人,是那种心甘情愿的,没有被迫也没有敷衍。她的父亲、前夫、乃至罗勒,他们都不是能够在厨房中坚持下来的男人,在这一点上,无论年纪如何,这些男人始终保持着孩童心性,随兴所至,率性而为。

朱砂常常从餐桌那边看过去,恰好正对着斯羽的侧面,他的侧颜略显单薄,鼻梁和下巴的线条却很是动人。两个炉具都燃烧着,一点幽蓝的光打在他的脸上,他哼着歌。他们这个年代的歌曲,是朱砂所不熟悉的。

她喝着白开水,或是咖啡,把电脑放在餐桌上,继续编辑未曾编完的稿子。她把这些东西从露台、房间转移到了餐厅,好像是在等他做好饭,又好像是贪图他在家里时的那一点点稀薄的人气。

她愿意陪着他,看他做饭,看他拍照,有时一闪念间,她想象着如果这就是她的儿子,在这样沉重的疾病的煎熬中,她该有多难过,她假想着自己会如何去弥补这些年亏欠儿子的爱，但同时她也明白这是无论如何都没有办法去补偿的。

她控制不住地做着这样不祥的假想，仿佛享受着自虐带来的痛楚。在这样的想象里，她陪伴着的似乎就是儿子本人，又似乎不是——自从在言姐那里知道了斯羽的病，面对这个孩子的时候，她时常会陷入莫名其妙的纷乱，像是在一场大雾中，明知迷雾深处的建筑和景观依然如故，但就是怎样都看不清楚，是从一个梦里，进入更深的梦境里，在一层又一层的幻梦里，慢慢地行走下去，永无终结。

斯羽一口一个"师母"地叫着，嘴巴很甜。他跟朱砂说一些直播中遇到的事、做公益时遇到的事。一些二次元的文化，朱砂其实是不太明白的，可这并不妨碍她逐渐地感到了他的有趣，她相信这是对他这个年纪的孩子的真正了解，过去她以为幼稚抑或浅薄的地方，一点一点地生动起来，明亮起来。原本他与她的言说方式就是不同的，朱砂从他那里学到了一些新的说法。杂志社里用着两个实习生，当朱砂口中冒出那些词语时，小姑娘们瞪大双眼，惊叹着："哇，朱老师萌萌哒！这么'骚浪贱'的词您也知道啊?!"

这两个小姑娘读大三，比斯羽还要小，她们经常用不加掩饰的排比句来表达情绪。朱砂矜持地微笑着，想着在她们心里，她这个老阿姨不知道是哪个世纪的出土文物了。

"用你们的语言，我就是一条咸鱼，缺乏行动力，没有梦想。"朱砂自黑。

"朱老师您谦虚了，您是半糖风格，有点甜，又不齁，刚刚好呢。"两个小姑娘拍马屁也很有新意。

朱砂没法接话，她压根儿不知道半糖风格是什么样的风格，背地里去网上查了一遍，深觉自己真是老得透透的了。

言姐走后，开头斯羽是不肯来蹭饭的，他准时过来做直播，做完就走，估计是对罗勒的严肃脸有所忌惮。朱砂邀请过几回，同时斯羽也发现，罗勒很少回家吃晚饭，罗勒不在，障碍就消除了，他是不怕朱砂的。这样一来，斯羽就恢复了直播前先来蹭一顿晚饭的习惯。准确地说，算不得蹭饭，因为压根儿就没有现成的饭菜。

朱砂一个人的晚餐是极简的，一般是咖啡、水果和蔬菜沙拉，但她把冰箱塞得满满的，也不跟斯羽客气，让斯羽自己动手。

斯羽做的菜分量很少，但品种挺多，他使劲劝说朱砂逐样尝一些，说什么吃饱了才有力气减肥，朱砂不能不给面子。她品尝着斯羽的手艺，心里有些罪恶感，明明是言姐托她照顾斯羽，结果反而是她在揩油似的。斯羽实在是一个很有谋生技能的男人。

斯羽做饭都不忘记秀一把，没人帮忙拍视频，照片也是可以的，一组一组地剪辑妥当，加上一些鸡汤体配文。譬如，"做饭，既谋生，也谋爱"。譬如，"孤单的时候，到厨房里去，把日子煮成诗"。譬如，"一个人吃饭，好像吃了一份寂寞"。

他在直播间里会介绍这些图片是在言姐家的厨房里拍的，就有人孜孜不倦地追问他与言姐的下文，斯羽也是个人精，来个既不否认也不承认，吊足了那些脑残粉的胃口。这个直播间的人气有增无减，斯羽又火速补货，连四川的辣椒酱他都卖出去两百多包，从发货地址来看，一大半都发往东北。

"东北人真能吃辣？"朱砂高度怀疑。斯羽卖的那个牌子的酱，是货真价实的辣,辣出天际来,连她这个地道的四川人都不敢问津。

"能吃不能吃,那是另外一码事,重要的是,他们知道了这种火辣辣的感觉,这就是对大四川的印象。就像老师说过的至理名言:不传播,不存在。"斯羽告诉朱砂,这句话是罗勒的原创,罗勒还没有成为圈中大牛时,他说过的这句话就已经广为流传。

斯羽打算乘胜追击,继续用"言姐羽哥"的号,改做厨艺记录。他在直播间里科普各种被他称为硬通货的小儿科常识:煮鱼汤前把鱼煎一下能煮出乳白色的汤;炒菜时放点白糖会更加鲜美;炒鸡蛋时加淀粉,鸡蛋会更蓬松;炒肉时加点醋,肉质会更嫩……当然,苏东坡是经常被他扯出来的资深吃货,他一边聊着苏东坡,一边表扬自己比哪个厨神都更有文化。

偏偏他这一套,老中青三代妇女通吃。到他直播间里来的,年纪最大的有七十多岁的老奶奶。人家什么都跟他聊,从饮食说开去,可以延宕到外太空。有人问斯羽,如果世界末日到来,倒计时一小时,他会做些什么事。

斯羽笑嘻嘻地回答:"这要看是什么性质的世界末日,要是僵尸病毒,咱升级啊;要是外星人来了,咱就扛上锅碗瓢盆迎战。"

听众不满意,有个名叫"不扯淡"的粉丝直接说他假大空,叫他说人话。

斯羽说:"不扯淡,你好!墙都不服,就服你!真话来了啊,听着!找个人啪啪啪,歇一会儿,再来一遍。"

底下的粉丝笑翻了,就问他那个人是不是言姐。他东拉西扯,到底没有个准确答案。

底下就有人骂他淫荡,死到临头了,还想着食色。

斯羽一脸委屈地说:"你们不会懂的,这些年,羽哥我就谈了一次恋爱,还停留在手拉手的阶段,就凉凉了,那种舔狗的心情——好吧,我知道你们想说什么,滚就滚,我最会滚了。"

说着,斯羽以手覆额,做个惨伤的人肉表情包。下面滚屏似的安慰,叫他去找言姐。斯羽摇头说,不能耽误了言姐在国外的求学生涯。

"大家都开心死了,而我的开心,死了。"斯羽翻了个白眼,掏出一袋开心果出来展示。下面的粉丝善解人意,纷纷去买开心果。

斯羽直播的这个时段,通常朱砂会在小区里散步,她戴着耳塞,有时用手机听一会儿斯羽的直播,情不自禁地被斯羽逗笑。搁在几个月以前,这种直播是被她划归到低俗文化序列的,她欢迎刊物的作者们挖掘爆款新媒体背后的文化现象,但谁要跟她提一嘴让她去看,她是不屑一顾的。

至于斯羽津津乐道的那些川菜技艺,曾经让她头大无比。刚跟罗勒结婚时,她刻苦学习了几样经典菜式,交了学费,诚心诚意地找了一个专业厨师,不求广博,心无旁骛地学了麻婆豆腐、回锅肉、酸菜鱼等,做到了出神入化的地步。那几年,罗勒还没有抵达学术金字塔的顶端,遇见从北京、上海来的学术大拿们,罗勒必然设家宴款待,朱砂的这些菜是很拿得出手的,朱砂的落落大方也是很拿得出手的。朱砂把做饭当成了做科研,过于严谨的结果就是,这种频繁插入生活的行为,让做饭所有的乐趣都灰飞烟灭。她打心眼里不喜欢做饭。

但斯羽让这件事恢复了足够的趣味性。他是一个胆大妄为的厨子,他拓展了做饭这件事的外延,不仅说着脱口秀,还生出一些奇思妙想,不断挑战做菜的规则与底线。在他的厨房里,是没有菜系这一说的,约定俗成的东西都是不存在的,什么都可以试一试,效果还往往让人惊艳。比如朱砂从来没有想到过,莲藕与洋葱也是可以搭配的,做成一朵莲花,美、脆、微辣——朱砂尝过以后,觉得好得不得了。斯羽彻底颠覆了她的味觉。于是,一个喜欢做饭的男人和一个不喜欢做饭的女人,各生欢喜。

视频里的斯羽起劲地表演着他的脱口秀,在直播中卖出了越来越多的辣椒酱,粉丝们反馈着被辣的等级,顶级是菊花裂开。却有源源不断的粉丝加入购买的行列。斯羽从不否认这是一种刺激的辣椒酱,他尝了一点,辣得直翻白眼。他是那么善于抹黑自己,又是那么发自肺腑地快乐着。一个病成这样的年轻人,怎么可以做到完全若无其事?那不是坚强,或者说,不仅仅是坚强。朱砂觉得,斯羽有他成熟的一面,唯有成熟的人,才会懂得认命。认命,不是对命运逆来顺受,而是主动作为,尽力让每一次"水逆"导致的后果温和一些、缩小一些、短暂一些。

这种心态,朱砂在斯羽的年纪是没有的,那时她的心气很盛,是一个勇往直前的女斗士,事事都必须找出意义。当时如果遇见斯羽这样的孩子,她会觉得如此病弱的人生,活着亦是徒然。从前的她,习惯去做天长地久一般的打算,未曾细细察知轻盈与沉重、宏大与微小,一路都是箭在弦上似的紧绷着,不肯认输,不愿低头。直到两年多以前,她在体检中查出了肺部有结节,从惶恐与惊惧中挣扎出来,犹如庖丁解牛的过程,反而让她从微观的世界进入宏观的视野之中,脚步慢下来,方能从最深的黑暗里找出微淡的光,那是一种与看到白昼的日光以及朗夜的星月之光完全不同的感知,原来万物皆有裂痕,是因为那就是光照进来的地方。

华西医院呼吸科的大夫给朱砂的建议是定期复查。最初,她还真是把日子当成了世界末日来过,夜不能寐,含着眼泪跟罗勒彩排诀别,为自己撰写了墓志铭,又去器官捐献机构申请了捐献卡。行为艺术一般的死亡预演淡去以后，不知怎么的，她的状态竟然平和下来，天没有塌下来，身体里的危机也变成了生活的一部分。一切都回到了正常的轨迹，但有什么是跟过往截然不同的了，她开始读更多的古典哲学，她迷上了庄子。庄子的思想里最为精髓的部分，就是悦纳人世的不确定。因着这不确定，让万事万物皆有悬念，而这悬念，便是意义的本身。

因此，当最近这次复查，大夫告诉她应该做手术时，她很平静，没有惊慌失措，没有感觉大祸临头。她预约了手术时间，排期在半个多月以后，足够她安排妥当手头的稿件。

朱砂的从容，影响到了罗勒。罗勒没有更改任何节奏，他照例去跑了一次马拉松，也与那两个同学进行了一次酒局，仍旧醉到人事不知。然后，他约上分管朱砂所在杂志社的行政部门的领导，叫上朱砂的主编一道，要为朱砂的升职铺平道路。罗勒不是神祇，他是一个寻常的男人，一个寻常的男人多半都是舒婷诗歌《致橡树》的忠诚践行者。这就意味着，他不需要一个始终处在高光时刻的妻子，就像他的前妻；但他同样不需要一个黯淡失色的女人。他需要的是一棵木棉，既是一棵树，又要开着花，既要负责貌美如花，又要承担赚钱养家的一半责任——不能更多了，赚得太多或太少，都是危险的。太多，有损他的威仪；太少，有被豢养的嫌疑。朱砂明白，在这一段婚姻里，罗勒获得了上一段婚姻里所没有的优越感，毕竟朱砂是怎么都无法超越他的学术高度的，可是相比别的女人，朱砂又是颜值与才华都上乘的女人，很是看得过去。

罗勒要让朱砂更加看得过去。

朱砂向罗勒提到了需要做手术这件事，这至少阻碍了她喝酒。大夫没有下达禁酒令，可是，朱砂认为，戒酒是作为一个准病患的基本准则。

罗勒歉疚地向朱砂解释，那位领导目前在挂职下派中，所在地区是脱贫攻坚任务繁重的贫困县，难得回一趟成都，这一次好不容易约上了，不便改期。

"你不用勉强出席，在家歇着，我自己去好了。"罗勒体贴地建议。他这么一说，朱砂反倒不好意思了，毕竟吃顿饭而已，不用太矫情。

朱砂没想到，这顿饭吃得颇有成效。先是那位挂职领导聊到新媒体宣传，说是政府部门基本都有"两微一抖"，还有不少贫困县领导出镜，在抖音上为地方特产直播带货，他所在的县在这一块做得比较差，需要引入社会资源共建。朱砂的主编也有同感，杂志社目前有一个微信公众号，没有专人打理，粉丝数聊胜于无。这两块差事，朱砂一起接了下来——为了斯羽。

身为罗勒的弟子，斯羽在学界、业界等于是含金汤匙而生，自带光环。罗勒的知名度，为他赢得了起码的信任。这两个项目谈得无比顺利。斯羽很快就开工了，两个项目一起上。斯羽率领他的小伙伴们跟着挂职领导去了一趟三百公里以外的县城，跟宣传部门落实了具体业务；杂志社的公众号也随即进行全新改版。

定金到账后，斯羽在微信里给朱砂转了一个红包，朱砂当然是不收的。红包在24小时以后自动退还。斯羽又买了一个轻奢品牌的包包，巴巴地送过来，朱砂还是不收。斯羽愁眉苦脸地说："怎么办？人家不给退货的。"

朱砂笑着说："送给你的女朋友，女性朋友也可以。"

斯羽一脸的可怜兮兮，说："两样都没有。"

朱砂说："送给你妈。"

斯羽说:"她只拿买菜的尼龙袋——算了,我只好自己拎着了。"

他把包挎起来,故意扭一扭腰,问朱砂:"好看吗?"

他看起来当然非常滑稽。朱砂笑着拿了过来,嗔道:"瞧你,都成什么样了。"

斯羽狡黠地说:"谢谢师母帮我解决问题。"

那是一只树莓红色的水桶包,颜色相对小众,不至于满大街撞包。斯羽是很会挑东西的。他这番用心,其实仍旧是言姐所说的,他是不肯欠人情的。人情是一种负担,会拖拽着灵魂往下坠,让它变得干燥而滞重。从这个意义而言,斯羽是一个简单的人,一是一,二是二,有秩序,有准则,每件事都是有依据、讲道理的——然而,他还不明白,这世界终究是有些不讲道理的,它时常辜负人类的信仰,无须做出任何解释,也绝无悔改之意。

在斯羽身上,朱砂仿佛看到了过去的自己,从前的她也以为人生一定是有着落、有交代、有回音的,即使没有,亦会苦心孤诣编织一个理由,让自己去原谅、去宽恕、去和解,哪怕只是海市蜃楼。要到此际,她方才懂得,最需要原谅的不过是自己,半生的较真,都是自己为难自己。

朱砂住进了医院。术前检查罗勒没有陪她,罗勒要提前把后面两三天的工作都处理妥当,陪伴她度过做手术和术后恢复的关键阶段。朱砂雇了一对一的护工,没打算让罗勒太辛苦。

术前检查折腾了大半天。到了傍晚,朱砂穿着病号服,拿着家里带来的保温饭盒,跟着护工去医院的食堂试试口味,住院这些天她就准备在食堂订餐。

刚刚下过一场大雨,路面满是泥泞。朱砂小心地绕着走,走到半路,一辆自行车突然拦住了她的去路。她抬头一看,是斯羽。斯羽骑着自行车,不是满大街的共享单车,是他自己的,不知道是什么车型,看起来很轻巧的样子。斯羽的用品都是偏向干净利落那一路的,他整个人都是清清爽爽的,没有拖泥带水的感觉。他的车把上吊着一只袋子,袋子里是饭盒。

斯羽做好清淡的饭菜,送了过来。食堂就不必去了,他们返回病房里。护工夸赞道:"朱老师,您这儿子太懂事了。我做这一行这么久了,还没见谁家儿子亲手做饭送来的。"朱砂和斯羽都没解释。朱砂喃喃道,确实没有谁家儿子这么懂事。

离家前,朱砂把家里的钥匙交给斯羽一把,因为斯羽每晚要去言姐的房间里做直播。斯羽一点都没有问到病情,只是提醒她去医院要带着自己习惯睡的枕头,病房不比家里安静,很容易失眠。别的就什么都没说了。当时朱砂还有些隐约的不快,觉得这孩子心太冷了,焐不热似的。

斯羽熬了鲫鱼汤,里面加了不少的豆腐和豌豆尖。朱砂喝着汤,斯羽就悠闲地问她手术以后什么时候可以恢复进食,说是在网上查了查,说法不一;又问她想吃什么,往后每天提前发菜谱给她看,不满意就换。

"别再送了,挺过意不去的,心意我领了。"朱砂说。

"就当是外卖吧。"斯羽说,"如果过意不去,就付钱吧。"

换作别人说这句话,朱砂会当成玩笑,一笑而过。但斯羽一定是真的,这就是斯羽的风格,在他的处世逻辑里,给每件事标个价,是让事物变得简单的捷径。

朱砂吃过饭,斯羽还在病房里逗留着。朱砂提醒他直播时间快要到了,斯羽说已经跟粉丝们请过假了,停播两天。

"别的忙我帮不上,帮着跑跑腿还是可以的。"斯羽说。

朱砂心里一热,斯羽倒是一个实心眼的孩子。她想到了儿子。她一直犹豫着要不要跟儿子说一声,术前检查虽然没有查出什么立马要老命的毛病,但除了顺产侧切,毕竟是平生头一回做这样货真价实的手术,连器官捐献卡都带在了身边。入院前,她试探着跟儿子联系了一次,电话里儿子那边的声音很嘈杂,儿子说是陪他老婆小娜在逛装修市场。

"您有要紧事吗?"儿子大声问。

"没什么事,就是好久不联系了,想跟你聊几句。"朱砂赶紧说。她意识到自己的脸都红了。面对儿子,她总是有一种惊慌的感觉,不管儿子说什么,她都小心翼翼地迎合着。好像儿子是高高在上的,掌握着绝对的真理。这么说,并非儿子对她不尊敬,相反,儿子是一个很好的孩子,对她很有礼貌。她问什么,儿子都会坦诚地告诉她,不会藏着掖着,没有芥蒂,没有隔膜。然而,儿子的这种客气,跟朱砂对儿子的客气是不一样的。朱砂的客气,有珍视、忐忑,还有不安;儿子的客气,就是对待路人甲的方式,在他面前,朱砂跟世界上大部分人没什么两样。儿子是那种在飞机上能跟邻座从起飞一路聊到降落的话痨。

"我这儿太吵了,回头我给您打过去,行吗?"儿子问。

"行行行! 你先忙你先忙!"朱砂立即说。

儿子的电话挂断了。朱砂等待着儿子回头打过来,然而这一回头,儿子就忘了,直到朱砂住进医院,也没有打来。朱砂知道儿子置换了一套大平层,清水房,装修是很让人操心的一件事。装修肯定比给朱砂回一个电话重要。朱砂是这样安慰自己的,她说服自己不要再给儿子打电话,假如告诉儿子自己要做手术,而做手术的重要性依旧被儿子排在装修之后,岂不是自己找不痛快? 朱砂宁愿留下一个悬念,她不需要答案。很多事,她都不要看得太清楚,模糊一些好。后半生就是一个去繁就简的过程,就连家里的插花，她都常常只是保留孤零零的三两朵。以前她喜欢往花瓶里插进满满一大捧花卉，相互簇拥，挤挤攘攘，每朵花都活在另一朵花的阴影中。这其实是对美丽的一种辜负。

斯羽赖着不肯走，朱砂就说一起去散散步。他们出了住院大楼，医院里倒也有几处草坪跟回廊，有不少病人拄着拐杖或是坐在轮椅上出来透气。斯羽提议去街对面的华西校区走走。

"我这身打扮，招摇过市，很容易被误会从那什么地方逃出来的。"朱砂难得地说了个笑话。

斯羽说不怕，他用自行车载着她，直接到目的地。这时候天色已暮，临近期末，学生大多去教室上晚自习，校园里不会有太多闲人。

朱砂被说服了。在平时，这几乎是不可能的事情。但手术以前，总会有什么是不一样的。清规戒律突然间就被打破了，没什么藩篱是不得了的。朱砂就这样穿着医院里的病号服，堂而皇之地坐在了斯羽的自行车后座，穿过车流熙攘的街道，来到华西校区。

进了校园，斯羽并没有停下车子，朱砂就一直坐在他的自行车后座上，经过青砖黛瓦的教学楼、凋敝的荷花池以及那栋著名的钟楼。朱砂在这城市居住了二十来年，竟然是第一次进入这座校园。古老的钟楼上，指针缓缓转动着。大约是为了让朱砂看得更清楚一些，斯羽的车速变得很慢很慢，徐徐地途经那些藤蔓中的屋宇楼舍，就像时光本身，一寸一寸地流逝着。

坐在自行车后座的师母，这绝对是一个吊诡的意象。朱砂能够想起的师母，是大学时日语老师的妻子。日语老师是一个干干净净的小老头，日语专业的学习让他在无形中沾染上了多礼的习性，他保持着一种符号化的微笑,时常轻微鞠躬,走路的时候步幅很大,但手臂安静地贴近身体,生怕干扰到别人,或是占据更多的空间似的,是一种拘束而谨慎的生存姿态。这是一个有担当的男人——他的妻子在生完孩子以后突发瘫痪,经过了漫长的康复期,勉强能够生活自理。朱砂和同学去过日语老师的家,那套二居室也像男主人的风格,异常整洁。作为师母,日语老师的妻子摇摇摆摆地走到客厅里来,手里拿着一条正在搓洗的女式内裤,全身的动作无比僵硬,面部没有表情,没法清晰地说话,那些音节在她的喉咙里乱成了一锅黏稠的粥,谁都没听懂她在说些什么。

"师母问你们饿不饿,要不要吃点东西。"日语老师和颜悦色地为妻子翻译。那时日语老师已经五十几岁,他与生病的妻子平静地度过了二十几年。这是一段长久得无法想象的岁月,日语老师因此在那群女生的心目中萌生出圣洁的光彩。

朱砂毕业以后,听见了师母自杀的消息。原来,这个女人一直在等待,等着儿子长大,在儿子结婚生子以后,她用一根晾衣绳结束了自己的生命。她留下了一封遗书,上面歪歪斜斜地表达了对丈夫的感激,同时表示不愿意拖累这个男人一辈子,希望自己走后,他能够拥有新的幸福。

日语老师没有辜负妻子的成全。朱砂从留校任教的同学那里听说,他很快就再婚了,对方同样是一个丧偶的老太太,教数学的,据说身形高大,比日语老师足足高出半个头,这却不妨碍两个人每天晚上手拉着手出来散步,他们走到校门附近,就在高高的台阶上坐下来,一起看夕阳。那是很有画面感的场景,丝毫没有矫情的感觉,温暖中带着一丝凄凉。有的时候,来得太迟的事物,无论有多美好,总会有惆怅的意味在里面。

不知道为什么,朱砂一直记得日语老师的亡妻,那个目光呆滞的女人。疾病伴随了她生产后的生活，这一定是令她始料未及的。其实，什么乱七八糟的事件都有可能挤进人生，它是不会按照一定的规律来发展的，不讲究节奏，情节也没有主次之分。因此，什么是常态，什么又是非常态呢？说起来，没有什么是必须坚持的。譬如此刻，朱砂在斯羽的后座，斯羽搭载着她，在华西校园里，穿过了风，穿过了梅花的香气，这又有什么是不可以的呢？

"师母，您想看水花吗？"斯羽突然用脚刹住车，回过头来问。

朱砂不解其意，本能地随着他的动作下车，站定了。

"您瞧着！"斯羽重新跨上自行车，俯下身去，朝前猛地一蹬。校园里满地都是积水，近前有一个深深的水坑，斯羽加速冲过去，水花飞溅起来，漫天都是水花。斯羽松开车把，伸展双臂，那一瞬间，就像在水中飞行。那些水花闪着光，像从地面也像是从他的身体里飞溅而出。

斯羽惊天动地地驶过那个水坑，这还不够，他立即掉过头，加速飞驰过来，于是，又一次地水花四溅，又一次地在水花中飞翔。

朱砂看得呆住了，情不自禁地露出微笑。她意识到从进入医院开始，她就没有笑过了。待到水花归于寂灭，斯羽一头一脸都是水，含笑望着朱砂。

"好看吗？要不要再来一次？"他摸了一把脸上的水珠，问道。

朱砂蓦然意识到了什么，她有点发慌。她忍不住轻轻推了斯羽一把，催促道："你这个淘气孩子！赶紧的，回去！"

斯羽载着她回到医院，一进病房，朱砂就急急地找出自己的毛巾，让斯羽把头发擦干。斯羽不肯，直说不要紧。朱砂强行让他坐下来，斯羽还要挣扎，朱砂按住他，动手给他擦头发。

斯羽的头发不像儿子的头发,儿子的发质很硬,斯羽的头发则是温顺的,驯服于毛巾和朱砂的手指。没有吹风机,朱砂就用毛巾一遍又一遍地为他擦拭。感冒对肾衰竭病人意味着什么,朱砂不懂,但严重性大体是知道的。

斯羽的外套也湿了,朱砂没招,只得拿出自己的羽绒背心,让斯羽脱掉外衣,穿上这个。斯羽当然是不肯的,忸怩地躲闪着,朱砂生气了,说:"你不听话,明天不许再来。"

这个威胁是有效的,斯羽乖乖地穿起来。那是一件灰色的羽绒背心,颜色比较中性,除了尺码明显偏小,显得斯羽长手长脚的,像个发育中的孩子,倒没有太大的违和感。

"回去以后洗个热水澡,熬一碗姜汤,早些睡觉。"朱砂叮嘱。

"是,太后!"斯羽顽皮地应着。

III

朱砂是被护士唤醒的。护士拍拍她的脸说,醒来了,手术结束了。她茫然睁开双目,好一会儿才想起自己刚做了手术。她仍然躺在观察室里,似乎有人从她的喉咙里拔出了呼吸管,她想说话但完全发不了声。她重新闭上双眼,确认着身体的存在,她的双手被叠放在了胸前,接上了心跳和血压检测仪。尽管脸上罩着氧气面罩,她还是喘不过气来,呼吸急促。护士在一旁及时提醒,深呼吸,深呼吸。她深吸了一口气,感觉自己像是一条陆地上的鱼,气流到胸部就停住了,没法再往上涌。缺氧让她的脑子变得一团蒙,连记忆都断片了,被拆分开来,有的是线性的,有的是碎片式的。

麻药给了她一段长长的无知觉的睡眠,没有梦境,就像是一大团迷雾,雾的深处,依然是白色的雾。在那之前,是手术室门口的告别——其实没有告别仪式,她是跟着护工步行到手术室门口的,罗勒紧紧地跟在她身后,一路上他们一句话都没有说,匆促地挤电梯、穿过走廊。进入手术室之前,她回过头来看了一眼,恰好看到斯羽气喘吁吁地从远处奔跑过来。她停下来,想等他走近,但护工催促她换鞋,她只好按照流程继续进行下去,手术室的门在她身后关上了,她甚至没有看到罗勒是否朝她挥手或是微笑着跟她说了什么话。

前一晚,罗勒在应酬以后来到医院,陪她过夜。罗勒坐在床边,膝盖上放着手提电脑,审定研究生的开题报告。她想给罗勒讲一讲斯羽和水花的事情。

"真是很孩子气……比自行车还要高的水花,就能让他快乐成那个样子……"朱砂停歇下来,她突然发现整件事没有办法完全勾勒出来,中间其实是没有细节可以描述的,也没有可以作为故事必备的起承转合的要素,她不知道应该从什么地方开始讲述。

显然,罗勒根本就不介意她讲话的内容,只是当朱砂担忧地说起斯羽是否会感冒的时候,罗勒抬起头来,望着她,深思地说了一句:"确实很孩子气,不要命了。"

病房的空调温度太高了,朱砂辗转反侧,不断地想到斯羽,这样冷的天气,头发湿成那样,可千万不要病倒才是。隔壁是个打呼噜的老太太,嘈杂倒罢了,最为恐怖的是,间歇的呼噜声中,时不时地夹杂突如其来的寂静,那寂静太过瘆人,朱砂的心都提到了嗓子眼里,生怕老太太一口气断掉了,要等下一声呼噜破壳而出,才能放下心来。几乎一整夜,朱砂都是清醒的,听着时断时续的呼噜声,想着儿子,又想到斯羽。儿子与斯羽差不多的年纪,在某一个分岔口,他们的人生朝两条不同的路径延伸开去,儿子不知会通往哪里,斯羽却一定是朝向越来越混乱的泥泞。

罗勒在狭窄的陪护床上睡得很安宁,在生活品质方面,他倒不是一个挑剔的人。他的呼吸很重，但还没有到吭哧吭哧打呼噜的程度。早晨起床以后，他到走道的转角处练了一会儿八段锦，又做了几个俯卧撑，这是他坚持多年的习惯，就算出差，甚至在机场或高铁站，他照样能旁若无人地健身，且在慢节奏与高强度的动作之间转换自如，哪怕身边渐渐围聚起看客，他也毫无顾忌。这种强大的气场，朱砂自愧弗如。

健完身，他开始吃医院食堂里买来的包子，他吃得很快，差不多三口就吃光了一个。然后是第二个。他吃了两个包子，两只手上沾满了油。如果仅仅是满足生理需求，罗勒吃饭的速度称得上风卷残云。穿着睡袍，眼神冷峻，坐在餐桌前看英文报纸，用刀叉吃包子的形象是不存在的，那是装——装到了小说里，就是霸道总裁。罗勒不装，也不是霸道总裁，他从来就没有徐缓地吃过早餐，总是有一万件事在等着他。

事实上，朱砂与罗勒并没有认真地交流过此次手术，主刀大夫是罗勒的关系——罗勒同门师妹的丈夫，呼吸科专家。当专家断定手术的时机已到，朱砂就听话地做手术，排队等待是因为这位专家中间去了一趟欧洲，参加学术会议。回来以后第一台手术，就是朱砂的。她被护士带进手术室的时候，还不到早上七点，这大约就是斯羽迟到的原因。他没想到会这么早。

手术室的门关上时，朱砂分明看到斯羽眼里的失望。麻药生效以前，朱砂一直在想，斯羽为什么会失望呢？他是在期望着什么？安慰她、鼓励她，还是与她告别？麻药失效以后，朱砂并没有继续顺着这个思路去想，她什么都没想，脑子里空空的。每一次呼吸都是困难的，她觉得自己快要窒息了，她意识到那句话是真实的——在生死面前，一切都只是擦伤。

不知道过了多久，推车轱辘滑动了起来，朱砂被送了出去。她仰面躺着，头顶是白色的天花板与白色的灯，泛着冷冷的光，就像斯羽溅起的水花。

手术室的大门打开了，罗勒迎了上来。罗勒跟在推车旁边，一路回到病房里。斯羽在病房中等候着。当斯羽的面孔出现在朱砂的视野里时，她试图努力地说出什么，但是他们都没有听清。

"乖，你累了，别说话。"罗勒的语气是那么的温柔，就像他们刚结婚时。那时她的身体比她的灵魂更加让他着迷。当他频繁地用这种口气跟她说话，多半是需要她肉体的时候。

朱砂依然想说出来，她再试了一下，这一回，她的口齿清晰多了。罗勒凑近她，听了一会儿，抬起头来，对斯羽说："你师母在问，昨晚你有没有着凉？"

斯羽愣了一下，立即凑过来，对朱砂说："师母，我没事的，您放心。"他的声音很大，朱砂居然想要笑，她只是没有力气说话，并不是聋掉了。

朱砂转向罗勒，轻声问道："情况怎么样？"

罗勒立即懂得她的意思，温言道："差不多就是预测的情形，手术很及时，做完就没事了。"

朱砂没有再说什么，预测的情形，她是知道的。术前大夫的判断是原位癌，看来在手术中没有出现不可控的变数。大夫说过，化疗什么的统统不需要，也就是一次手术而已，等大病理再佐证一下，起码在最近的几年时间里，她的肺部不会再造反——过了强说愁的少年时期，思考事情的角度与方向都发生了本质的变化，她想到的总是积极的一面。没有什么会让她觉得天塌地陷。

病房里还有其他人，罗勒的几个女博士、女硕士研究生，都是女性，朱砂不太认得。其中一个上海籍的，贴心地送来两只卡哇伊造型的靠垫，靠垫芯子用的是干桂花、香草这些材料，窸窣作响。按照朱砂的交代，罗勒没有通知双方的家人，那些女生也是斯羽叫过来的，斯羽以为手术过后会需要搭把手。

罗勒遣散了那几个女生，让斯羽也回去。斯羽不肯，说留下来陪着老师，罗勒倒是没有坚持赶他走。朱砂很虚弱，疼痛与麻木混在一起，身上插着镇痛棒、引流管，吸着氧气，留置针是在脖子上，用来输液。她醒醒睡睡的，中间每次醒过来，都看到罗勒守在身旁，斯羽也在一边打瞌睡。罗勒全程都没合眼，如果是文艺片，这时朱砂应该轻轻握住罗勒的手，罗勒捧起她的手，放在自己的腮边，两人默默对视着，过往生活里累积起来的误解、怨怼、不满等负面情绪，都在彼此的眼神里达成和解。

然而朱砂并不是女演员，她没有力气做任何事情，不过是看一眼罗勒，再看看斯羽，重新闭上眼睛，进入混沌状态中。斯羽是什么时候离开的，她不知道。有一回，她疼得睁开了眼，床边就剩下罗勒，罗勒没看手机，也没有用电脑，专心致志地盯着她的输液瓶，见她醒来，趋前轻声问："好些了吗？"

她吃力地点点头，感受分明是一样的，这回答就显得很牵强。她无意识地转开视线，罗勒误以为她是在找斯羽，就跟她解释，斯羽急着去办事了。顿了顿，又补充一句，斯羽生着病，应该是要定期去治疗的。

朱砂明白他的意思，斯羽是去做透析了，那昂贵的、维系生命的治疗手段。命运对待斯羽未免太过残酷，然而，它又曾善待过谁？

"这些学生里头，想不到，这一次，倒是用着了他。"罗勒自语道。

朱砂说不出话来，这辰光，她的心是静的，身体背叛了灵魂，世界反而静寂下来。她再度睡过去。再次睁开双眼时，斯羽又出现了，没有打瞌睡，跟罗勒分别守在她的两侧，大眼瞪小眼地看着她的输液瓶。好容易挨到了第二天早上，护工开始提醒她咳嗽，有利于排出血水，帮助肺功能恢复。朱砂疼得要命，比生儿子的时候还要疼，她尽力咳嗽，连眼泪都咳了出来，不是哭泣，而是身不由己地就咳出了满脸的泪。

第二天拔管，可以吃流食，斯羽送了白粥来。中午是大米粥，晚上是小米粥。同病房的家属就说："你们这儿子养得可真好，很少见到男孩子这么细致体贴。"

罗勒笑一笑，说："这些'95后'的孩子，都是很自我的。"说完看了朱砂一眼。

罗勒这是在安慰她。罗勒知道朱砂与儿子的心结。他们结婚这么久，罗勒见到那孩子不过寥寥数次。罗勒不是小肚鸡肠的继父，早些年，朱砂儿子还小，他甚至赞成朱砂将儿子接来成都念中学，不愿意上门的是那个执拗的小子。儿子上大学倒是来了成都，就读于一所工科院校，四年时间里，到家里来了不超过十趟。他总有那么多的理由来推掉朱砂的约请，请上好几次，能够有一次赴约就不错了。大学毕业时，朱砂请罗勒出面，在成都为儿子确定了工作，一家专业对口、效益不错的事业单位，儿子不说去，也不说不去。领完毕业证，儿子给朱砂发了一条短信，扛着行李就回了县城。

为了这件事，朱砂追过去，见了前夫，以及那个多年没有谋面的女人。他们与朱砂站在同一立场，支持儿子留在成都。他们当着朱砂的面，打电话给儿子，说服他。他们的道理比朱砂讲得还要好，然而并没有什么用，儿子还是不听。儿子留在了老家，罗勒与当地的官员有一面之缘，从中斡旋,让儿子进入了县财政局。罗勒的帮助,儿子倒是没有拒绝。事情办妥后,儿子给罗勒寄来一件纯羊绒毛衣,以示感谢。儿子不是不懂事,他只是不愿意离开县城的家,或者说是他不愿意离开前夫和那个女人。这一点,对于朱砂,无疑是致命的一击。

朱砂在罗勒面前很少提到儿子,但是,欢喜是因为他,伤感也是因为他,朱砂深信,罗勒什么都知道。两个人在一起久了,没有什么是可以彻底隐藏起来的,就像一辆车开顺手了,它的脾性会深谙于心。

第三天,斯羽在粥里加了青菜与碎肉,巴巴地又送来几只丑橘,说是在网上搜过了,这种水果有神奇的疗愈效果。第四天,他送来的是馄饨。那一天,朱砂接到了出院通知。吃完馄饨,护工帮着罗勒收拾了行李,斯羽去办理出院手续,完了就开车回家。

罗勒往车库里倒车的时候,朱砂和斯羽提前下车候着。在病床上躺久了,又坐了半个多小时的车,朱砂的腿就有些发软。也许是她脸色难看,斯羽及时伸出手,在碰到她的刹那,或许是有一丝犹豫,动作就变了形,结果没有搀扶她,而是直接抓住了她的手。朱砂怔了一下,想不到斯羽那么瘦弱的孩子,手掌倒是十分宽大,骨节有力,温度却是凉凉的,好像冻得很厉害。朱砂禁不住看了看斯羽,他穿得不少,羽绒服、靴子,还戴着一顶俏皮的毛线帽子,脸上倒是没有丝毫瑟缩的模样。

朱砂抽出手,强撑着摆摆手,说没事。斯羽也不说什么,罗勒已经停好了车,斯羽就到后备厢去取朱砂的行李。上电梯时,罗勒一路牵着朱砂的手。罗勒的手心是暖暖的,还有些汗。然而从一开始,朱砂就对跟罗勒牵手这件事没有太过美好的感受。罗勒的身形在南方男人中间不算矮小,他的四肢比例匀称,也没有油腻的大肚腩,但是,他的手并不像一般读书人那样秀气好看，他的手掌很厚，手指肥而短，指甲不是细圆而是宽扁的，偏偏他在翻书、敲击键盘或是扶眼镜框的时候，喜欢跷起小手指，那肉麻的手势配上肥短的小指头，屡次让朱砂陷入沉思—— 一位有学识、有修养的知识分子，怎么会有皮相如此粗鄙的一双手？

多年前，他们是从身体直接进入所谓爱情的。相处一星期以后，他们就上了床。床上没什么惊喜，罗勒是个保守的男人，朱砂也不是放得开的女人。如果说到技巧，顶多是酣战时，罗勒突然拍拍她的臀部，而她会意地换个姿势罢了。这种心领神会，足够说明他们都是熟手，仅此而已。

他们跃过了之前结婚的很多阶段，像黏糊得如口香糖一般的热恋，像使小性子、赌气、三番五次闹分手又复合，像聘礼、嫁妆这些，统统都没有。领结婚证的当天，朱砂到罗勒家里，跟罗勒的母亲吃了一顿饭，算是见了家长。旁人看起来，他们之间十二岁的差异，一定有一番荡气回肠的故事，然而并没有。他们的关系不是一段大起大落、大开大合的交响乐，顶多是舒缓的催眠曲。两个受过伤的成年人，对待感情都是极其精明的，每行一步都慎之又慎，唯恐行差踏错——无论伤口的外观愈合得多完美，那块皮肤再也没有办法光滑如初了。

回到家里，朱砂一眼就看见自己的羽绒背心，给斯羽穿过的那件，应该是干洗过了，蓬松柔软，折叠得整整齐齐的，放在沙发上。斯羽没有特别说什么，朱砂也没有，她喘了口气，默默将那件背心收进卧室的衣橱中。那是一件S码的背心，朱砂一直穿S码，斯羽那么大的个子，竟然穿得进去，除了短一些。可见他有多瘦。朱砂想到他的手，那样凉。她心里没来由地一阵抽痛。不知道这孩子的妈妈为何如此疏忽大意，她的心肠难道是铁石做成的？

这一阵心悸持续了好一会儿,朱砂不敢掉以轻心。到了这种岁数,心脏的变化,可以是感情带来的,比如恋爱,比如怜惜,但更大的可能性是心脏本身有毛病,比如冠心病。她打电话给主治大夫,对方问了问症状,说是无大碍,这种手术以后会有一些一过性的身体反应。

朱砂渐渐地康复起来。大部分时间,她一个人待在房间里,半卧半坐地靠在沙发上,翻出一些纪录片,有一搭没一搭地看着。《货币大师》《浮生一日》《大明宫》《寿司之神》《苏东坡》《河西走廊》《未至之境》等,经济的,人文的,科普的,混搭。她看书和看片都很杂。罗勒是搞电影研究的,他推荐给她一些文艺片,她照样看得津津有味,看完与罗勒讨论导演风格及创作手法。她是一个理性的女人,追偶像剧是二十年以前的事情了,现在她更愿意看烧脑剧。

在医院住的那几天,罗勒放下手里所有的活,连电话都不大接听,专心致志地照顾她吃喝拉撒。不管大夫如何信誓旦旦地保证原位癌的无害性,但无论从狭义和广义上来讲,她都是一个癌症病人了。

她与罗勒不约而同地回避着癌症这个话题,若是有一方不当心触及,另一方一定保持缄默。也许他们还没有做好面对它的思想准备。

罗勒坦然地清理着她身体的秽物,有时朱砂心怀歉疚,他就宽慰她,没有机会伺候她坐月子,就当是补上这一课了。朱砂听了笑笑,当初没有坚持要一个孩子,此时多少是有些懊悔。前半生,她一直试图治愈与生俱来的孤独,在第一次的婚姻中,有了儿子,她仍然备感寂寞。嫁给罗勒以后,她潜意识里想尝试一下,没有孩子的牵绊,两个人是否更容易成为心心相印的灵魂伴侣。然而并没有。相反,每当儿子或是言姐意外地出现,她与罗勒的关系似乎就会变得疏离一些,似乎对方的世界太过拥挤,要主动地退让一段距离，让孩子来占有。

　　但是，朱砂意识到，医院里这几天的陪伴，足够支撑她安稳地与罗勒度过后半生了。罗勒待她的心意，有这些就很好了。过了中年，器官衰老，她对食物与感情都不再有饕餮的欲望，很少的一点养分就够她活下去了。

　　朱砂出院以后，罗勒回到了正常的节奏里，早出晚归，即使在家里，也是电话、微信不断。开头几天，做饭的依旧是斯羽，他也不需要谁招呼着，自个儿就大包大揽了下来，好像这就是他的职责所在。一日三餐，不管他在做什么，接了活，或是上课，或是做着朱砂帮他接来的两个APP的项目，他都会赶在饭点前到家里来，为朱砂熬粥，做两样可口的小菜。食材倒是不用他操心，朱砂从网上订好了。

　　斯羽这样一天几趟地奔忙，脸更瘦了，精神头倒是十足。朱砂看在眼中，与罗勒商量，不能让斯羽受累。她从网上的家政公司找了个钟点工阿姨，每天来家里做一顿午饭。

　　这个阿姨很饶舌，一进门就聒噪不已，打探朱砂的病情，告诉她各类与癌症相关的奇迹或是悲剧，讲得头头是道，身临其境，简直可以充当治病疗伤的新闻发言人。朱砂很不习惯与陌生人共处一室，不过，无论如何都不可以让斯羽那么累，于情于理都是说不过去的。她隐忍着阿姨的唠叨，也适应着阿姨的黑暗料理。这个阿姨是奇葩，除了嘴上功夫了得，别的都是浮云，说是有厨师资格证，但炒菜十次有九次不是煳掉就是夹生。

　　斯羽继续进行着直播带货，依然是"言姐羽哥"那个旧账号，依然打着怀旧的牌。斯羽给了粉丝一个妥妥的失恋小哥哥的人设，于是，一大波无知少女在赶来拯救他的路上。他的货，销量噌噌噌地上升，就连甜得发腻的桃片都能卖出好多盒。那些美少女好像是连减肥的心都没了，斯羽卖什么，她们买什么。这网络销售的诡异让朱砂叹为观止。

阿姨做午饭，晚餐斯羽坚持自己动手。他还是给朱砂熬粥，变换着花样，搭配几样爽脆的素菜，算是安抚了朱砂在阿姨那里受尽凌辱的胃。

这中间，斯羽飞去了暹粒三天，也只能是三天，朱砂已经发现了规律，斯羽每两次透析的间隔不能超过三天。他接了个项目，是与另外一个网红联袂介绍吴哥窟的美食。朱砂偶尔看几眼他的视频直播，她没有去过吴哥窟，对当地的高棉美食不大了解，但斯羽介绍的阿莫克、柬式火锅、柬式春卷、酱汁炒牛肉、酸汤鱼似乎没什么太大的新意。斯羽不是吃播，他的美食推荐更多的是以自然、人文为背景。他会遵守暹粒的传统节日，一早去拍吴哥窟的日出，吴哥寺的剪影映照在晨曦中，非常震撼。

美食是拍给公众看的，斯羽另有单独给朱砂看的视频。他一天会为她发来好几条，拍摄对象竟然全是当地的草，差不多是遇见了什么草，就拍一小段发给她，原生态的，连剪辑都没有，他的画外音索性就在视频之外，单独发一条音频，闲说一下那些草的种类。蓝茸茸的是蓝羊茅，这种草的颜色在冬天会更蓝一些。粉色雾状的是乱子草，一大片，漫山遍野的，任谁都招架不住那种爆棚的少女心。高大的蒲苇草可以插在花瓶里，一枝就好，太多了会有满溢出来的感觉。至于白毛羊胡子草，跟它的名字很像，白色絮状的叶子像山羊的胡须，被风吹动着，有一种说不出来的萧瑟。

这些草，有些朱砂认得，有些连见都没见过。她是第一次知道，原来草类也可以美得不可方物，比花朵还要媚，媚到了骨子里，足以扰乱人心。

斯羽好像是专程去拍那些草的，一天好几遍地发给朱砂。视频里的草极有诗意，斯羽的解说却是平淡无奇的，说几句是在哪里拍到的、叫什么、基本习性等,很科普,但很治愈——这令朱砂始料未及,这几天,她竟然从大量的纪录片里抽身出来,对斯羽拍的那些草若有所待。

暹粒没有真正意义上的冬天,这时候是旱季,斯羽的镜头里有着很好的阳光。阳光下,他的脸是那么的生动,瘦与苍白似乎都被阳光给遮掩住了,他的眼里有光,从某些角度看过去,他通体都在光芒中。朱砂看得呆住了。就像她不知道草会那样美,她同样没有料到一个患重病的年轻男人会这样活力四射。

这一边,斯羽是这样平静地尽力去生活着,做着直播,拍着乏善可陈的美食,赚着治病与维生的钱。另一头,言姐却已经销声匿迹了好一阵子。刚到新西兰时,言姐与朱砂的互动很多,她们的话题大部分围绕着斯羽,朱砂事无巨细地告诉她斯羽的行迹与状态。朱砂倒不会幼稚到以为言姐是什么旷古情痴,这种神话一旦发生在现实中,就不再是神话,而是神经。对于言姐这种女孩子来讲,父母离婚带来的创伤是有的,母亲给予的富二代身份也是如假包换的,拯救与自负必然伴随着她的情感生涯。斯羽的拒绝,是对她信心的挑战,爱不爱的,不那么重要,要紧的是,她得不到他,这件事本身激发了她的坚持。

朱砂没有学过心理学,这也不是心理分析,是依靠阅历就可以得出的结论。就像很多算命的大神看相,其实就是一种凭经验判断的过程。

朱砂的判定大致是靠谱的,因为言姐找到了新的关注点。言姐在微信朋友圈里发了一组照片,还有一段长长的文字描述。大意是,她钓了一个男人。

这个男人,目前还不是男伴之类的,言姐的语言也是调侃的。她在海滩的垂钓区钓鱼,一条海鲈鱼上钩,她猛地收竿,结果,跟另一位垂钓人的鱼竿死死缠在了一起。

两根鱼竿的线都报废了，但鱼竿的主人相识了。那是一个新西兰男孩子，雪白的皮色带着淡淡的粉，眼睛是蓝色的，头发是金色的。那个男孩子是在奥克兰理工大学读博，因为过敏性哮喘反复发作，医生建议他换一个环境，因此他休学来到外婆家的别墅暂住，就是在这里，他遇见了言姐。

这像是一部小成本制作的电影的剧情，节奏也很缓慢。言姐详细还原了两人邂逅的过程，没有更多了。照片里全是他们一起钓鱼的景象，不同的天气，不同的衣着，一律是朝着镜头，一起露出牙膏广告一般整齐的牙齿。

言姐的这位新朋友，一定是一个有趣的人。言姐不是那种性情内敛的女子，能够让她一整天安安心心地坐在海边钓鱼，不是一件容易的事。那个新西兰男孩子做到了。他用粲然的笑容和一些英文段子留住了她。这个前来治疗婚姻之伤的中国女子，在镜头里神采飞扬。

朱砂并不肯定那是言姐的白马王子，然而他确实在一定程度上缓解了言姐对斯羽的关注。言姐这一代人，与朱砂那一代是不同的，她们懂得取悦自己，而不是用力讨好别人。不留意就是不留意了，她不会假装余韵未了地询问朱砂关于斯羽的状况，缓缓降低频率，直到不再问起。这个过程，她不需要给斯羽也不需要给朱砂任何交代。

斯羽有言姐的微信，她的动态，估计斯羽也能看到，朱砂不知道斯羽是什么心情，他们从来没有正面讨论过言姐。

朱砂跟罗勒说起那个新西兰男孩子，罗勒也看到了那条微信，罗勒的态度很暧昧。朱砂多追问几句，罗勒坦白了自己的感受，说言姐跟那个外国人做做朋友可以,毕竟她仓皇出国,除了母亲和继父的家人,再没别的人陪伴,寂寞是一定的。但是,仅止于朋友就好了,罗勒没有接受一个洋女婿的心理预期。不过,罗勒也明白,在结婚这场战争中,无论是基本面,还是技术面,儿女都是高手,父母没有跑赢的可能性。罗勒用了一堆股票术语。罗勒从不炒股,但他连K线图都能侃上几句。跟他聊天,咸的、淡的都能闲扯几句,不会觉得闷。可惜他的时间大多留给了别人,剩下来给朱砂的,堪称奢侈品,以至于在医院那几天的朝夕相对,简直就是凤毛麟角了。

第四章

现在,这套二百平方米的顶层复式房屋里,就剩下她和斯羽两个人。这情境就像是一个偷懒的编剧,抄袭了最老套的剧情设置,包括几个荒谬的基本元素:荒岛、密室、一男一女。

I

事情发生得很突然。

朱砂一连几天都像是在做梦，不是噩梦，当然也绝对不是美梦，就是梦境一般的不真实，怎么都找不着北。每天清晨睁开眼睛，她要怔忪好一会儿，才能反应过来。现在，这套二百平方米的顶层复式房屋里，就剩下她和斯羽两个人。这情境就像是一个偷懒的编剧，抄袭了最老套的剧情设置，包括几个荒谬的基本元素：荒岛、密室、一男一女。

在任何一个年份里，这都是不可能发生的，然而，那是2020年的春天。他们被封闭在了这套房子里。那是农历新年过后的一个多礼拜，他们楼下那户人家，先是发现了一例新冠肺炎确诊病例，紧接着，家里出现了第二例。整个单元随即被完全封闭了。

那晚，斯羽做完直播，留下来煮了夜宵，劝说朱砂也吃了一点。他们坐在厨房里，各自吃着一碗粉子醪糟，朱砂只要了小半碗，加了糖，很甜。手术以后，她在饮食方面不再保持严苛的自律，她增重了好几斤。说实话，多几斤少几斤，对于别人而言，又有什么要紧的呢？

他们一边吃，一边聊了一会儿疫情。那时成都疫情还不是太严重，小区实行了封闭式管理，进出需要出入证。口罩和酒精脱销了，斯羽不知从什么渠道募集了一些，寄往武汉市红十字会。他的直播还做着，有些货能够准时发出，有些地方快递停掉了，本地的客户，斯羽直接省了快递费，骑车送货上门。新年前后，城内空荡荡的，交通无比顺畅，斯羽好像乐此不疲的样子。

他们交流了一下新闻里看到的疫情，斯羽聊起位于暹粒的吴哥窟。从暹粒回来，斯羽还没来得及跟朱砂细细地聊起当地的景观。他倒是在行李箱里装了一枝特别蓬松又特别蓬勃的蒲苇草，郑重其事地送给朱砂，朱砂也是郑重其事地插在花瓶里。

罗勒见了就说："孤零零的一枝，有些静物小品的味道。"

朱砂说："可不是，用来写生挺好。"

罗勒道："斯羽这孩子，有点旁门左道的精怪，难怪言姐那么迷他。"

朱砂说："前面那句你说得对，斯羽是挺乖觉的，但言姐迷他，未必是因为他的好，那是一种得不到的意难平。"

罗勒听得懂，却是一笑了之。

那个夜晚，朱砂与斯羽从余秋雨的文化散文，说到了新西兰的言姐。这样正儿八经地说起言姐，在他们之间还是头一回。斯羽告诉朱砂，言姐在微博上写新西兰游记，每日一更。

朱砂没有关注言姐的微博，但是她情不自禁地说："她的前夫会看见她的行踪，这是一件冒险的事。"

斯羽说："不会的，言姐把他拉黑了。"

朱砂点点头,她不大会操作这些,就连广告推销电话,她都没有拉黑过,大不了对方一开口就直接挂掉。编辑部的那些年轻编辑,与人一言不合,立即拉黑对方,有朝一日冰释前嫌,又将对方从黑名单里移出来。这是很情绪化的行为,她不会这么干,讨厌一个人,她是不会形于颜色的。她保护自己的方式是几乎不发朋友圈。她是微信里的那种"僵尸"。

斯羽饶有兴致地说到了那些微博的内容,最近全是关于钓鱼。言姐跟她的那位新西兰新朋友,钓到了好些海鱼,钓起来,再放回去。有一条鱼下水以后,在他们附近盘旋了好几分钟才离去,被言姐视为恋恋不舍的表示。还有一条体形壮硕的鳗鱼,差点儿把言姐给拖下水去。

"这几天,言姐已经跨过入门级水平,不满足于矶钓,他们一起上礁石钓鱼了。"斯羽说。

他打开微博,给朱砂展示言姐新入手的救生衣和防滑鞋。朱砂心想,果然他什么都知道。他脸上的表情很镇定,兴致盎然地讲着言姐写在微博里的钓鱼的那些事。他或许是修炼成仙,或许是当真不在乎。朱砂一时之间不知所谓。

就在朱砂一通胡思乱想时,楼道里传来一片嘈杂声,门铃被大力按响。斯羽打开门,门外站着身穿防护服、全副武装的防疫人员,在走廊里大力消杀,随行的还有物业管理和社区的工作人员。朱砂和斯羽被告知楼下邻居家出现了确诊病例,他们必须严格待在家里,做好体温测量,需要的物品由社区志愿者送到家门口。

那一瞬间,朱砂的第一反应就是立即把斯羽送走,斯羽不能留在这里,他不能不出门,他是每周要去医院做透析的。急切间,朱砂告诉工作人员,斯羽只是家里的客人,他必须回到自己的住处。工作人员有些愕然,想了半天,说是需要请示,让他们等回复。说着就要离开,他们几个人都是脚步匆促的,说话的语速很快,整张脸只露出眼睛,眼神里是统一的此地不宜久留的意思。

朱砂见人要走,急赤白脸地拉着人家防护服的袖子,说斯羽必须出去,有要紧的事要办。那位工作人员为难地解释,现在不能放斯羽走,实在有需要出门的,可以办理临时出门手续,至于是否让斯羽回到自己的住处,自己真是确定不了,需要逐层请示。

朱砂还要争取,斯羽从后面拉住她的胳膊,把她带回屋里。斯羽认真地告诉她;即使可以离开,他也不会走,家里就剩下朱砂,他要留下来陪着她。

"那怎么行!"朱砂觉得斯羽简直是疯了,这是性命攸关的事,这栋楼里既然出现了确诊病例,危险无处不在,应该是有多远逃多远才对。

"外面风那么大,小心受凉。"斯羽索性把门给关上了。

"你不能待在这里,你要出去的。"朱砂急道。

"刚刚人家说了,有出去的需要,可以办理手续的。"斯羽说。

"我给徐秘书打电话,请他想办法,由学校出具证明,看看能不能让你出去。"朱砂说。

"师母,天不早了,明天再说。不介意的话,我就睡言姐的房间,或是客厅?"斯羽征询地看着她。

朱砂泄气了。这孩子看似孱弱,固执起来却是八头牛都拉不回来的。

按照朱砂的指令,斯羽就睡在了言姐的房间里。朱砂找出一套干净的床品,让斯羽换上。斯羽没有带随身衣物,她找了罗勒的睡衣给他。

那夜朱砂的失眠症又犯了,翻来覆去,睡意始终飘浮在她的头顶上,不肯降落下来。她起身喝水，在房间里走来走去，播放一段助眠的音乐，看了几页枯燥的语法书，都没有用，反而这一通折腾，咳得更厉害了。咳嗽是手术遗留下来的痕迹，稍微不慎，就会咳上好一阵子。

凌晨好不容易睡了一小会儿，她起床后看到斯羽已经做好了早餐，坐在餐桌前刷手机。屋内开着地暖，斯羽没穿外衣，只有一件加绒带帽子的卫衣，狭窄的胸廓与细细的四肢，单薄得像个发育中的少年。

"师母，夜里您咳得不轻。"斯羽仔细看着她的脸。因为失眠，朱砂知道自己的脸色非常憔悴，手术以后除了基本的护肤品她也没有用过彩妆，因此她根本不想在这个时段里见到任何人，包括斯羽。

"小米粥稍微有点儿稠，要不要加一点牛奶？"斯羽不识趣地继续问道。他自己的碗里正是那样奇异的搭配，淡黄色的小米浸淫在牛奶中，他用勺子吃得很香。

"我只想安静一会儿。"朱砂给自己倒了一杯咖啡，回到楼上，看都没看斯羽一眼。

她喝了一点咖啡，肠胃很不舒服。她曾经用浓咖啡当早餐，但那是很多年前的事了，现在她每天早晨老老实实喝粥、吃白水煮蛋。斯羽强行留下来，破坏了她的习惯，她无端端地有点生他的气。

门外有轻轻的响声，朱砂出来查看，正看到斯羽的背影。听见她出来，斯羽加快了脚步，一步三级地跳下楼梯，消失在转角处。

门口的矮几上放着斯羽送来的粥和鸡蛋，以及一小碟胭脂萝卜泡菜，那是斯羽亲手腌制的。朱砂对泡菜这些很不在行，做菜的辅料都是买现成的。斯羽相反，他是行动派。他找出一只玻璃缸子，在里面腌制出微甜爽脆的萝卜泡菜，用来过粥再好不过。

斯羽这是赔着十二万分的小心,知道朱砂心烦,连现身都是避免的。朱砂意识到自己的无礼,表面看起来,她已经活得很通透,但在她心里,总有一些迈不过去的坎,这些坎,会在猝不及防间激怒她,将她变成另一个失控的人。这些坎,包括儿子,也包括罗勒。

罗勒不在家。大年三十早晨,吃过速冻汤圆,他就驾车离开了。这是惯例。他们结婚已经十几年了,这些年里,朱砂没有与罗勒共同度过任何一个除夕之夜。

罗勒的年夜饭,不是在自己母亲家中吃的,当然也不在朱砂这里吃,他在前岳母家,吃传统的花瓣饺子——朱砂知道是花瓣饺子,这是罗勒自己说过的。他的前岳母是一个厨房里的艺术家,她包的饺子是玫瑰花形状的,馒头上精雕细刻着动物的脑袋,一望即知是熊猫或狮子等。那些食物的滋味如何,罗勒倒是没有说过。他告诉朱砂,前岳母是一个孤僻而又神经质的女人,除了做饭,没有别的嗜好。

罗勒被前妻抛弃了,但是,前岳母没有遗弃他。老太太仍然把他当成儿子,三餐四季会时不时地嘘寒问暖。问题是,罗勒的前岳母是有孩子的,她有两个儿子、一个女儿;还养了两只美短、一只边牧;儿女与这些宠物逐渐长大,各自繁衍出新成员。她的家里人丁兴旺,宠物又多,肯定是不寂寞的。可是,老太太仍旧惦记罗勒,每到过年,罗勒一定被老太太三催四请,到家里团圆,罗勒的前妻和前妻的现任都在。无论从哪个方面来讲,这都是没有道理的。这件没有道理的事就这样不明不白地一直延续了下来。

早几年,老太太还住在成都的老宅里,跟罗勒母亲家不过隔着两条街,罗勒还能两边兼顾,一边吃上半场,一边吃下半场。后来,老街拆迁了,老太太的新家在三环路以外,她也不去住了,索性卖掉了房子,回到自己的出生地洪雅县,匀了亲戚家的宅基地,修了一栋小小的屋子,也不要儿女资助,就是那种最朴素的乡村小屋,泥地灰墙,连装修都没有。房子修好了,她就在那里长住下来。于是,一到过年,罗勒就得开两个多小时的车,赶去洪雅。这样一来,当天就回不来了。除夕之夜,不管是自己的母亲,还是朱砂,他都陪不了。

要有意见,首先应该是罗勒的母亲,还轮不到朱砂。罗勒是怎么说服母亲的,朱砂不得而知。反正,在朱砂这里,罗勒很诚实,他说老太太对自己的感情很深,老人家是有文化的,称赞他有谦谦君子之风,整个人温润如玉,不像她那两个粗糙的儿子和粗枝大叶的女儿——她的儿女都很会赚钱,在她眼里,他们除了钱,真是什么都没有。当年罗勒与前妻离婚,痛哭流涕的不是双方当事人,也不是言姐,而是这位老太太。

"陪一年,少一年,就顺着老人家的心意吧。"每年出发去洪雅前,罗勒都是这么说的。同一句话,他说了十几年,也留下朱砂一个人过了十几年的农历新年。

这一回,情形稍有不同。朱砂做完手术,罗勒已经决定留下来过年。他打电话跟老太太说好了,元宵节再去看望她,老太太也不是拧巴的主儿,并没提出无理要求。朱砂破天荒地从网上订购了好些年货,预备着过一个不一样的新年。到了大年二十九,罗勒接到前妻的电话,得知前岳母脑梗发作。前妻在新西兰,哥哥和弟弟两家人都赶回去了,前妻就在电话里试探罗勒的意思,能不能去看一下老母亲。

罗勒决定去。他告诉朱砂的时候,皱着眉头,好像在讲一件让自己很是犯难的事——不知道令他犯难的是前妻与前岳母,还是朱砂。等他讲完了,朱砂静静等待下文。结果,没有下文了。朱砂仔细回忆了一下,罗勒的语句里没有设问,没有反问,全部是陈述。陈述完了,朱砂也就明白了,他既是在告知她事实,也是在告知她自己对事实的态度。

出发前,罗勒告诉朱砂第二天肯定会回来。到了洪雅,罗勒发觉老太太的病情比想象的要严重许多,人已经在ICU,连转院到成都来都是危险的。大夫是熟人介绍的,是当地人民医院的副院长,直言不讳地让家属们不要走远,就在这几天了。

罗勒留了下来。他在电话里给朱砂讲了情况,朱砂反过来叮嘱他照顾好自己,不要惦记家里。朱砂的表态是识大体的,她不可能哭着喊着给出一个最后期限,要求罗勒必须出现。要么没有,要么全部;要么现在,要么永不。她没有底气下这种通牒。年纪的意义正在于此,任性是少女才有的权利。成熟意味着,不会去问落水了先救老妈还是媳妇这类让人难堪的问题,而是转身缴费,兢兢业业去上游泳课。

老太太拖了十来天,这与大夫的判断稍有出入。守在ICU外面的家人,连同罗勒,都在等待着她咽下最后一口气。朱砂也在等消息。

没等老太太咽气,这栋楼就被封了。待到老太太出殡、下葬,罗勒终于可以动身回家,结果当地也限行了,他根本就没法回来了。罗勒被留在老太太生前修的那栋小房子里,一同留下的,还有罗勒的前大舅子和前小舅子两家人,以及前妻的现任。那个男人不在江湖在庙堂,是省政府的官员,在成都不算什么,到了老太太居住的地方,就显得有身份、有颜面,一开始是由县里的领导安排入住当地最土豪的酒店,安排专车接送。然而到了非常时期,酒店全部关闭,他也只能住在这里了。

罗勒一天给朱砂打两通电话,多半是因为无聊,问一问封楼后的情形,问一问朱砂一天咳嗽几次、饮食如何。他这趟去老太太家,走得匆忙,连电脑都忘记带了,换洗衣物更是没有。他新近习惯了使用视频电话,朱砂在他的通话背景里随时随地都看到满满一屋子人,问起来,原来房间不够,只好女眷们一间,男客们一间,集体睡地铺。因此,罗勒不仅跟前大小舅子同居一室,还跟前妻的现任朝夕相对。不仅如此,几个大男人,衣服也共享了。行李带得多的,贡献出来,不管合身不合身都将就着穿和换洗。待了几天,他们各自找到了娱乐活动,罗勒与前妻的现任下象棋,还只有他俩在一个段位,势均力敌,难分难舍——这老太太也真是很妙的一个人,活到了头,还要制造这么一出戏。

"有斯羽在,我也放心一些。"罗勒跟朱砂说。这么一说之后,好像通电话的频率也降低了,朱砂打过去,就见罗勒跟那个男人埋首厮杀。朱砂实在是哭笑不得。

罗勒指望不上,儿子更是没心没肺。楼下确诊病例的活动轨迹一出来,儿子看到了消息,倒是第一时间就打了电话来问候。

儿子在电话里说:"妈,老妈想去看看您。"

这句话是一堆糨糊,但朱砂听得懂。这是儿子的习惯性称呼。儿子叫朱砂"妈",而把那个女人称作"老妈"。表面看来是没有问题的,但是朱砂常常听见走在放学路上的小学生们,亲昵地朝着母亲撒娇,他们不会像幼儿园的小朋友那样叫"妈妈",也不会像成年人那样叫"妈",而是一口一个既甜蜜又爽脆的"老妈"。一字之差,含义一样,但这中间分寸的拿捏,就与感情的浓淡休戚相关了。

况且,儿子说的,不是自己,而是那个女人想来看她,仿佛朱砂与儿子的关系,是经由那个女人连接起来的,这让朱砂痛心疾首。

朱砂给儿子的回答是："不用来,你好好保重自己,也照顾好小娜。"小娜是一个名字温婉但行止颇有女汉子之风的女孩子,看得出来,她把儿子吃得死死的。朱砂只字不提那个女人,她用这种方式表达自己的不屑。

挂断电话,朱砂翻出儿子幼年时的相册,久久地凝视着相片里那个圆嘟嘟的婴儿。生下儿子以后,朱砂一度产后抑郁,这个"待机时间"超长的小家伙让她无比崩溃,她感受不到他的可爱,她几乎是怀着痛苦的责任感机械地给他喂奶、换尿不湿,忍着乳头皲裂、睡眠不足的难受,每一分钟都怀疑身为母亲的意义。

抑郁的状态延续到儿子一岁左右,与之无缝连接的,是离开这种平庸生活的欲望。换言之,在她彻底放弃儿子之前,她不曾柔情蜜意地深爱过这个从四肢爬行到直立行走的小动物。而今,她没有立场去质疑儿子的简慢,在他们的亲子关系中,她只能是被动的一方,只能原地等待。

在成为癌症病患的这个冬天,她生命里最重要的两个人,罗勒与儿子,都不在她的身边。唯有斯羽,这个男孩子是那样心甘情愿地陪伴着她,而她却把他当成了负累,这是多么不公平。

意识到这一点,朱砂决定收起自己的剑拔弩张。她吃掉了斯羽准备的早餐,下楼来,与斯羽查看家里的存粮。钟点工在春节前就开始休假,原本约定这两天返岗,显然这个计划落空了。做饭、洗衣和打扫卫生这些每日都要做的杂务,必须有一个妥善的分工。

当朱砂提到"分工"这两个字时,斯羽的态度很坚定,他不允许朱砂做任何家务。朱砂的出院手续是他去办理的,出院小结他也看过了,上面明确写着遵医嘱休息一个月。休息的意思,肯定是轻活、重活都不能干的。

"就像冬眠。"斯羽说,"师母,感觉一下冬眠的悠闲。"

朱砂纠正他："冬眠不是意味着悠闲，而是死寂，万事万物皆静止。"

斯羽认真地看了看她，说："师母，第一次见到您的时候，是在学院的研究生工作办公室里。您肯定没有留意到我，但我记住了您。那时是初秋，还很热，虽然您穿着裙子，可是给我的感觉就像是在冬眠中，脸上没有欢颜，似乎所有的感情和欲望都被压制在厚厚的雪地里。当时我就觉得您是一个属于冬天的女人，一个细雪纷飞的天气，地面、树叶和屋檐都有一层薄薄的积雪，那种场景，特别衬您的气质。"

这一番话，让朱砂怔住了。斯羽是有些造次了。她意识到斯羽不是她的儿子，他们之间没有血缘关系，也不存在长幼有序的伦理问题，无论从生物学还是社会学的角度来看，他都是一个成年男人。而她是一个成年女人。不错，她比他年长了二十几岁，但她还远远没有苍老到超越性别特质的阶段，她仍然是一个女人。从一种纯粹的语义来讲，他是一个男人，她是一个女人。就是这样。

这是一件复杂的事，朱砂避之不及。手术以后时常气短的朱砂，在氧气含量不充分的条件下，生活越简单越省力，她不想去动脑子。于是，她端起了长辈范儿，对斯羽说："你还年轻，你是不明白的，那就是人生后半场的状态，除了冬天，不再有别的季节。"

"不。"斯羽居然一口就否认了。斯羽说："师母，您根本不是一个逼仄的人，四个季节都太单调了，根本不能涵盖您的向度。但是，我不知道是什么原因，导致您努力地收缩自己，努力与这个繁复的世界保持着一段您自认为合适的距离，不远不近，不疏不密，不热烈也不冷漠。如果我的理解与猜测没错的话，您是在寻找着一种既不伤害自己也不伤害别人的生存方式，那是一种表面看起来闲适的生存方式，实则需要莫大的定力和莫大的掌控力。"

朱砂觉得自己不能与他深入探讨下去了,他是一个聪明至极的男人,将她从临时搭建的神龛上拽了下来,全面瓦解了她的年龄自信和阅历自信。她不愿意相信更不愿意承认这个年轻的男人竟然看透了她,在她的疏淡背后,其实藏着更深的野心。

"但是,您必须认识到,迄今为止,那种生存方式是不存在的。"斯羽接着说,"活在这世间,终究会有负于人,也会被人辜负。"

朱砂决定对斯羽的言说进行降维打击,她要把他带到庸常的层面来。她说:"你还太年轻,到了我这个岁数,你就会发现,什么都是过眼烟云,要紧的是活着,健康地活着最好,不健康也要活着,哪怕苟延残喘。"

这种交流,差不多终结了他们形而上的对话,既不务虚,也不务实,就是一种扎扎实实的、无奈而又无趣的人生态度,让斯羽从灵魂的高度跌落了下来。

然而斯羽的眼中有惊喜的光,他说:"师母,您的每句话都充满了禅意。"

朱砂啼笑皆非:"这也叫禅意?"

斯羽用一种毋庸置疑的语气说:"最深刻的禅,就是生活本身。"

II

擦洗身体的时候,朱砂发现了伤口的异常。切口看起来异常狰狞,还有浅黄色的渗液透过纱布,沾染到了内衣上。她没有去百度上搜索,她不认为在医学问题上,那是一条求索答案的理智渠道。她打电话给主治大夫。听完大致的描述,大夫做出初步诊断,是脂肪液化。这就意味着不只斯羽需要定期出门,她也必须去医院处理伤口。

朱砂的体形偏瘦,手术部位也不在脂肪丰厚的腹部,容易导致脂肪液化的这些高危因素本来全都是没有的。然而,这种小概率事件,偏巧就砸在了她的头上。

"滴滴出行"这些公共交通工具是不敢乘坐了,朱砂与社区联系过,社区答应帮忙安排车子,但时间上不是太方便。斯羽提出骑车载朱砂去医院。

从小区到华西医院,骑车需要四十来分钟,一开头朱砂十分犹豫,生怕累坏了斯羽。她找完社区,又给几个同事打了电话,谁知道过年大家都回了老家,都被困在了原地。打给徐秘书,这人更绝,早就离了婚,也没有再婚,一个人坐上邮轮,此刻身在太平洋拍海鸥。

这样一来,朱砂不得不坐在斯羽号称环保又节能的自行车上,穿行在寂静的街道上,如入无人之境。马路上车流稀少,有时整条街都不见一辆车经过。斯羽蹬着自行车,朱砂坐在后座上,两个人都戴着口罩,用厚实的羽绒服把自己裹得紧紧的。

朱砂想起十几年前,刚结婚不久,她与罗勒辗转去往布拉格,租了两辆自行车,从酒店去往黄金小巷22号,那是卡夫卡创作《变形记》的地方。作为两个文艺中青年,作家的故居很对他们的胃口。布拉格是一座小城,骑自行车足矣。他们在城中住了三天,酒店正对着河流,窗棂上挂着干芦苇编织成的星星。他们每天骑着车,去看那些网红打卡地,傍晚就在巷中找一间小餐厅,吃着捷克传统的烤猪、面团子和生啤酒。布拉格常见的灰色阴天,与成都的天气有异曲同工之妙。石板路、古老的建筑,还有骑着自行车吹着风的感觉,都深深地留在朱砂的记忆里。那是她与罗勒罕有的二人时光。

罗勒不是一个浪漫的男人,或者说,在朱砂认得他的时候,他已经过了挥霍感情与真心的阶段。朱砂几乎没有见过他失态的时刻,除了酗酒。他从来没有像斯羽那样恣意纵情地溅起过漫天的水花,他的身份不允许发生这么幼稚的行为。他也不会像斯羽那般漫无边际地探讨抽象的人生道理,不是不屑,而是他已经建立起独树一帜的理论框架,由此生发出来的论文,发表在各类中文核心期刊上,他不会把精辟的观点浪费在自己的女人身上。

朱砂从不怀疑罗勒对自己的爱情,从皮囊到灵魂,他用婚姻来表达了这种真诚的爱意。不过,朱砂早已理智地认识到,罗勒在大部分时间里,都是一个纯粹的战士。他的职业生涯就是一幅战略图,雷区、掩体,进攻、防守,他自有一套规则。尤其难得的是,他从来不会自乱阵脚,无论对手多么强大,他都会及时调整策略,攻其于不备。就是以这种坚定无比的信念,他评上了教授,当上了副院长、院长,拿到了无数顶级的学术头衔。每一步胜利,都是险象环生的;每一次登顶,他的脚下都"尸横遍野"。他战胜了太多的敌人,即使他们当中,有比他更优秀的,有比他更加精于算计的,但是最终,他的韧性与绵密的排兵布阵,使他赢得了大部分的竞争。

在罗勒那里,儿女情长是没有的,甚至可以说,他是一个腹黑的男人,他的重情重义都用来作秀。他的博士生导师是业内的大咖,一众弟子不是政要就是学界大咖,导师老年失智,罗勒隔三岔五地去近身照料,传为佳话。而他的小学老师,那个在他家贫时替他缴纳学费的老太太,他时常会作为一段故事来讲一讲,人家的孙子投考他的研究生,他却以各种理由婉拒掉了。其间的理由是什么,朱砂从不会肆意地打破砂锅问到底,面对罗勒,她早已习惯了凡事看破不说破。

罗勒不是一个心软的人,除了面对他的前岳母。那是一个异数。至于跟前妻的现任坐下来对弈,在正常时期,也是不可思议的。就像朱砂,竟然与斯羽困守在一起,一个重病的男孩子,与一个患癌症的中年妇女,搭乘着一辆自行车去医院,实在是匪夷所思。

两个人经过层层关卡,进入医院。气溶胶这一概念的普及,让人意识到这世间仿佛就没有安全之地。大夫们穿着密不透风的防护服,朱砂和罗勒没有防护服,唯有口罩护身,然而他们也顾不得这许多,在医院里视死如归地走来走去。

朱砂去见主治大夫,斯羽在门外等她。朱砂被告知伤口的治疗需要一个相当烦琐的过程,要用甲硝唑注射液和生理盐水反复冲洗,填塞纱布,用引流条引流后,覆盖无菌纱布,每日换药两次,一直到切口处的肉芽组织长出新鲜的皮肉,再进行二次缝合。主治大夫给朱砂开了口服抗生素,朱砂申请静脉输液和留院治疗,被断然拒绝。即使是熟人,人家也不会过度治疗,更不会让她面临交叉感染的风险。这就意味着,斯羽要一天两次地用自行车送她去医院,还不包括他自己一周三次的透析。

治疗开始的头两天,斯羽绝口不提自己的透析,估计他是把时间进行了调整,在下午接送完朱砂以后,他借口有事出去一趟,要到晚上九点过才返回,连直播的时间,他都改在了早晨。这一天四趟自行车骑下来,他看起来非常疲惫,气色很差。因为长时间戴着口罩,他的脸上有一道道的痕迹。

朱砂在客厅里等着他,提前泡好了一壶西洋参茶,叫他坐下来喝一点。斯羽喝着热乎乎的参茶,伸了个大大的懒腰,露出一个慵懒的笑容。

"我困了。"他轻声说着,把头趴在餐桌上,闭上眼睛眯了一会儿。他的长睫毛微微抖动着,灯光落在上面,像撒了一层金色的粉末。朱砂轻手轻脚地往他的杯子里续了一遍水,他立即张大双眼,对她微笑。

他元气满满地挥拳道:"充电完毕,满血复活!"

他的举止是那么的孩子气,像动画片里的钢铁侠。朱砂禁不住微笑。其实他的脸色仍然是苍白的。朱砂打算跟他谈一谈,戳穿他。他不应该这么绷着,他也没必要在她面前假装强壮。

朱砂开口道:"言姐跟我说过了。"

这句没头没脑的话,让斯羽愕然。他盯着她,朱砂平静地凝视着他的双眼。然后,斯羽懂得了她的意思。他没有接她的话,站起身来,拨弄着他从暹粒兴师动众带回来的那枝蒲苇草。

"师母,一枝是不是有点儿单调? 我应该摘两枝回来。不过,这种草在成都也有。"斯羽顾左右而言他。

朱砂不作声。

斯羽说:"师母您有没有觉得,植物其实是整个地球文明的见证者,它们在几亿年以前就存在了,所有有关生命的隐秘都在它们的眼前发生,它们虽然没有动物的大脑,但是它们全身都具备智能体系。"

尽管他的话题很有趣,朱砂还是警惕着,没有被他带偏。朱砂说:"书房里有一本书,叫作《它们没大脑,但它们有智能》,讲的正是你提到的。如果把智能定义为解决问题的能力,无疑植物是具有智能的。那本书的主旨在于表达生命本身是没有高低贵贱之分的,人类或许并没有自己以为的那么有智慧。"说到这里,朱砂话锋一转:"有时间你可以读一读,我是说,你可以带到医院去,在做治疗的时候——呃,我不知道是否可以一边治疗,一边看书。"

斯羽沉默。

朱砂感到了对抗的情绪。她突然失去了继续说下去的勇气。她在想,她伤害了这个孩子的自尊心,而且他原本就不是她眼里的孩子,他是一个要强的男人。她戳破了他的坚韧,这是很不应该的。

"师母,我并不是有意瞒着您。"隔了很久,斯羽缓缓地说。

朱砂看着他。他不再说什么,垂着头,避开她的眼睛,佝偻着脊背,无精打采地朝言姐的房间走去。从背后看去,他又瘦又迟缓,好像一个老者。就在这一瞬间,他像是穿越到了未来,几十年以后,变得又老又疲倦。

又是一个失眠的夜晚，朱砂静静地、一动不动地躺着，尽量避免咳嗽。她猜斯羽会侧耳谛听她的动静，他是一个细心的人。到了凌晨，状况反了过来，她没有急迫地睡上一小觉，而是睁着眼，天一亮，就早早地起床了，到厨房里去准备早餐。

早餐炖了两盅燕窝，再泡一壶西洋参茶，维生素片放在小碟子里。她是用足了心意的，被斯羽照顾了这么些天，她终于意识到，应当是由她来照顾他的。她把自己放在癌症病人的灰色阴影里，纵容自己脱离了某些束缚，心安理得地接受着斯羽的照顾。这是不对的。他是那样实心眼的一个人，就因为她是他的师母，就如此不要命地呵护她，她不应该占他的便宜。

补品很丰富，早点却很简单，麦片粥、白水煮蛋、蒸粗粮。朱砂摆好了餐具，回过头，发现斯羽默不作声地靠在厨房门边，也不知道在那里伫立了多久。

"早！正好，过来一起吃早餐吧。"朱砂尽量用轻松的语气招呼他。

斯羽一动不动，看着她忙活着往餐桌上搬运滚烫的蒸粗粮，她用毛巾包着碗，仍旧被烫得嘘嘘吹着气。斯羽就那样呆呆地看着，他的下巴上有一团青色的影子，头发也是乱乱的，显然还没有清洗。

"快过来帮帮忙呀！"朱砂受不了烫手的碗，到底还是半途放弃，搁在料理台上。她笑着看向斯羽，等他过来搭把手。斯羽走了过来，他伸出手，迟疑了一下，并没有拿起那只碗，而是将手掌按在了台面上，大约是用了大力气，他的手背青筋毕露。朱砂吃惊地看了他一眼，发觉他神情落寞，眼神颓然，仿佛犯了天大的错。其实，他哪里有错呢？

"别想多了，吃完饭，我们还得去医院。"朱砂隐晦地说。这一天，不只是她换药的日子,算一算,也是斯羽要去做透析的时间。

斯羽默然。隔了很久很久,他慢慢地说:"我不想让您觉得,我是一个病人,而且病入膏肓。"

他的嗓子有点哽咽,按压在台面上的手背几乎泛出蓝紫色来。朱砂不敢看他的脸,她难受得要命,胸口绞痛得好似手术以后麻药消失时的感觉。她不能不做点什么,于是她安慰地去拍拍他的手背,然而她落了空,因为差不多是同一时刻,斯羽的手离开了台面,一把抓住了她的手。

朱砂被这个动作吓住了。接下来,不知怎么的,斯羽腿一软,就矮了下去,蜷缩在了她的脚边。他抓着她的手,把脸埋进她的掌心,他的脸是温热的,刹那间,朱砂不知道那是他的体温,还是他的眼泪。

朱砂挣脱出双手,犹豫了一下,抚摸着他的头发。他的头发很黑,但很柔软。他像极了一个受尽委屈的孩子。她试着搀扶他起来,他站了起来,她看到他的泪水糊了满脸。朱砂反身抽出纸巾,帮他擦拭泪痕。她想说点什么,但一句话都说不出来,若是对一个年轻人说,人这一辈子,有些事不能太执着,比如生死。这样讲,未免太冷酷。相比于她所需要表达的意思,任何语言都是没有意义的。

"师母,如果……会不会是不一样的? 完完全全不一样?"斯羽抬起头来,泪眼婆娑地望着她。

"是的,肯定是的,什么都会不一样。"朱砂忙不迭地回应着。她没听明白他这个残缺的句子是在讲什么,但是,这一刻,她什么都愿意答应他。

她不知道自己为什么会伸出手来,她像迎接扑进怀里的儿子一样,接纳了眼前的这个男人——真是一次彻底的接纳,不是拥抱,而是斯羽把自己整个地交付与她。虽然他瘦骨嶙峋的,但个子比她要高得多,他弯曲着身子，把脑袋搁在她的肩膀上，手臂也没有环绕住她，而是紧紧抓住她胸前的衣衫，像是恐惧着什么。他浑身都轻微地战栗着，喉咙里发出时断时续的呜咽声，不断地调整着自己的姿势，在朱砂的怀里摆放好自己的长手长脚，似乎要让自己更加舒服地待在她的怀抱中。

"绝对不是一个男人和一个女人的拥抱。"朱砂对自己说。是一个母亲抱住了受伤的孩子，是人类搂住了驯服的宠物，是不平等的，是一方的居高临下，也是另一方的乞哀告怜。

朱砂在恍惚中不断地给自己做着心理建设，她告诉自己，这个拥抱，没有任何具象的含义。他们都是缺爱之人，她缺乏从儿子那里回馈的爱，而他没有父母的宠爱，两个亲情空虚的人，相互取暖罢了。

下一秒，理智回到斯羽身上，他放开了她，匆忙转身去了卫生间。等他再出来的时候，脸上已经很清爽，他刮了胡须，洗了脸。更重要的是，他脸上的阴霾一扫而空，他微笑着挑挑眉头，对朱砂说："师母，我申请来一点辣椒酱。"

朱砂很愿意当成什么事都没有发生过，也必然不会发生任何事。如果斯羽不是生着这样重的病，假日时光，他不会老老实实留在成都，更不会适应她这种慢节奏的生活。

他们没有去餐桌旁，索性靠着料理台吃早餐。斯羽就着辣椒酱大口吃蒸山药，吃完又用红薯蘸着辣椒酱吃。红薯很甜，斯羽居然也吃得津津有味，看得朱砂目瞪口呆的。

当斯羽用胡萝卜去蘸他那不变应万变的辣椒酱的时候，朱砂终于忍不住提醒他："那个，好像不应该吃得太咸或太辛辣了。"

斯羽嘴里咬着胡萝卜，满不在乎地说："医生是这么交代的，头几年，我确实做到了清心寡欲，差点儿连猪肉都水煮，结果怎么样？毫无效果。"

朱砂黯然。在她得知自己的肺部结节是恶性之时，那种心情与斯羽不太一样。大夫说过，原位癌比慢性病还要幸运，除了定期检查，连治疗都是不需要的。但肾衰竭就不同了，就像一段下坡路，路的尽头就是悬崖，从踏上这条路开始，就没有办法回头了。斯羽是眼睁睁地任由自己滑坠下去，完全没有逆转的可能性。

"你的父母——"朱砂停住了，她想起罗勒说过，那是一对混账。

然而斯羽并没有痛恨他们的意思，斯羽很快地说："师母，您知道的，这种病，就是一个无底洞。他们有他们的人生，每个人都不容易，他们不是什么天资聪颖的人，也没有特别爆棚的好运气，光是活着就需要用尽全力，不能因为我而让他们的生活变得更加艰难。所以，他们不在意我，而我也并不想把他们拖下水。"

斯羽的态度很豁达，朱砂反而不知道该说什么。

斯羽态度淡然地接着说了一大番话，他说："您没见过我的父母，我也很少见到他们。过年的时候，家里是没有年夜饭的，他们出门旅行，国外太贵，就是国内游。此刻，他们被困在黄山，被政府安置——每次见到他们，我都会有一种莫名其妙的安慰。别人家的父母，中年以后，当爹的变成了阿Q，活在一套自欺欺人的逻辑里，当妈的成了祥林嫂，整天处于被害妄想症中，不是鸡娃，就是跟娃一起自暴自弃。可是我的父母不是那样的，在他们的世界里，没有上线，也没有下线，这让他们没有对比，也就没有伤害，他们对一切都很满意。命运摆布了我，好歹放过了我的家人，即使他们过着在别人看来是狼心狗肺的、犯贱的生活，总要好过那些一辈子为了子女蝇营狗苟、失去自我的草根男女。"

朱砂本能地说："身为父母，对子女毕竟是有责任的……"她无力地停住了，她没有资格提到"责任"这两个字，当初抛下儿子的时候，她就把这两个字从生命的文档里删除了。在人生的程序里，回收站是不存在的，她永远没有机会让它恢复。

"您得承认，责任是一副隐形的枷锁。"斯羽说。

朱砂模糊地想着，斯羽用了那么多理由为他们开脱，说到底，那不过是一对没有人性的父母，置重病的儿子于不顾，只管寻欢作乐，今朝有酒今朝醉，枉为父母。但是，斯羽是一个有悲悯心的孩子，除了命运本身，他宽恕他有能力去宽恕的所有的人与事。

"不对，责任未必有那么沉重，当我们从不同的切口去察看，它或许是一种轻盈的事物，至少，它会把一切沉重的事物变得轻盈起来。"朱砂挣扎着说。其实，决绝地离开儿子的时候，她也并没有认识到这一点，从这个意义上来讲，她不比斯羽的父母更称职。

"责任怎么会是轻盈的呢？轻盈是自然而然地生发的，不经由任何东西转化而来，它是没有重力的，而责任不是。"斯羽辩驳。

朱砂说："比如此刻，你不愿意让我一个人待着，宁愿陪我关在这栋楼里，每天用自行车送我去医院治疗。这就是责任。这种责任，让我感受到的，就是轻盈。"

斯羽沉吟片刻，摇了摇头。他说，这一定不是责任。他深深地凝视着她。他说："师母，我愿意跟您待在一起，这与您是否是我的师母，毫无关系。"

朱砂心里一动。斯羽的眼神，还有语气，好像有什么是不对劲的，但那是什么呢？他是一个男人，不是一个孩子，更不是一头小兽，当他试图消解她作为师母的身份,一切就有了偏离轨道的危机。

朱砂迅速摆脱了这个念头,转过身去捧出两份燕窝羹,她往里面加了牛奶,又加了一点蜂蜜,没有征求斯羽的意见。

斯羽笑着说,这是女人的保健品。

"保健品也分男女?快吃吧,就当是陪我。这个润肺效果很好的,这种蜂蜜也不太甜,半糖。"朱砂斜睨了他一眼,给他一把勺子,兀自吃了起来。斯羽微笑地看着她,听话地舀起燕窝,一口一口地吃着,几下就吃了下去。

"喏,我吃完了。"他给她看一看空空的炖盅,笑着叹口气。他的神情很温柔,好像纯粹是在迁就她不合理的安排,又好像是一种"宠溺"?朱砂被这个一闪而过的词语完全吓蒙了,居然被燕窝给呛住了,猛烈地咳嗽起来。

斯羽急忙帮她抚背,朱砂咳得眼泪都呛出来了,要命的是,本来就愈合不好的伤口被这一牵拉,疼得钻心,连腰都直不起来了。斯羽扶着她,一步一步地挪到沙发边,她坐下来,弯腰抵着靠垫,好一会儿才缓过气来。斯羽一直蹲在她面前,用手一下一下地轻轻抚着她的背。疼痛的时候,拍背会难受,但抚摸会减轻痛感,难得斯羽连这个都做得如此贴心。

朱砂喘着气自嘲道:"做个手术,虚弱成这个样子——斯羽,我们真是一对苦命儿童。"

"您会好起来的,不会有事的,起码,在我们两人中间,您会没事的。"斯羽认认真真地说。他的眼神充满伤感,他的脸近在咫尺,她闻到他身上散发出的那种特殊的气息,像某种清苦的植物的气息,又有着曼陀罗那种若有若无的香,是各种药物混合以后的产物。朱砂觉得很好闻。她意识到自己从一开始就很喜欢这种奇异的魅惑的味道，里面有着令人沉迷的东西——但这是不对的，什么都不对，他的，连同她的行止。她发觉自己跟他说话的方式，似乎是在无耻地引诱他。

她觉得自己一定是疯了。或许医生动的不是她的肺部，而是她的大脑，在手术以后，她失去了对自己的掌控。之前，她像看待孩子一样看待斯羽，但现在，她发现他是一个彻头彻尾的大男人，这种认知方式的变化，太过无厘头。她怀疑自己确实是脑子坏掉了。

她站起身来，想要离他远一些，但立刻就被咳嗽给控制了。斯羽赶紧扶住她，制止她道："您别动，再歇一会儿。"他已经不是搀扶，而是在慌乱中揽住了她的肩膀。

这动作刺激到朱砂，她摆脱开他，捂住伤口，一边咳嗽着，一边踉踉跄跄地逃也似的朝楼上走去。她头晕脑涨地爬上楼梯，不经意地往下瞥了一眼，斯羽站在客厅里，仰起头，一脸担忧地看着她。从这个角度看下去，他有着浓黑的眉毛与坚毅的嘴角，是一个相当俊秀的男子。

Ⅲ

朱砂破天荒地给罗勒打电话求助。她很少找罗勒帮忙,结婚之初,她就知道,身为罗勒的妻子,必须足够独立,神经也必须足够大条,文能查资料、做项目,武能换灯泡、修马桶。若是需要早接晚送陪逛街,那么嫁给罗勒这样的男人,无异于自寻死路。因此,这么多年了,她早就习惯了凡事自行解决,除非遇见了要命的大事——统共就是做手术这次,罗勒出面打电话找了熟识的医生。

斯羽是第二件要命的大事。朱砂请求罗勒找找学院,想法子让斯羽回到学校的宿舍里去住。罗勒在听筒那边静默了一下,朱砂以为他在思考,谁知道下一句他说的是:将军。

原来他又在下象棋!朱砂用脚指头想一想也知道,他仍然是与前妻的现任对弈。不知道这两个尴尬的男人从中能够找到什么样的乐趣。

“我待会儿打给你。”朱砂挂了电话。

片刻以后,罗勒的电话打了过来,他用的是视频通话,餐桌上果然散放着棋盘,棋盘边并没有人。一桌人在旁边热火朝天地打麻将。罗勒问了问她的身体状况,朱砂说到伤口脂肪液化,每天得去治疗,罗勒紧张起来,追问交通工具如何解决,朱砂说坐斯羽的自行车。

"那就好,非常时期,出租车这些公共交通工具尽量不要乘坐。"罗勒松了口气。

朱砂再次强调把斯羽送出去,理由是失眠,她不习惯家里住着一个陌生人。从斯羽住进家里,她就整夜整夜地睡不着。这个理由不足以让罗勒信服。

"斯羽不算陌生人了。"罗勒皱着眉头说。

朱砂坚持说算,睡觉就是一个指征,睡不着,证明自己从心理上还当斯羽是陌生人。

"你见他的次数,跟见言姐也差不多了,言姐在家的时候,没听说你睡不着。"罗勒冷不丁冒出一个奇怪的对比。

"言姐不同,她是你的女儿。"朱砂说。

这时,罗勒的棋友从镜头外走过来,在棋盘前端端正正地坐下来。罗勒看了他一眼,明显是急着要进行下一局,他敷衍地跟朱砂说:"回头我给斯羽打个电话。"

朱砂还想说什么,罗勒断然道:"斯羽得留在家里。"罗勒的说法是,如果撵走了斯羽,就让朱砂的婆婆或是大姑子、小姑子到家里来住一阵子,陪着朱砂。罗勒家的老太太精神矍铄,老当益壮。罗勒还有一个姐姐和一个妹妹。她们都是能干的女人。但是要让朱砂与她们当中的任何一个人朝夕相对,那还是算了。

"就让斯羽留下来吧。"朱砂无奈地说。

视频通话还没有结束,罗勒已经坐到棋盘前面了。那个男人沉默地等在那里,罗勒一坐下来,他就走出了第一步棋,好像是经过了深思熟虑。罗勒并没有结束通话,朱砂能够看见罗勒沉思的面孔。他很专注,与他平日里搞科研的状态极其相似。过了好一阵子,罗勒仍然没有走出他的第一步。两个人目不转睛地盯着棋盘,从视频里看过去,他们的头发都很稀疏,头顶的不同位置各自露出荒芜的一小块,罗勒的头发倒还是黝黑的,那个男人就惨不忍睹了,黑色里掺杂着白色,有一种不洁净的感觉。

朱砂挂掉了视频电话。

晚上,罗勒再次打电话过来,罗勒告诉她,自己跟斯羽通过话了,拜托他费心照顾师母,同时提醒他师母失眠,到了晚上就尽量待在言姐的房间里,不要打扰到师母休息。

"这样就没问题了吧?"罗勒的口气是轻松的,仿佛眨眼间就解决了一件棘手的事。

"知道了。"朱砂在电话里说。

她心想难怪晚餐后的聊天没有如常进行,斯羽收拾好厨房以后,说了句想要梳理一下开题报告的框架,就把自己关进了屋里,再没出来。

一整晚,朱砂也没有下楼来,看书、看片,又看了送三审的一篇稿子。她翻出一盒全新的乐高,拼了两块,忽然间毫无兴趣。手术以后,她再没有动过乐高,好几套新买的都扔在储藏间里。

中间她反复按捺着去厨房的冲动,因为早晨她忘记泡一壶西洋参茶,不是给自己,而是给斯羽,这两天她都督促他喝参茶。他的身子骨那样弱,却从来没有人呵护他的饮食起居,茫茫人海之中,他是那么的孤苦伶仃,一想到这一层,朱砂就心疼得紧。

她在手机备忘录上设置了提示,两件事:参茶、炖盅。炖盅是燕窝与虫草轮流着来。对斯羽的健康有没有用,朱砂也不懂得,她终归是想要给斯羽一些上好的东西,昂贵的食物便是其一。

　　朱砂没有再生出赶走斯羽的念头,她关注着疫情的相关新闻,明白短期内这种局面是没法改变的了。她明确了他们之间的分工,早餐她来做,午餐与晚餐就由斯羽完成。她用早起的时间来把那些营养品准备妥当,斯羽起床以后就能立刻喝到滚热的参茶。

　　斯羽吃着燕窝或是虫草的时候,朱砂会很有成就感,她像养育婴儿的新手妈妈一样,泡在网络里,搜刮一切可能对斯羽有用的信息。她第一次加入一些肾衰竭病人的 QQ 群,她了解着他们的症状、治疗方案与后果。有网友推荐海参,她立即网购了两斤,也不用什么繁复的烹饪手法,直接清蒸,每天一根。有网友喝灵芝茶提气,朱砂照做不误。斯羽便上午喝参茶,下午喝灵芝茶。

　　斯羽调侃道:"师母,您给我这待遇,让我感觉家里有矿,也有皇位要继承。"

　　朱砂但笑不语。她仍然需要每天去医院治疗、换药,逢斯羽做透析的日子,她就在医院里等着他,避免他往返奔波得那么辛苦。她还带着一个小小的保温壶,斯羽做完透析出来,她会把保温壶里的参汤给他。

　　透析需要四五个钟头,朱砂就在医院的走廊里待着,她带着一本书,就在那里读书。疫情期间,医院里的人前所未有地少,青灰色的地面泛着冷冷的光,她在一片死寂中安然阅读,那种心如止水的感觉,仿佛置身于她渴望已久的世外桃源,那是她行了万里路都未曾找寻到的。

　　有一次,朱砂试图跟斯羽进透析室,斯羽立即转身赶她出去。护士已经熟识斯羽,就问斯羽:"这是你妈妈? 应该是头一回陪你来吧?"

斯羽没有解释朱砂的身份,只是说:"我不要陪的。"说完就半真半假地推着朱砂,硬是将她带了出来。在透析室门口,斯羽说:"听话,您别进来。"

朱砂问他:"会痛吗?"

斯羽低声说:"请不要关心所有的过程,也不要看见我狼狈的样子。"

朱砂没有坚持,因为斯羽从来没有那样坚决过,从来没有。于是,仍旧是那样,朱砂换完药以后,斯羽在透析室里,她就坐在透析室外面的长椅上。等待的时间从上午延续到午后,朱砂时不时地站起身来,在空无一人的走廊里走过来,又走过去。她的手袋里除了参汤,还有电热暖手袋、一本书和一些零食。暖手袋和零食是斯羽为她准备的,他甚至放了一个魔方在里面。因为朱砂无意间说过,那是她从前喜欢过的玩具,她不想拼乐高了,斯羽就买了一个魔方给她解闷。她的最好成绩是翻满五面,第六面始终差一个。有时她看不进书,就会翻一翻魔方,竟然翻完了第六面,那可是她过去求而不得的完美。可惜,时隔多年,一旦真的做到了,好像并没有什么激动的心情,一切都很平淡,翻完第一面,与翻完六个面,丝毫没有区别。斯羽挑选的零食,她也不太吃,午餐她根本就忽略过去了,这几天她没什么胃口,厌食、失眠、亢奋,跟年轻时恋爱的感觉是那样相像。这阵子,她又瘦了,眼睛更大了,眼角周围的皱纹却更密了。

"别太担心我,您得照顾好自己。"斯羽是这样对她说的。

朱砂承认他的话是对的,他看出了她对他的忧虑。回到家里,他急着为她做一顿类似于正餐的下午茶,盯着她多吃一点。他做饭很娴熟,速度很快,不像她。

每次做完透析,斯羽的气色都要好很多。透析室里的斯羽,就带着一台平板电脑,有时看看剧,困了就睡上一觉,醒来刚好结束。这些都是他告诉朱砂的,没有丝毫痛楚,似乎在透析室里唯一要做的,就是等待时间的流逝。朱砂不知道那是不是真实的,但是她想着,如果能够这样一直持续下去,也没什么不好。就像现在这样,他一周透析几次,完成以后依然生龙活虎,跟手机一样,电量耗尽以后,重新续满,周而复始,生生不息——斯羽可以坚持这种状态,一直活下去,活到六十岁、七十岁、八十岁。

最近朱砂常常会生出这样的幻想,想象着斯羽跟别的男人一样,慢慢进入油腻的中年,进入腌臜的老年。这念想太强烈,她甚至在网上挂了一个专家咨询号,询问斯羽的病情。然而,除了透析,她对别的状况一无所知。网上问诊没有得到具象的信息。只是,肾内科的大夫委婉地告知她,患上这类疾病,没有肾源,单单依靠透析,很难实现她所期望的,平安有序地活下去。而肾源,是那样稀缺,不光如此,换肾的费用及其后期治疗,都是很大的一笔钱。

夜里躺在床上的时候,朱砂下了决心,一旦有了合适的肾源,她会拿出自己的积蓄,资助斯羽。至于肾源,她胡思乱想着,假如自己切掉的肺结节是善于伪装的间谍,复发了、扩散了,或是大病理拿到了可怕的结论,那她会在生命的终结处,将自己的肾脏捐给斯羽。她想得睡不着,半夜起来上网,查看如何能够精准地捐肾给斯羽。网上众说纷纭,不得要领。重新躺回床上,她意识到这很像某部影视作品的剧情,在那部片子里,女主角捐献的不是肾脏,而是心脏。她又想到另一部作品,那里头的女主角捐献的是眼角膜。她发觉这些年修炼出来的喜怒不形于色,到底还是功力不足,她的内核终究还是充满了浪漫又冲动的文艺气息。

半夜斩钉截铁做出的决定，在清晨变得分崩离析。她在厨房里泡参茶的时候，想到了儿子。她攒下的钱，一开始就有着理性的规划，一部分用来养老，那是很重要的，她可不想到老了，窝囊地挤着公交车或是地铁，形单影只地拄着拐杖，颤颤巍巍地到医院里问诊开药，也不想靠着罗勒的节余，过上舒适的生活。到老了，罗勒会不会养着她，还是两说。若是要维持一种体面的老年生活，储蓄是必不可少的。另一部分，她打算在成都给儿子买一套房。儿子在县城里有两套房，她提出过出一把力，但儿子没有接受，那个女人似乎很擅长理财，将有限的收入打理得当，在儿子成家立业这件事上，不需要她的赞助。但是，她是有信心的，儿子还年轻，等儿子有了自己的孩子，他会明白，成都的教育资源远远超过他所在的县城，他会为自己的孩子谋划。到那个时候，她与儿子的亲子关系会被放到次要的地位，亲疏远近都不要紧，要紧的是，儿子的心思会全部放到自己的孩子身上。那就是她出钱出力的时候了，也是她弥补和偿还儿子的时候。

她不可能把钱都给斯羽。这是残酷的。但这无疑是真相。至于肾源，假如神祇问她，给她选择的机会，那么，她宁愿自己能够活得更久一些。这也是真相。第三个真相是，她不是圣母，没有一颗圣洁的心。她不过是芸芸众生中的一个凡夫俗子，自私地活着，她甚至不敢置罗勒于不顾，不顾一切地给予斯羽一段不求回报的感情，让这个年轻的男人在炽热的情爱中离世。所有的真相都让她急火攻心，胸中抽痛不已。突然间，她的双眼酸涩，她使劲吸了吸鼻子，不想让眼泪流出来。

这时，她听见微信提示音。拿起来一看，是斯羽发过来的一张图片，竟然是陪聊广告。斯羽的头像底下，是一行宣发语："陪聊界男神，整蛊圈头牌，专治不高兴，服务全社畜。"下面列举着服务项目，除了闲聊，包括连麦哄睡、游戏陪玩之类的。然后就是价目表,此价目非彼价目,而是交换一个秘密、减免一顿燕窝之类的。完全是一个不折不扣的顽皮男生的语气。朱砂不禁莞尔。

"可爱的女士,请问需要一小时陪聊吗?"背后传来斯羽俏皮的声音。

朱砂回过头去,斯羽笑嘻嘻地看着她。

"要是宅家太闷,也可以加入家庭一日游旅行计划。我们将会经过阳台峰、卧室巷、客厅大裂谷、沙发游乐园、厨房美食街、床头山、淋浴大瀑布、浴缸湖等著名景点。"斯羽继续说着。

"这是什么鬼!"朱砂忍不住道。

"师母,别整天闷闷不乐的,您笑起来不知道有多迷人。"斯羽眨眨眼。

"没大没小!"朱砂笑着轻斥。她这一笑,不知怎么的,眼泪就落了下来,大颗大颗的,完全不受控制。

斯羽一呆。

"您这是——哪里不舒服吗?"斯羽紧张地问。

朱砂摇头,她哽咽着,连话都说不出来,心里懊恼得要命,她还从来没有这么失态过。

"要不要去医院?"斯羽焦灼地追问。

朱砂依然只能摇头。

有一瞬间,斯羽有点明白过来。他默默抽出纸巾,递给朱砂,朱砂接过来,捂住脸,眼泪源源不断地浸透纸巾,从她的指缝间流出来。

"您别担心,我不会有事的。"斯羽艰难地、一个字一个字地说出来。

朱砂哭得一塌糊涂。

"您放心,我一点儿都不难过,活着的每一天都是赚来的,我特别特别珍惜。"斯羽缓缓地说着。朱砂没法面对他镇静的样子,她转过身去,想要离开厨房。当她经过斯羽身旁时,斯羽伸出手臂拦住了她。

这并不是在猝然间发生的,斯羽的动作其实很慢,他拦住她,然后平缓地将她拥进怀里。由始至终,他都没有太用力,他仿佛是试探着、小心翼翼地、极其轻柔地抱住了她。朱砂只要稍微挣脱,就能立即全身而退。然而她没有。

朱砂的头贴在他的胸前,她听见他的心跳,快而且乱,要比他的胳膊有力得多。这与他俩上一次的身体接触有了本质的区别,那一回,是母亲与孩童,而此刻,是纯粹的女人与男人,他拥抱着她,也安抚着她。

朱砂渐渐平静下来,斯羽身上特有的青草味儿,让她觉得安心。这不是通往安全地带的安心,而是当危险无可逆转时,生发出来的勇气与力量。她甚至贪恋着他的怀抱,他是那么的瘦弱,她能够清晰地感知到他骨骼的轮廓,她的伤口贴着他,硌得慌。有一刻,一件诡异的事情发生了,她丧失了对斯羽身体的感知力,她清晰地感到自己的伤口正在融化,这是一个惊骇的过程,最初,表面的皮肤平静如昔,底下汹涌的暗流无人知晓,无数脂肪细胞正在消融,像是冬季的海域,庞大的冰块越来越宽广,少量流动的水反而像孤岛或是断桥。究竟是什么导致了细胞间不可避免的变异?是低温凝结之后,突如其来的高温的灼烧,还是恰恰相反?这简直是一个跨文化、跨地域的大命题。

朱砂全神贯注于这些问题,偶尔当她被斯羽的体温拉回到现实,她发觉自己已经回不到所谓的正常状态,她整个人都在融化,从伤口开始,遍布全身,她仿佛是在流淌之中。

朱砂从一种自认为坚不可摧的状态中,逆流而上,回到很多很多年以前，多愁善感、脆弱，没有抵御变化的定力，像一片摇摇欲坠的树叶，随时都会被风给带走。

不知道过了多久，意识回到朱砂身上，她脱离了斯羽。没想到斯羽竟然轻轻嘘出一口气，如释重负一般。朱砂诧异地看着他。

"您忘记了，我也是一个男人。"斯羽摸了摸自己的鼻尖。

朱砂不明所以。

"您是一位美丽的女子，忍受这种化学反应的同时，我觉得自己都快要飞升上天了。"斯羽调侃了一句，他的脸很红，但看得出来，他在竭力地让自己镇定。反而朱砂喃喃的，不知该说什么，她想着，如果是自己，会用"羽化成仙"这个词语。这就是他们之间年龄的差异。表面上，对待这件不合常理的事，他好像比她还要显得成熟。朱砂脑子里冒出一个诡异的念头，当恋爱发生的时候，男人总是会义不容辞地承担起控制场域与情调的责任。

她掩饰地继续准备早餐，将虫草放进炖盅里，她不能让自己魔怔。她告诉自己，这是罗勒的学生，是一个跟儿子差不多年纪的孩子，生着病。除此以外，什么情况都没有，也不应该有。

"其实我挺失落的，因为刚刚那会儿，您简直是把我当成了一棵没有欲望的树。您没有想过，我的心脏不是雨衣做成的，它会被淋得透透的。"斯羽轻声说着。

朱砂假装没有听见，她略略有些欣慰，斯羽仍然称呼她为您，这意味着在他的心里，敬畏还没有超越别的东西，她依旧是他的长辈。这让危机的等级有所降低。

斯羽坐在餐桌前，静默地注视着她的背影。她能感觉到他的目光，但是她没有回头。这是一个安静的早晨，与别的早晨似乎没有太大的不同，可是，朱砂明白，这个早晨，与她人生中成千上万个早晨迥然不同。这就是一个异乎寻常的早晨。

朱砂深吸了一口气，把参茶、牛奶和鸡蛋端到餐桌上。斯羽定定地望着她。朱砂迎接着他的目光，她发现自己的心跳已经恢复正常。这无疑是一个好现象。她到底是能够把控自己的。

"师母，坦白讲，您会嫌弃我吗？"斯羽咬着鸡蛋，直言不讳地问她。

朱砂作声不得。

斯羽静静地说："我不能努力健身，不会长出有力的肌肉，我很瘦，上臂和大腿的肉不仅少，而且松垮垮的。最近我发现头发开始变白，每次洗完头，我都会仔细找一遍，生出一根，摘掉一根。理发师告诉我，白头发摘一根，会长出两根来。我不管，一定要摘掉。我不要自己看起来像个小老头。"

朱砂看着他，他微笑着讲出这段话，但是，他的目光是悲伤的。朱砂说："斯羽，你曾经对言姐说过这些话吧？"

"没有。"斯羽一口气说下去，"跟言姐分开，是因为我的零用钱需要全部攒起来治病，我不能再请她吃冰激凌和看电影。言姐酷爱冰激凌，而且是哈根达斯。说实话，我养不起女朋友。"

这是一个强大的分手宣言。朱砂骇然。这与她的猜测，甚至与另一个当事人——言姐的揣测南辕北辙。没有她们想的那么崇高和复杂，也没有那些悲壮的元素。一切都很简单。像是画风陡转，从悲情剧变成了诙谐剧。朱砂差点笑出来。

"聊聊言姐吧，你的价格表里，不是有交换一个秘密吗？你说说言姐，我会告诉你我和儿子的事。"朱砂提议道。

"我跟言姐没什么秘密。"斯羽说。

"那你就赚了,我得考虑一下,要不要做这种赔本买卖。"朱砂道。

"好吧,我想一想——时间太久,我几乎都快忘记我们是怎么开始的。"斯羽皱起眉头。

朱砂耐心地等着他说下去。她觉得自己有能力把握住整个局面,既然她能克制自己的情绪,她就能把斯羽封印住。她有这个信心。她不能让他们的关系失去控制,即使是疫情时期的爱情,也是不允许发生的。在这个年纪,就像她每况愈下的消化器官,接受不了太过重口味的、刺激性的食物,她也已经不喜欢那种一眼望不到头的、不确定的人或事。

第五章

她察觉到了那个女人的智慧,多年以前,那个女人已经窥视到朱砂今日的心境——她终将面临一生中最大的哀伤,那就是,儿子不会在原地等着她,就像是她一直在朝前行进,儿子也是如此。

I

　　从高一下学期开始,到高二上学期结束。不算太短命的恋情,但的确没有那些荡气回肠的细节,没有甜蜜,也没有伤痛。与其说是一对缠绵悱恻的恋人,斯羽与言姐更像是一对志同道合的兄妹。

　　吸引斯羽的,是言姐身上与他相似的部分。他们喜爱同一个漫画作者、同一类型的手办。言姐一度是一个豪横的女生,几个臭味相投的死党不知怎么就聚成了一个小圈子,像学校版的《武林外传》。言姐当然不是孙二娘,她像佟湘玉,举重若轻;斯羽倒不是风流倜傥的白展堂,他是蹑手蹑脚的吕轻侯。他们一起在校外打过架,一起被老师留过堂,在捣蛋这种事上,当仁不让。斯羽那时的原则其实是没有原则,死党说什么,就是什么。言姐是斯羽的初恋,他欣赏她身上的那种力量,她是一个大大咧咧的女孩子,不矫情,不伪装,让他觉得非常舒服——那时他还不懂得,太过平顺的感情,未必是爱情。

　　两个人的关系是在哪个节点展开的,斯羽记不太清楚了。跟许多校园恋情相似,别人觉得他俩是一对了,他俩自己也就稀里糊涂地认了下来。接下来,就是穿着校服,在光天化日之下手牵着手,吃冰激凌、看电影,完全不顾路人的侧目而视,还自觉很酷。

言姐到底是一个怎样的女孩子,斯羽从来没有弄清楚过。他对那些他们彼此之间不同的部分毫无兴趣,比如她自学日语,比如她热衷于考古类的知识。他从未试图距离她更近一些。这是他们分道扬镳的本质原因。

关于分手原因,是一个《罗生门》式的故事。在斯羽这里,是生病导致了经济窘迫,供养不起言姐的哈根达斯与电影票;而言姐,乃至罗勒的理解则是,斯羽不愿意拖累言姐。前者伦俗,后者壮烈。令斯羽始料未及的是,言姐在这件事上的反应表现出革命战士的气节,她坚定自己的信念,说不分手就不分手,不惜以死相逼。说实话,言姐吓住了斯羽,他得了这种要命的病,都还没想到死,言姐这么一点芝麻绿豆的事儿,怎么连苦情戏都演上了呢?斯羽只想谈谈情、说说爱,好聚好散,没想过搞得那么隆重,抹脖子、剃头出家做和尚,那些是《红楼梦》里的剧情,属于尤三姐与柳湘莲,是故事,不是现世。斯羽没打算做戏里的男一号,不是没有戏精的潜质,而是他对言姐的情感,没有达到某种高度与深度,即便死神当前,依然愿意不管不顾地陪她演对手戏。

斯羽待在防空洞里的那些日子,不是外界所认为的,怀揣着对言姐的伟大的爱——伟大到了可以放弃对她的爱。其实是,他觉得女人太麻烦了,不就是谈个恋爱吗?搞得跟人身绑架似的。所以,他一方面躲避麻烦的言姐,一方面进行着自我修复。一个十几岁的少年,说服自己从此以后不能剧烈运动、不能随意吃喝,已经很不容易。他们的关系,没有成年人脑补出来的牺牲与拯救，就是两个孩子随心所欲的游戏罢了。

刻骨铭心的情节是没有的。斯羽绞尽脑汁地想了半天，告诉朱砂，最温暖的时刻，就是在成都漫长的阴霾的冬天里，遇见一个出太阳的午后，他们一合计，一起翘课，骑着自行车到师大的操场上，躺在篮球架下，用课本当枕头，在懒洋洋的阳光里，仰望着一望无际的蓝天。不远处有一支足球队在训练，金属质地的哨声一直传出很远很远，远到了白云深处——斯羽久久地记得那个声音。

这就是全部。

朱砂突然觉得鼻子发酸，这个二十几岁的男人，人生统共就这么一点点可怜的感情经历。

"我的讲完了。"斯羽微笑地望着她，浑然不觉她内心的波澜。

"好吧，说说我儿子，他跟你的年纪差不多大，有一头天然卷曲的头发，连腮胡，戴着眼镜，非常喜欢打篮球，上大学的时候，球鞋鞋尖常常是破掉的，连篮球都经常破掉——别人打篮球费的是球鞋，他连篮球都费，你说滑稽不滑稽？"朱砂说道。她像一切母亲，在提到儿子的时候，变得絮叨起来。

斯羽凝神静听，他那向往的神情，让朱砂惊觉到自己的粗疏。她停止了对球场的深入描述，尽量用简洁而中性的语言，不去涉及儿子的强壮与活跃。然而，她发觉这很困难，提到儿子，她完全没法回避这样一些字眼。儿子是一个健康明朗的大男生，她没法否认，儿子被那个女人养得棒棒的。

于是，她把话题转到了前夫身上。前夫是她的初恋。他是她的高中物理老师，也是她母亲的同事。并不是什么狗血的师生恋。在校园里，他们没有特殊的交集。他一共教了三个班的物理课,她所在的班级是其中之一。他刚大学毕业,每天穿着干净的白衬衫,抱着一摞书从走廊经过,眼镜背后是一双温和有光的眼睛。这些是后来朱砂回忆起来的,高中时,她甚至没有正眼看过他。作为一个热爱文科的女孩,高一时的物理课就是一场又一场摆脱不掉的噩梦。他和他的课程就像是一张大大的蜘蛛网,朱砂深陷其中,拼命挣扎却不得要领,根本看不清四周的一切。

她大学毕业以后,在母亲的安排下,来到县城中学,与她过去的物理老师成为同事,也与她的母亲成为同事。这个男人编织了一张新的蜘蛛网,将她网在其间。她的前夫有一双雾蒙蒙的大眼睛,眼球带着一点淡淡的灰色。这就是她对他的所有好感的来源,除此以外,她觉得自己对他一无所知。对他赞不绝口的,是她的母亲,她的母亲决定让这个男人做自己的女婿。

结婚生子后,紧接着产后抑郁症而来的,是一种坚定的、不安分的情绪。她对那个男人、那套位于县城中心地带的砖红色楼房,连同吸溜着鼻涕、围兜布满饭粒与泥土的儿子,都充满了深深的恐惧,他们构成了巨大的地心引力,阻止了她飞起来的欲望。尽管在学校里,他把物理课讲得出神入化,被称为硬核段子手,但他的生活里只有黑板和讲台,没有诗与远方,回到家里,他就是一个走路拖沓、吃饭吧唧嘴、睡觉打呼噜的男人。年轻的朱砂一想到将要与这乏味的家伙厮守终身,就感到莫名的烦躁。她潜意识里想要摆脱这一切,而让她最终获得勇气的,是她那个强势母亲的溘然长逝。她的父亲在被妻子实施了多年的精神统领后,迅速再婚。朱砂算是彻底摆脱了来自原生家庭的严密监督,重获自由。她先是报考了研究生。对于考研,她的中学物理老师保持缄默,他大约已经预感到了随后的别离。第一年，她并没有如愿以偿。她接着报考了第二次，这一次，她考上了师大中文系的古代文学专业。她热爱的是现代文学，不过，古代文学专业的分数线要低得多，出于胜利的考虑，她选择了它。

她与前夫的道路就在这里出现了分岔，他们沿着不同的方向，越走越远。在她读研的头一年，每隔两个月，她就会搭乘七八个钟头的长途客车，回到县城，看一眼儿子。前夫也曾经领着这个虎头虎脑的小家伙，到学校来见她。她住在女生宿舍里，同屋的另外三个女孩都是从本科直接升上来的，她们用纤细而又娇嫩的手指抚摸着儿子的大脑袋，像围观一只憨态可掬的大熊猫一样，被儿子的小奶音逗得前仰后合。奇异的是，一旁的朱砂没有丝毫母性的骄傲，她感到突如其来的羞愧。这个脏兮兮的小东西，还有站在他身后的土里土气的前夫，让她与同宿舍的女生站在了河流的两岸，她们朝着未知的方向漂流而下，她却被留在了礁石密布的原地，一目了然，毫无生气。就在那一刻，朱砂明白了，只要她跟这一大一小两个男人捆绑在一起，读书就什么都改变不了。

朱砂下决心离婚。没有外遇，没有矛盾，理由是，不愿意过下去了。这件事，消耗了两年之久。前夫一直不肯答应。在这个拉锯战的阶段，那个女人已经介入。或者说，在更早的时候，在她打算考研，然后考上研究生去往成都时，那个女人就出现在了她扔下的这一地鸡毛当中。

"她像是训练有素的B角，迅速取代了应该由我扮演的角色。"朱砂对斯羽说。

斯羽一脸困惑。朱砂突然想到，男人对这些奶奶经是没有兴趣的。她打算结束这个秘密的交换，敷衍地说道："后来，你都知道的，我离了婚，儿子跟着他爸，就是这样。"

"这个好像不是什么秘密。"斯羽挠挠头。

"这些陈谷子烂芝麻的事儿,即使有秘密,也不是《一千零一夜》里面的秘密,全是一些家长里短,你不会有兴趣听下去的。"朱砂草草地说道。

"我有兴趣。"斯羽肯定地说,"我对您所有的事,都有兴趣。"

朱砂叹了口气,说:"你这孩子。"

但她还是说了下去。那个女人成为她成功离婚的关键因素,在她替代朱砂养育儿子、陪伴前夫的过程中,前夫的坚持逐步瓦解,他对这段婚姻的信念消失殆尽。有一阵子,朱砂已经习惯了这种暧昧的状态,既没有离婚证,也没有婚姻生活。她不再焦虑地想要快速终结,她应付着毕业论文答辩,准备着考博,再加上做一些兼职,离不离婚的,似乎不那么重要了。因此,在她硕士毕业论文答辩顺利完成后的一个礼拜,当前夫主动联系她,提出去办理离婚手续时,她甚至吃了一惊。

"对不起,朱砂,我要给她一个名分。"前夫在话筒那端说。前夫的口气是歉疚的,对没能包容她的作、没能一辈子等她回心转意的行为表现出充分的抱歉。朱砂想笑,她还真的就笑出声来。

"你们这是演的哪一出?"朱砂记得自己在电话里戏谑地问道。

"我很遗憾。"前夫说。

"没什么好遗憾的,谢谢你成全我。"朱砂说。

领到毕业证书和学位证书的当天,朱砂乘车回到县城,与前夫去民政局办理了离婚手续。儿子毫无悬念地跟了前夫,她从来没想过要争夺儿子的抚养权,她不认为自己有足够的精力和耐性消磨在这个小屁孩身上。她不是不爱儿子,儿子是她生下来的,终有一日,她圆满完成了自我修炼与成长,会见到一个等待母亲归来的儿子。她就是这么想的。

在民政局，前夫带来了那个女人和儿子，儿子依偎在那个女人的怀里，用一种陌生的眼光看着她，好半天才在那个女人的轻声安抚下，嗫嚅着叫了一声妈妈。她伸出手去，想要抱一抱儿子，但孩子一扭头，紧紧搂住那个女人的脖子。多年以后，每当想到这个场景，朱砂都会心如刀割。而在当时，她根本没有意料到，这将成为记忆里一个痛彻心扉的瞬间。

"亲爱的，照顾好自己，别担心家里。"那个女人是这样对朱砂说的。那种语气，仿佛朱砂只是即将出一趟远门，迟早还会回到这里，而她不过是临时替补，等朱砂回来，这个家会完璧归赵。

前夫一定也听出了那个女人话语中的卑微，为了宣誓某种主权，他走过来，把手搭在她的肩上。儿子在她的怀中，她在前夫的怀中。

朱砂一言不发地转身就走，离婚似乎没有带来想象中的解脱，她反而陷入了新的迷惘中。她不断地想起那个女人眼神中的怜惜，显然，那个女人是在同情她。那个女人有什么立场来同情她？这个问题困扰着朱砂，起先，她觉得愤怒，渐渐地，生出了悲凉。她察觉到了那个女人的智慧，多年以前，那个女人已经窥视到朱砂今日的心境——她终将面临一生中最大的哀伤，那就是，儿子不会在原地等着她，就像是她一直在朝前行进，儿子也是如此。儿子是她的，但又不是她的。他只是经由她的身体来到这世间的一个陌生人。全然陌生。更为荒谬的是，这种陌生，最初是由她一手导致的。

她对儿子两岁以后的了解，不是建立在直观的基础上，而是来自间接的听闻，最多的是来自前夫和那个女人。前夫偶尔会与她通个电话，多半是她主动询问儿子的状况。那个女人则会较为频繁地单方面发信息给她，过去是短信，之后是微信，有照片，也有视频。这样，她其实知道儿子的每一颗乳牙是在什么时候脱落的,知道他经历割包皮手术的疼痛,也知道他被高年级学渣欺辱的惊恐。这些,都是那个女人源源不断地告诉她的。她从不回复那个女人,需要沟通的时候,她会打给前夫。譬如儿子割包皮手术那次,她要求前夫带来成都,手术是在成都的医院完成的,她也在现场。然而,出了手术室以后,面对着她和那个女人,儿子毫不迟疑地将手伸向了那个女人,她眼睁睁地看着儿子被那个女人搀扶着,缓缓地朝外走去。

儿子的成长,她似乎什么都知道,却始终有一层厚厚的隔膜。她是观看者,不是亲历者。无论她能否接受,她都必须承认,在儿子的世界里,那个女人比她重要得多。

斯羽安安静静地倾听着,朱砂不知道他听懂了多少。他是一个没有父母庇佑的可怜的孩子,而她则是一个没有去庇佑孩子的失职的母亲。

义无反顾地离开儿子的时候,朱砂没有想过,终究有一天,当初的决绝,会成为她心上一道无法愈合的伤痕,就像胸前那处液化的伤口,不知多久才能疗愈。因为这一段经历,每年罗勒去陪伴前岳母时,她从最初的隐忍不发,到逐渐理解了他。她不会去揣测他是否依然深爱着前妻,她是一个极其聪明的女子,这种没有意义也没有标准答案的话题,她连一毛钱的兴趣都没有。成年人的规则里,没有简单的是非对错。而爱情,不过是一种幻象罢了,为爱绝命的,只有罗密欧与梁山伯那样的少年,大叔们永远是理性的。

那个女人,从一开始就没有劝说过她不要离开县城,不要去成都读研,不要离婚,不要离开自己的骨肉。相反,她什么都支持朱砂,对朱砂所有的决定,她都没有表达过不同的见解。这倒不是说,如果她明确反对,这一切就不会发生。不是这样的。朱砂在前面的二十几年，受制于自己的母亲，其后的岁月，她要为自己的人生做主，她不会再听从于任何人的意见，包括那个女人。

原本这也没什么，但是，在那个女人嫁给前夫以后，尤其是在她全面接手了儿子以后，朱砂便不能制止自己的胡思乱想。朱砂从动机、目标、策略这些层面去进行思考，总是得出居心叵测之类的负面结论。她把儿子养得那么好，朱砂不能保证自己亲自动手，会比她做得更好。但同时，她也毫不手软地掠夺了儿子的爱。至于前夫，她是否一早就觊觎这个在县城算得上有头有脸的重点中学教师，这不要紧。朱砂介意的是儿子。这也是她最为纠结的部分。

"难道您跟她从前就认识？"斯羽终于忍不住问道。

"记得在厦门的海滩上，我跟你讲起过关于贝壳的往事吗？"

"嗯。"斯羽似懂非懂。

"你问过我，那个叫青豆的女子是不是还活着。"朱砂道。

"记得，您的故事和故事里的青豆，有一种动人心弦的美，即使现在想起来，也像是有一片淡青色的雾霾缭绕其间。"斯羽说。

朱砂没有提醒他，当时他说过，若是青豆还活着，他要去追求她。那会儿只觉得这男孩子莽撞，得知了他的身体状况以后，她理解了那一刹那他的语意。患有先天性心脏病的、美好的青豆，在他眼里，无疑是良人。这一层，她不再提及，也不去点破他。人生至此，她已经懂得"人艰不拆"的道理。

"青豆还活着。"朱砂说。

正在喝水的斯羽放下杯子，抬头看着她，等待她的下文。

"青豆就是那个女人。"朱砂说,"她就是代替我抚养儿子长大的那个人。"

斯羽露出惊愕的表情。

"我们曾经是最好的闺密。"朱砂说。

读研的时候,儿子刚上幼儿园,经常生病。前夫忙乱不已,青豆自告奋勇地告诉朱砂,她可以去家里帮忙照看儿子。青豆一直很喜欢儿子,从朱砂在医院里生出那一小团皱巴巴的粉色的肉肉起,青豆就认了儿子做干儿子,她买了一堆早教书籍,在儿子身上实践。朱砂熬夜熬得焦头烂额,青豆一出现,她就把那个怎么哄都哄不住的小魔鬼往青豆怀里一塞,转头回屋补觉。

"你安心去闯吧,宝宝交给我,亲爱的,你放心。"这是青豆说的。

高中毕业以后,青豆长期在家养病,算是无业游民,她把照看朱砂的儿子当成了一项了不起的事业,精雕细刻,精益求精。朱砂离婚以前,她们仍旧交好,她给朱砂看关于儿子的记录册,满满的几大本,事无巨细,儿子一天二十四小时说了什么、做了什么、吃了什么,甚至便便的形状和颜色,全都记录在案。

青豆是一个坚韧的女子。在母亲这个身份上,她战胜了朱砂的血缘优势。甚至在死神面前,她也屡次创造着奇迹。她度过了大夫预言的生存期,比那个时间多活了很多年,现在依旧活着。

"您嫉妒青豆。"斯羽审视着朱砂。

"不是嫉妒。"朱砂坦白道,"我恨她。"

"您没有意识到,您不能容忍自己去感谢她,必须要给予她一种情感的话,您宁愿这是恨,因为前者会让您否定自己多年前的决断。"斯羽说。

朱砂看着他，不太明白。

"您嫉妒她。"斯羽坚持，"她是一个垂死之人，原本不该拥有那么多，但是，她偏偏做到了，而那竟然是您曾经视为草芥的东西。"

"你还年轻，不懂得这些。"朱砂虚弱地辩驳。

"不对，幼稚的是您。"斯羽残忍地说，"明明可以心存感激，让这件事变得简单和美好，但是您把所有的关系都搞得一团糟。我没猜错的话，他们三个人都不知道应该如何面对你。"

朱砂有点生气，想要斥责斯羽的随心所欲。她张了张嘴，却说不出话来。

她已经有很多年没见过青豆。有了微信以后，从儿子的朋友圈里，她时不时地会看到青豆的影子。青豆从前是一个纤弱美丽的少女，但是那种窈窕淑女的形象现在已经荡然无存，她胖了不少，因为不施脂粉的缘故，面容异常衰老。朱砂点击放大那些照片，里面的儿子神采飞扬，比青豆高了一大截。青豆虽然苍老，却是一脸幸福的笑容——青豆不能生孩子，甚至不能结婚，换言之，她连激烈的性生活都无法承受。到最后，却拥有完整的家。

朱砂不愿意想象，前夫与青豆的婚姻是如何开始的，又是如何平顺地持续下来的。如今的前夫，依旧是一个寻常的中学物理老师，在那座县城里，他是虎爸虎妈们众星捧月的班主任，因为他有几个学生考进了清华、北大。他甚至没有如同朱砂预期的那样，朝着油腻的中年大叔的路子上走，他的肚子不大，头顶未秃，眼镜后面仍然是一对平和有光的眸子。他在他那个世界里是有尊严的，他对他的生活也是满意的，从他的表情和状态可以看出来，这份满意中，也包含着对婚姻、对青豆的满意。"如果您不那么拧巴，您的儿子跟您，包括青豆跟您，都会是完全不同的感受。"斯羽接着说。

"说实话，我能理解您，不能更深更狠地谴责自己，不如去嫉恨青豆，这会让自己好受一些。"斯羽说。他真是个不知天高地厚的孩子，这般肆无忌惮地朝着她的胸口捅刀子，还不懂得拿捏分寸，他没有资格这样去做。朱砂在心里对自己说着，情不自禁地、冷冷地看了斯羽一眼，斯羽不禁愣了一下。

"您记不记得，我说过，青豆要是活着，我会去追求她。"斯羽继续说下去，"不知道您有没有发觉，您讲述中的青豆与您，有一种神奇的相似。"

轮到朱砂愣住了。

"您和青豆都是那种极其内敛也极其坚毅的女子，就像两枚贝壳。"斯羽说。

II

朱砂的伤口治疗到第七次,他们从医院回家时,斯羽的自行车坏在了半道上。那一天,不是斯羽透析的日子,朱砂处理完伤口,照旧由斯羽载着她,经过空荡荡的大街,朝家里赶。

中途经过一家营业的超市,他们匆匆地进去买了一些日用品。斯羽的自行车没有车筐,朱砂就把购物袋抱在怀里。他们都戴着厚实的口罩、帽子和手套,买不到护目镜,就用墨镜来代替。尽管天气很冷,这一身严丝合缝的装束,却让他们丝毫感觉不到风的侵袭。

车子骑到九眼桥附近,链条断掉了。斯羽蹲下来捣鼓了好一阵子,毫无办法。附近没有修车的地方,他们有些茫然无措地站在街头张望,好半天,一辆经过的车子都没有。平素车水马龙的大街,有点人迹罕至的意味。

"有没有觉得,这城市变成了睡美人的城堡?"斯羽说。

"众人皆醉我独醒。"朱砂笑道。

"滴滴出行"上面倒是显示有车,但需要等待半小时左右。朱砂查了一下地图,从这里步行到家,需要四十分钟左右。商量了一下,两个人决定走回去。

于是斯羽推着自行车,购物袋放在车后座,与朱砂一起朝前走着。他们都没有说话,各自默默地想着心事。朱砂想到的是青豆,当她憎恨着这个女人的时候,对于后者的未老先衰,她抱持着一种冷漠的态度,反倒好奇前夫与儿子对这个女人的感情从何而来。当斯羽指出她们之间的相似性时,她很抗拒,但在潜意识里,她发现斯羽是对的。就像时至今日,青豆依然乐此不疲地在微信里给她发儿子的照片和视频,她对青豆也一直毫无回响。她们像是保持着一种永恒的角力的姿势。

走在斯羽身边,她第一次细致地想了一遍青豆的生活。这些年,她们的时间都用在了不同的地方。当她用全套名贵的洗护用品,悠闲滋润地泡澡沐浴、保养全身的皮肤,连脚后跟都细心地使用着磨砂膏时,也许青豆正蓬头垢面地在厨房里为儿子烹饪三餐。当她专注地坐在电脑前查资料写论文的时候,也许青豆正在清洗儿子换下来的臭臭的球鞋。她的双手光洁细腻,青豆的则浮肿粗糙。或许这根本不值得比较,因为从事情的最初,她们就做出了不同的选择,必然要承受由这选择带来的迥然相异的后果。

"让我猜一下。"斯羽突然开口道。他的声音藏在口罩后面,有点瓮声瓮气的。

朱砂不解地看他一眼。

"您一定在想青豆。"斯羽的眼睛里有笑意,"您没想儿子,只是在想青豆。"

朱砂不作声。

"这件事的决定权,最终在您的手上,您有力量让它变得圆满一些。"斯羽说。

朱砂明白他的意思。

"失去了,就是失去了。"朱砂淡然道,"人生本来就是残缺的,所谓的圆满,不过是假象罢了。"

"您知道我想说什么吗?"斯羽目视前方,"我想说的是,该死的自尊心。"

"为什么跟我说这些? 不觉得自己像个婆妈的女生?"朱砂倒是被他的郑重其事给逗乐了。

"因为这是您过不去的一道坎,其实青豆和儿子都是您生命中最重要的人。"斯羽轻声道,"我特别期望您能宽恕他们,也宽恕自己,变得快乐一些。"

朱砂别过脸去,斯羽的语气,让她心里一动。她已经不习惯这种交流方式,这么多年以来,她慢慢学会了圆熟的话术,她身边的人也都不是情商小白,彼此的谈话有了一套约定俗成的规则,不会冒犯,更不会越界。隐私胜于一切。那倒不是说,真诚这种品质被消解了,而是通过另一种更为智慧的而非赤裸裸的方式呈现出来。

显然斯羽还没有到那个年龄段,也没有到达那个圈层,他用的是一个年轻男人的方式,迫不及待地表达他的意见与情意。这种方式,让朱砂仿佛重温了一遍青春的记忆,遥远而又疏离。那时候,追求朱砂的男生便是如此,捧着一大束玫瑰,守在她的宿舍门口,双目灼灼地望着她,对她告白:"我爱你,你能做我的女朋友吗?"非常直白的句子,每个字都有扎扎实实的含义,没有转圜,也没有余地,是即是,非即非。

朱砂记得大学临近毕业时,有一个同班的男生约她去看电影。那个男孩子有一双干干净净的眼睛,一直单身,整个大学阶段都在努力考托福,预备出国。他们去的不是正正经经的电影院,那几年城市里遍布着录像厅,每家都有好几个小放映厅,门口一律挂着一块蓝色的厚门帘,看起来像黑店。其实不是。录像厅里放映的都是经典电影。男孩子让朱砂选择影片,朱砂挑了一个闻所未闻的——《你的生命,我的决定》,片名很文艺。

放映厅里满座。录像厅里从来都是满座的。朱砂先进去,男孩子出去买了瓜子和饮料,摸黑进来。这时,影片已经开始放映。那是一部国外的纪录片,也是朱砂最早接触到的一部关于生育的纪录片。开场的镜头就很震撼,一个双腿岔开、躺在产床上的女人,然后是手术器械的特写,剪刀与镊子闪着冰冷的光。出镜的大夫只有背影,一个不带感情的背影,看得出来是在娴熟地操作着那些器械。产床上的女人表情狰狞,张大嘴巴,发出无声的呐喊。

那是一个堕胎的场景。男孩子刚好抱着一堆零食,撩开布帘进来,一道亮光射了进来。在弯腰穿过人群时,他本能地瞥了一眼屏幕,朱砂发觉他全身的动作都停滞住了。

男孩子在朱砂身旁坐下来,银幕上继续着关于堕胎以及堕胎立法、伦理等方面的探讨,英语原声,下面有翻译的中文字幕。放映厅里的气氛很紧张,每个人都屏住呼吸。这与情色片带来的那种尴尬完全不同,它太直接,也太血腥,直指肉体最深处的龌龊。出没在大学周边放映厅里的男女,不管彼此是否有肉体关系,大部分仍旧停留在两情相悦的阶段。面对这样一部作品,大家都很无措。好比点餐时要的是制造情调的红酒,结果侍应生端上来一瓶高度的白酒。

影片开场后的十来分钟里,放映厅里的情侣们,一对接着一对,陆陆续续地走掉一半。朱砂还能看下去。过了很多年,她仍然记得那部片子,混在一堆奥斯卡获奖大片里,呈现出生活中隐秘而又残忍的一个侧面。那个男孩子用同一种姿势僵硬地抱着零食,甚至忘记了递给她。黑暗里,她能感觉到他的身体离她越来越远。

"还看吗?"男孩子终于忍不住低声问她。

"嗯。"朱砂目不转睛地盯着银幕。与热爱学习没有关系,与知识的盲区也没有关系,她单纯地觉得那部纪录片做得很好,全程没有对白,都是旁白,全英语的。剪辑也很原生态,打光和角度这些毫不讲究。沉重的话题,毫不精致的制作,结合起来却有一种天然的肃穆。就是这种肃穆吸引了朱砂。多年以后,她怀着同样的期待点开一部叫作《生门》的热播纪录片,里面的生育故事却没能带给她同样的视觉冲击。后者在叙事上的技法无疑是成功的,但创作中有意为之的痕迹无论如何都没法擦掉,朱砂早年在录像厅里邂逅的那些原生态的东西无从寻觅。

"我们走吧?"男孩子再次请求。

朱砂意识到他在这样的画面跟前坐立不安。完全是出于对他的体谅,她答应放弃观看。当他们离开放映厅时,整个厅里其实只剩下他们两个人。

天色已经黑透了,他们沿着荒僻的马路,朝着学校走去。这一带正在拆迁,泥沙被雨水浸湿,到处都是惨不忍睹的泥坑。他们小心翼翼地绕过那些坑道,在昏暗的光线里,走进了校门。校园里路灯很亮,浓荫密布的街道两侧,行走着三三两两去赶晚自习的学生。这世界又活了过来,从那部纪录片的沉闷、腌臜里挣脱出来,回到了明亮与繁丽之中。

男孩子恢复了轻捷的脚步。在通往图书馆的路口,他把瓜子递给朱砂,又把饮料递给朱砂,他说时间正好,他要去图书馆上晚自习。

他们就在那里分开了。

几天以后,朱砂见到那个男孩子新交的女朋友。传闻中有好几个对那个男孩子颇具好感的女孩子,那便是其中之一。她是美术系的女生,年纪比男孩子稍长几个月。多年以后,朱砂早已忘掉她的容颜,却一直记得在那个夏天,那个女孩穿着一双极具设计感的凉鞋,鞋面上有两只淡黄色的蝴蝶,翩然欲飞。

毕业以后,那个男孩子带着他的女友去了美国,之后辗转定居澳大利亚,听说生了三个孩子。朱砂没有再见过他们。然而,朱砂知道,如果那个晚上,他们选择了另外一部电影,好莱坞大片,或是小众的文艺片,乃至悬疑片,任意作品都好,屏息静气地看完电影,经过那条泥泞小路的时候,他们绝对不会刻意制造身体的疏离,情形会是两样的。那个穿着镶嵌了蝴蝶的凉鞋的女孩子,也不会有机会。朱砂与那个男孩子,未必能走多远,未必能到最后,但至少,在临近毕业那段兵荒马乱的时日,他们不会在一部纪录片只看了一半之后就分道扬镳。

"缘分的玄妙,正在于此。"朱砂给斯羽讲了这个跟自己一起看堕胎纪录片的男孩子的往事,说完以后,淡淡地评价了一句。

斯羽停了下来,拍了拍后座。

"我还能走。"朱砂说。

"上来吧。"斯羽坚持。朱砂意识到自己确实很累了,有点喘不过气来,走着路,戴着厚厚的口罩,再加上说话,每件都是很费体力的事情。

"你会很累的。"朱砂不肯。

"没事,很快就到了,就当是锻炼身体,适度的运动是有益的。"斯羽用一种稀松平常的语气劝说道。

此时距离小区大约还剩下十来分钟的路程,朱砂迟疑了一下,还是坐到了后座。斯羽步行,推车载着她,看起来并不吃力。朱砂略略宽心。斯羽毕竟年轻,她甚至想到假以时日,他的病经过慢慢调理,找到肾源,或许不会影响生命的长度。

"老师与您的缘分,一定也是妙不可言的。"斯羽说。

朱砂想了想,开端的部分,罗勒与前夫有互为镜像之妙。他们都是她的老师,在学校里的时候,也都是正正经经的师生关系,连亲近都谈不上,相互之间视而不见。第一次婚姻,很大程度上与父母之命有关,真正意义上的约会,好几回都有母亲的参与。前夫害羞得要命,埋单时甚至任由未来的丈母娘掏了钱。求婚这件事,对象竟然不是朱砂,前夫是拎着好酒、好烟上门,向朱砂的父母提出要娶他们的女儿。母亲对这个沉稳的物理老师赞赏有加。物理是一门严谨的学科,容不得半点浮夸,学物理的男人肯定是踏踏实实的,没有人文艺术类学科老师的花花肠子。这是母亲的观点,她忽略了物理同时也是一门抽象的科学,需要足够的猜想与胆识。没有风花雪月,他们差不多是水到渠成地就结了婚。

罗勒的手法迥然不同,他有足够的耐性,他是一个成熟的、挑剔的猎人。狩猎的过程,也是一个对猎物进行价值判断的过程。这就需要细水长流了。他没有表现出年轻男人的激烈,没有那种急于得手的难看吃相。他们的暧昧关系持续了将近三年。那三年里,他们像恋人,但更是亦师亦友的状态，还有作者和编辑的关系。当时朱砂所在的刊物名不见经传，约稿相当困难，她到母校去走了一圈，从老师们身上发掘资源。罗勒给过这个怯生生的、名不见经传的编辑两次稿子，朱砂奉主编之命，请他吃饭、喝酒。吃完喝完，从稿子谈到人生，很快就谈到了床上。上过床以后，他们的肉体毫无保留地呈现在对方面前，灵魂却在半遮半掩中，因而，他们又在某个阶段停滞了很长一段时间，用以探索彼此的灵魂。除了在床上，他们多半谈的是学术。偶尔罗勒会提到终身相伴，不是甜言蜜语地求婚，而是严密地论证着某种可行性。

"我们会组成一个学术上的显赫之家。"罗勒这样说。

朱砂从不当真。他的态度不是娶妻，而是招收硕士生、博士生。作为一个博士期间专攻魏晋南北朝时期美学的女性，在离婚以后，对学识的精进，让她更为理性而非感性地去看待婚姻与人性。这种科研式的严谨，导致她过度清醒，很难再婚。

最终下决心嫁给罗勒，是因为汶川大地震。就像张爱玲在《倾城之恋》里写的那场半真半假、半推半就的爱情，被一场战争、一座城池的颠覆成全。地震在导致无数惨烈的牺牲的同时，无意之中成全了罗勒和朱砂这对柴米油盐的夫妻。

地震那天，朱砂在编辑部里值班。杂志社不用坐班，编辑们轮流值守。那天正好轮到朱砂。办公室位于一环路一栋六层高的旧楼顶楼——还真是一栋彻头彻尾的旧楼。有多旧呢？别说地震这样大的动静，就算平时站在嘎吱作响的走廊里，打个大点的喷嚏，都能听见玻璃窗的回声。地震以后，那栋楼毫无悬念地成了危楼，经过整整三年的翻修，才重新投入使用。

摇晃开始的时候，朱砂还没从午睡中醒透，她迷迷瞪瞪地随着屋外的尖叫声冲下楼去,连鞋都跑掉了一只。在她后面的,是另一个单位的年轻男人,刚来不久,朱砂还不太认得他。就见他从她身边飞速越过,擦身而过的时候,蹭了她一下,险些把她撞倒,他也不理会,在晃来晃去的楼道里,像喝醉酒似的没命地朝楼下奔跑。朱砂略微犹豫了一下,因为晃动得太厉害,她没想明白是抓住栏杆稳一下,还是信马由缰一般地继续往前冲。这一分神,那男人就没影儿了。

到了楼下空地上,朱砂再次看见他,由于跑得太快,那个男人蹲下身,捂住心脏,好一会儿才慢慢站起来,消失在人群里。不知为什么,这一幕很深地留在朱砂的记忆里。那是一个不相干的男人,但朱砂竟然记住了他如临世界末日一般的惊恐。

朱砂光着一只脚站在楼前,不知所措。周围一张张人脸跟木偶似的,大多露出恐惧的神色。没多久,天色暗下来,细碎的雨滴纷纷飘落。那些人渐渐散开,剩下零零落落的几个。朱砂无处可去,她只有左脚的一只皮鞋,孤零零的右脚没着没落的,只好搭在左脚上。她的姿势很奇怪,也很不安稳。她的全身心都在如何控制身体的平衡上。她那专心的样子,好像是在等待着谁。其实没人值得等待,也没人等待着她,手机没信号,她连儿子的音信都无从探听。

雨下得密集起来,她手里有一件披肩,那是午睡时搭在身上的,地震发生时,她正要收起来,不知怎么回事,那披肩一直跟着她一路狂奔,却恰恰派上了用场。她把披肩顶在头上,暂时遮一下雨。这个动作带来了新的不平衡,她趔趄着,像是一个笨拙的杂技演员。

就在这时,一把雨伞在她的头上撑起。她抬眼一看,是罗勒。这个相貌寻常的男人站在她面前,举起手臂,为她撑起一把黑色的雨伞。并不是戏剧化的场景——一个高大英俊的男人,迈着矫健的步伐,目光坚定地拨开密密麻麻的人群,朝她走来,伫立在她跟前,一脸的风轻云淡。现实不是那样的,没有镜头的虚化,没有特写,连人群都没有。罗勒就那样莫名其妙地出现了,一见到她,就露出一个大大的笑容。平时他不那样笑的,他是一个沉稳的男人。但那天,他笑得连牙龈都露了出来。那年他还没有戒烟,牙齿被烟给熏得黄黄的,一点都不美。

"走吧,上车,我还得去看老妈和言姐。"罗勒把手臂伸给她,让她挽着他,单脚跳着,到他的车里去。

接下来,罗勒驾着车,他们先去言姐的学校,得知言姐已经被罗勒的前妻接走了。他们再到罗勒家的老宅,接上等在门外的老母亲,一路将车子开到三圣乡的空旷处,停了下来,挤在车里度过了地震后的第一个夜晚。

就在那一天,朱砂决定与罗勒一同度过后半辈子。一个男人,在心里的序列中把她排在骨肉至亲的前面,那得是多深的心意哪,那心意里藏着分量,藏着承诺,藏着很多很多,多到数不清的呵护,这份呵护,瓦解了她对他的不接受、不轻信。人生已经非常无趣,这一点点劫后余生的感动,足够让乏味的生命散发出微淡的光芒。

当然,朱砂要到后来才知道,罗勒一直是一个有条理、有目标的男人,在每个阶段都会专心致志地做成一件事,为了达成目的,甚至不惜一切代价。在那个阶段,朱砂碰巧是他的愿望。他总会有办法去实现他的规划,不管有多么艰难,多么迂回,他都能够有条不紊地坚持下去。他从来就是一个无往不利的成功者。

"地震那年,我十三岁。"斯羽说,"跑出学校以后,我先去麻将馆里捡到我妈,再到浴足房门口捡到我爸。"

朱砂坐在自行车的后座,看不见斯羽的表情,但他的声音很镇定。

"我妈正跟人吵架,她的几位牌搭子要逃命,她要算账,最后那一把,她赢了三家,非得收了钱才放人家走。我爸就更可笑了,他头天晚上喝醉了,被他的朋友送到浴足房过夜,睡到那会儿还没吃饭,到处找方便面,方便面买到了,又到处找泡面的开水。地震跟他们两位大神好像全无关系。"斯羽平缓地说着那对丢脸的爹妈,像是说着别人家的事。

不知不觉,他们已经走了很久。再走一段上坡路,小区就到了。朱砂示意斯羽停下车,她下来自己走。斯羽推着空车上坡,推到一半,他停了下来。朱砂跟上去,发觉斯羽额头上都是汗。

"我来推吧。"朱砂说。

斯羽摆摆手,继续推着自行车上坡。回到家里,斯羽摘下口罩,脸色惨白,他像是用完了最后的气力,全身都抽空了,软软地靠在沙发上,连动都不想动了。

朱砂被他的样子给吓了一跳,懊悔不已,她就不该任由他走这么远,中途还推车载着她。他那样镇静,那样从容,简直让她忘记了他患着重病。

朱砂急急地去泡参茶,端给斯羽。斯羽一连喝了两杯,稍稍缓过气来,面色依旧难看。朱砂坐在他身旁,心里乱得要命。斯羽却不以为意,对她说:"师母,您一共告诉了我三个秘密,青豆,那个一起看堕胎纪录片的男生,还有老师。我好像赚大发了。"

"累成这样,还想这些!"朱砂嗔怪,"你好好歇着,我去熬点儿粥,晚饭我来做。"朱砂站起身来,就要去厨房。

斯羽在她身后说:"我也有一个秘密,您要不要听?"

朱砂头也不回地说:"吃饱肚子,才有力气说八卦。"

III

那顿饭吃出了残兵败将的感觉。两个伤兵都精疲力尽。斯羽吃得很少,朱砂则咳得厉害。他们喝了一点粥,连聊天的气力都没有了,各自回屋"葛优瘫"。

朱砂躺在床上看了一会儿朋友圈,发现言姐发了一条动态。言姐去了新西兰以后,朋友圈发得很频繁。前一阵子,那个帅帅的哮喘男孩嚣张地霸屏,朱砂一度以为言姐会来一段异国恋,没想到那个男孩子很快就销声匿迹了。言姐倒是变成钓鱼的真爱粉,居然加入了一个庞大的新西兰钓友圈,圈里形形色色的钓友都在她的微信里露过面。新近言姐跟着一个老太太操练,那是一个神采奕奕的老人家,一头银丝,皮肤晒成棕色,泳装下隐隐约约透着马甲线,长年坚持健身一望而知。老太太有一艘小艇,言姐跟着她出海。照片里的言姐费劲地用两只手抓着一条灰褐色的鱼,面朝镜头,巧笑嫣然。朱砂在那条动态底下发了个大拇指。

言姐跟着就回了一条私信。言姐说:"刚拍完,那鱼哧溜一下,就滑到水里去了,空欢喜一场。"

朱砂问她:"那是什么鱼?"

言姐说:"黑鲷鱼。"

朱砂问:"好吃吗?"

言姐发了个龇牙的表情,紧跟着说:"这不没吃着吗?"

朱砂问:"海鱼的种类挺多的吧?"

言姐说:"是,他们几乎顿顿吃不同的鱼。"

言姐口中的"他们",多半是指她继父的儿子一家。朱砂没有再问。她突然不知道怎么接话,再撑下去,就要变成尬聊了。她不是一个善于应酬的人,把天聊死以后,她可没那种起死回生的功力。

就在她准备发一张晚安图片时,言姐问了一声:"你们相处得怎么样?"

言姐知道疫情导致朱砂与斯羽尴尬地同处一室,她倒是从来没有问过,只是时不时地发几张图片给朱砂,什么都不说,图片也是一些单纯的风景,极美。在言姐,大约就是问候的意思了。

朱砂想了想,说:"还行,规律地生活。"

屏幕上出现了一行字,"对方正在输入"。输入了半天,一个字都没有出现。稍后,又是那一行"对方正在输入",然而仍旧不见一字。反反复复了好几回。朱砂有些诧异,言姐不是一个纠结的人,瞻前顾后不是她一贯的风格。朱砂看了一下自己回复的那句话,没毛病啊。除了很不客观,也很不地道,没别的不妥。难道言姐是嫌弃她说得不具体?

朱砂决定告诉她自己的伤口出现了脂肪液化,需要每天去医院,每天都是斯羽用自行车载着她往返。估计来一番唐僧式的碎碎念,有图有真相,言姐就能满意了。

她这边一行短句还没敲完，屏幕上突然出现了言姐的文字。言姐说："斯羽什么都没告诉您吗？"

朱砂删掉了对话框里的文字，换成两个字："什么？"

言姐说："他的秘密。"

朱砂说："如果你们的初恋算是秘密的话，他已经说了。"顿了顿，朱砂加了一句："挺甜的。"

言姐反驳："斯羽不是我的初恋。"

朱砂发了个调皮的表情，她猜言姐会说在幼儿园的时候就有过乳臭未干的小男朋友了。

言姐说："复盘一遍，我和斯羽根本不算谈过恋爱，我们连接吻都没有过。"

朱砂说："纯纯的恋爱就是这样啊。"

言姐没有继续聊这个话题，她发了一句要命的话："斯羽爱上了您，您知道吗？"

朱砂脑子里轰的一声，脸上一热，她意识到这句话，就是让言姐掂量了半天的那个秘密。奇异的是，她没去思量这句话本身蕴含的内容，而是揣测着言姐为何要告诉她。

"他吃了那么多的苦头，生命不会太长久。"言姐接着说，"您知道的，他那种病，随时会要命。"

朱砂一句话都说不出来。没错，她知道，她什么都知道。她不是一个自私的人，并非对斯羽的病情视而不见，让他骑车载着她去医院，让他推着坏掉的自行车带她回家，绝不是因为到了穷途末路，没有第二种选择了。不是那样的。她是一个无神论者，但在这件事上，她愿意接受天意、奇迹这些非科学的元素。潜意识里，他那种精气神很足的模样，让她避免往坏的方面去思考。吸引力法则的精髓是,你所热望的人或事物,会慢慢簇拥过来。她相信这个道理。

"我以为他会告诉您。"言姐发了一个困惑的表情。

朱砂还是没法说什么。

言姐说:"他不是一个藏得住事的人,他是典型的摩羯座,您能时时刻刻感受到他的存在。"

朱砂不语。

言姐大约嫌打字太慢,索性发来了几段语音,告诉朱砂,斯羽跟她分手以后,无论她怎么死缠烂打,他都坚守着等她结婚以后才能恢复"邦交"的承诺。那不过是一句玩笑话,他如此看重,无非是找个借口,不想被她重新缠住。言姐倒也从未信以为真,她结婚不是为了斯羽,她没有蠢到那个地步,实在是一念之间的冲动。别人是一念成魔、一念成佛,到了言姐这里,一念成婚。

令言姐始料未及的是,已婚的身份当真让斯羽正儿八经地重新搭理她,甚至跟她密切地交往起来。尤其是在她闪婚闪离以后,斯羽还主动帮她策划抖音,合作做直播。斯羽没必要这么干,他自己的流量小有规模,转移到言姐这里来,不仅增加了风险,也根本不具备新的市场潜质。所谓在商言商,斯羽赚的还是续命的钱,他这样随意的举动,确实不合常理。

言姐也不是傻白甜,斯羽在她面前,曾经是一个无比孤傲的人。在她单身以后,他加倍地待她好,这种反常,言姐不可能视而不见。然后,没费什么周折,言姐就知道了原因。就像咳嗽是无法隐忍的,爱情也是。斯羽没能隐藏住他对朱砂的爱,这份感情,于他而言,犹如一份上天恩赐的礼物,他没有拒绝跟言姐分享。

"这是很荒谬的,对吧?"听着言姐的语音,朱砂被震慑得手足发麻。

"以我的立场,还有您的身份,我不应该说这些,但是,斯羽是不一样的,我觉得您有权利知道,除了我的父亲,您还曾经被一个男孩子如此深爱过。"言姐的态度很客观。糟糕的是,她用了"曾经"这个字眼,那是一个很不吉利的说法,朱砂纵然充满科学精神,在这一刻,也感到脊背发冷。

朱砂的沉默,让言姐无法继续说下去。她发了一句"晚安",结束了她们的私聊。不一会儿,朱砂发现言姐又发布了一条新的动态,仍旧是在海面上,她又有了新的战利品。这一回,她没有傻乎乎地把鱼逮在手里,鱼在网中跳腾,她略微屈膝,抓着渔网,露出一个灿烂无比的笑容。她看起来是那样的恣意欢喜,然而朱砂知道,这个眉眼深浓的年轻女子,已经知晓了沉重婉转至无法言说的人生。很显然,她无力承受,因此,把感情的秘密扔给了朱砂,全然不顾忌朱砂是她父亲的妻子。从法律到伦理,朱砂都无权背负起这只沉甸甸的包袱。

朱砂毫无悬念地失眠了。白日长时间的行走所带来的疲惫,停留在身体表面,像某种收缩起来的植物。但大脑和心灵恰好相反,它们充分地打开来,无限绽放。朱砂没有刻意去考虑什么,她必须回避言姐的话语所导致的飓风,她甚至不去触及这些乱糟糟的事件。她躺在床上,专心致志地琢磨手头正在审核的一篇稿子。这是一篇约稿,出自一位大家之手。约稿时,主题与研究方向都是明确的,可是,这位大家在字眼上稍作变更,就变得面目模糊了。朱砂判断这篇稿子的主旨站不住脚,她必须用最精练的文字让它回到正确的轨道上,既不得罪作者,也不降低刊物水准。这是相当考验手艺的活儿,也是区分一个优秀的编辑和一个混日子的编辑的重要依据。

朱砂纵容自己心平气和地细细思索,她甚至没有理会楼下轻微的声响,等她意识到那些开门和关门声不同寻常时,天光已经渐渐变淡,夜晚正在缓缓退去。她披衣起身,去看斯羽。

斯羽住在言姐的房间里,那个房间没有独立的卫生间,使用的是客卫。斯羽几乎从不在半夜里使用卫生间,但这个夜里,他从房间里出来了好几次,每次都是去卫生间。尽管他加倍小心地不让自己弄出更大的动静,但那些不可避免的细碎微小的响动——踮起脚尖的走路声、马桶的冲水声、门扉的开关声等,在寂静的夜里,仍是格外清晰地被朱砂捕捉到了。

朱砂敲了敲斯羽的房门,没有回应。她犹豫了一下,试着拧动门锁,门没有反锁,她走了进去。窗帘低垂着,她适应了一下室内的黑暗,发觉床上没人。

"斯羽?"她不解地叫唤着。

没人回答她,她下意识地转过身来,发现斯羽躺在门后的卧榻上。那是一张长长的西式卧榻,堆放着好些大大小小的靠垫。此刻,斯羽就蜷缩在那些靠垫中。他没有睡着,静静地睁着双眼。在微光里,他们四目相对。

朱砂走了过去,站在他跟前。这种居高临下的视线,立即让她觉得不舒服。他稍微改变了一下姿势,很明显,他也感到了不适。朱砂蹲下身来,现在,他们的高度是一致的了,他们也是平等的了。她看着他,他也看着她,他们的目光都没有躲闪。

"告诉我,发生什么事了?"朱砂轻声问。

斯羽看了她一眼,垂下眼睑。

"有什么不妥吗?"朱砂温言地追问。斯羽重新抬眼看着她。

"它,又来了。"斯羽的嗓子有些暗哑。

朱砂一时间没有明白过来,但斯羽丝毫没有再解释的意思。

"你的意思是,很痛?"朱砂试探地问。

斯羽无奈地凝视着她,说:"它都消失不见整整两天了,大夫说,这是一件很坏的事。但现在,它又来了。不知道这是否是好现象。"

刹那间,朱砂明白过来,他是指小便。过去两天,处在丧失小便这样的绝境里,他都没有让朱砂察觉分毫,依然沉着地照料着朱砂。而朱砂沉迷于反复作乱的伤口,无暇他顾。他们在各自的恐惧中,竟然没能好好地安慰彼此。朱砂一想到这里,就心痛得无法呼吸。

斯羽的呼吸也渐渐艰难起来。朱砂意识到他在不停地喘气。她摸索着,在靠垫底下胡乱地找到斯羽的手,斯羽的掌心是凉的,被子很厚,中央空调也开得很暖,但他的手是凉的。

朱砂竭力掩饰自己的慌乱,问道:"咱们去医院吧?"

斯羽慢慢侧过身来,伸出另外一只手,用两只手将她的手合在自己的掌心里。他的呼吸声很重,他吃力地说:"等一会儿,天就快亮了,天亮以后再去。"

朱砂感到前所未有的惶恐。她发觉斯羽把枕头垫得很高,他一定是呼吸极为不畅,才会躺到卧榻上来。她心里闪过不祥的念头,她考虑着可以给谁打个电话,询问一下送医院的事情。她刚一动,手就被斯羽牢牢握住。

斯羽轻声哀求:"师母,可以陪我到天亮吗?"

"嗯。"朱砂答应着,蹲得麻木的双腿支撑不住,她索性坐在地板上。斯羽缓缓抽出一只靠垫,让她垫在背后。他的动作变得那样缓慢。他这是怎么了？朱砂越来越心慌。

"师母,您输了,您告诉了我好几个秘密,但我的秘密,永远不会让您知道,您不能知道,我不想让您难过……"斯羽仰面躺着,似乎露出了一个苍凉的微笑。

朱砂握紧他冷冷的手,想让它们温暖起来。斯羽不会知晓,那个秘密,其实朱砂已经知道,言姐告诉了她。它是一种罪过,更是一种绝望的美。

卧榻上的斯羽挣扎着,想要坐起来。朱砂问他要做什么,斯羽说:"好像又有一点了,我要去看一看,它是不是真的回来了。"

原来这一整晚,斯羽不断地折腾着去卫生间,不过是要查证是否真有小便。他一次次地验证,那究竟是幻觉,还是真实的存在。

朱砂搀扶着他去卫生间。打开灯,朱砂才发现他的面部肿得厉害,她在脑子里搜索着之前查看过的关于肾衰竭的知识,深知这绝对不是好征兆。斯羽走得很慢很慢,朱砂猜测睡裤下面,他的腿和脚多半也肿起来了。她突然有一种流泪的冲动,不知怎么回事,也许是夜晚让她变得格外脆弱,下一秒她居然完全失去控制,眼泪汹涌地流下来。她抓着门框抽泣着,斯羽转过身来,几乎没有丝毫犹豫,他轻柔地捧起朱砂的脸,试图擦去她的泪水。显然那是徒劳的,他干脆用衣袖帮她擦泪。

朱砂摇摇头,低下头去,用双手蒙住脸,然而眼泪还是源源不断地从她的指缝间涌出来。这一刻,情绪太过纷乱,以至于她都不明白自己究竟为何痛哭。斯羽拿开她的手,凝视着她。

斯羽徐缓地说:"我一直记得,第一次见到您,是在徐秘书的办公室里。我是去质疑奖学金的事,您就坐在那儿看书,您看的是一本电影史的书,是从徐秘书的书柜里取出来的。徐秘书的书柜里有不少书,学院的资料室装修,他挑了一些书充实到自己的书柜里。您看书的那种姿态,好像不是在人来人往的办公室里，而是在一处深山老林里，空山无人，鸟鸣溪涧，您就在溪水边捧着书读。那天，您穿着一件白色的风衣，很少有人能够把白色风衣穿得那样高贵、自在。您的丝巾，我回去查过，是爱马仕的钥匙方巾。"

朱砂震惊得无以复加。她记得那天，一个很平常的日子，她去接罗勒下班。在斯羽的记忆中，那一幕却是如此刻骨铭心，他连她穿过的衣服、看过的书都记得清清楚楚。她想起言姐说的那句话，"我觉得您有权利知道，除了我的父亲，您还曾经被一个男孩子如此深爱过"。

斯羽接着说了下去："我是一个较真的人，但不是一个斤斤计较的人，奖学金那件事是例外。我写了材料，第二次送去徐秘书的办公室时，我觉得，在那里还能见到您。我当真再次见到了您。我不知道自己会去打听一个女人的底细，可是，我就这么做了。我第三次去见徐秘书的时候，您没在，我转弯抹角地问起您，原来，您竟然是我的师母。这个发现让我惊喜，因为我知道，稍加努力，我是可以常常见到您的。"

斯羽停下来，过了好一会儿，他接着说："打车让您分担一半车费，您还记得吗？我发了一个红包给您，至少那是我们交流过的痕迹。假如我不再有机会，在我们的对话框里，不会什么都没有。我没有想到，我会在厦门遇见您，会来到您的家里，会停留在您的身旁。"

他顿住了。朱砂感到他的手指轻轻抚摸着她的头发、她的额头、她的脸。她抬起眼，斯羽没有看她，他的目光落在虚空的地方。他的手停留在她的脸颊上，他捧着她的脸，却没有朝她看。

他静静地说："也许很快，我就会什么都看不见，当我不能用眼睛看到您的时候，我的心会牢牢记住您纯净的模样——这就是我的秘密。您看，我终究还是没能忍住。"

朱砂再次落泪。这一回,是因为时间带来的欺骗。斯羽不明白,他们是不对等的。他看到的那种纯净,不是原初的单一与干净,一个上了年纪的女人,那种纯净是有底色、有内容的,底下泛海沉舟似的杂质,都被光阴给过滤了,剩下来的,只是表象而已。这些,必得斯羽活得够长够久,才能领悟。

斯羽看着朱砂,细细地抹去朱砂的泪。朱砂顺势把脸靠在他的手上,低声说:"别看着我,我已经很老了。"

说完这句话,朱砂才意识到语意中潜伏着肉麻的成分。这是不公平的,一开始,这就是很不公平的。他那么年轻,那么单纯,而她已经活到了将技巧与本能融为一体的状态,是炉火纯青以后的简静,连她自己都没法理智地分辨本色与表演。即使在面对彼此的时候,他们都像是一只空空的杯子,那也是不一样的,斯羽的空,是空无一物的空,而朱砂则是一只磨砂杯子,盛满了斑驳的液体,她的空,只是光线折射产生的假象。

"我从来没有像现在这样贪生怕死。"斯羽的脸扭曲起来,他没有哭,但那是比哭泣更加痛楚的表情。他抓紧她的手,好像她是他的救命稻草。他说:"我从来没有像现在这样,希望自己是健健康康的,可以活很久很久,久到足以看到您老去的样子……"

朱砂哽咽不已。

斯羽说:"我什么都不要,我只想看到您好好的,我就想看着您……"他猛地转过身去,蹒跚着朝里走去。朱砂跟过去,想要扶住他。

斯羽头也不回地说:"求您别过来,我不要您看见我无力的身体。"

朱砂不放心让他独自待着,她试着安抚他。她慌不择言地说:"别想多了,我好做你的——妈妈了。"

这句话惹恼了斯羽,他像被冒犯了似的,脊背猛地挺直,冷冷地回复道:"即使您想在我们之间划出一道鸿沟,也不必用这种语言。"

朱砂被噎住了,说不出话来。他们僵持着。朱砂很犹豫。斯羽站在马桶跟前,一动不动,瘦削的背影透着一股子决绝。朱砂只好轻声说:"有事叫我。"她转头走了出去,没有关上卫生间的门,背对着斯羽,等待着他。

一阵窸窸窣窣的衣物的声响过后,安静下来。好一会儿,没有小便声,也没有水声。她听着斯羽浊重的呼吸声,他微微喘息着。她担忧着他。然而她知道她不能进去,不能触碰他残存的自尊。她想象着他被疾病摧残的身体,不知道会是多么的瘦骨嶙峋,他的脸色发青,他的皮肤也一定缺乏血色——

她听见一声滞重的响动,她惊惧地回过头去,发现斯羽倒在马桶前,不省人事。她的眼前一黑,险些晕过去。其后的记忆就完全断片了。等她恢复神志,斯羽已经衣衫不整躺在她的怀里,在120的急救大夫进来之前,斯羽一直那样躺在她的怀里。她紧紧搂着他发冷的身子,好像这样就能让他变得暖一些。她喃喃地呼唤着他的名字,每隔一分钟就用手指去试探他微弱的鼻息。

他的眼睛半睁半闭,面容很平静,像是睡得不太安稳。她连衣服都忘记帮他整理,他的私密处完全袒露在她的眼前,如他所言,单薄得像纸片儿,是那么的无力,宛如一具幼鸟的尸体,正在干涸与腐烂,似乎一场大雨过后,就会消逝在泥土中。它的软弱和萎缩,就像他的生命本身。他病弱的身体终究还是背叛了他强悍的心,他不再有气力去爱任何一个人,包括她。

第六章

在这个年纪，每个人都穿着盔甲生活，面具与脸合二为一，不辨真伪，有些东西已经深入腠理，要任性一回是不容易的——最不容易的，就是说服自己。

I

斯羽的健康状况比朱砂预想的还要糟糕,他出现了心力衰竭。恢复的小便不仅毫无意义,而且很快再次无影无踪。他在 ICU 里躺着,朱砂见不到他,只能从主治大夫那里了解他的情形。朱砂连处理自己的伤口都忘掉了,主治大夫打电话给她,她才想起来接连两天都没去治疗了。

她打车去医院。这时候,顾不上危险不危险的,没有斯羽和他的自行车,只能使用公共交通工具。换完药,她在医院里徘徊,她无法去到离斯羽近一些的地方,因为疫情,她甚至连那栋楼都进不去。她坐在花园里,仰望着斯羽所在的方向,有一刻,她觉得自己像个傻子。经过这么多年修炼出来的优雅、理性的人设,在这些天彻底崩塌了,她回到了动辄哭泣的少女时代。这让她很不舒服,她不喜欢失控的状态。

她与罗勒通话,罗勒网购了一台电脑,似乎开启了做课题、写论文、开展线上讲座的生活。但是,这个时段,朱砂看到的是他还在没完没了地跟前妻的现任老公下棋。朱砂突然就受不了了,冲着手机屏幕幽幽地说了一声："我要是死在家里，烂掉了，都没人知道。"

罗勒愣了一下，朝着对面那个男人说："等我一会儿，这局算你赢。"人家不领罗勒这个人情，慢条斯理地说："不急，我喝杯茶去，等着你。"

罗勒对着手机屏幕，打量着朱砂。"你怎么了？"他问，"伤口恢复得怎么样了？"

朱砂说："斯羽病得很厉害。"

罗勒顿了一下，没明白。他说："他那个病，是挺重的，就算将息得好，也很难说后果。"

朱砂强调："我是说，他现在病得特别严重，人在ICU里。"

罗勒紧张了，说："那谁天天送你去换药？"

朱砂说："我打车。"

罗勒说："那挺不安全的，你得做好全套防护措施。"

朱砂说："斯羽怎么办？"

罗勒说："他不是在医院？"

朱砂说："是在医院，可是，我们能不能想想办法？"

罗勒说："我联系一下师妹，看看她老公认不认识肾内科的大夫，找个熟人，能多问问情况。"

朱砂说："我等你消息。"

朱砂挂断电话，站起身来，在花园里不安地走来走去。她不知道为什么要给罗勒打这通电话，即使找到熟人也没用。她问过ICU的大夫，斯羽的状况很凶险。大夫的话是专业的，也是具备科学精神，然而朱砂听到最后，竟然有些顺应天意的意思。

朱砂从斯羽的通讯录里找到他父母的联系方式，备注名很有古意，是父亲、母亲。朱砂打电话过去,两个人丝毫没有推诿,几乎是立即赶了过来。斯羽的父母是一对标致的人物,打扮时尚,外表有神仙眷侣的既视感。他们也没有朱砂想象中的冷漠无情,没听朱砂说完,斯羽妈妈就抢先痛哭了一场。

但是,除了哭,这两人还真是一无是处。斯羽妈妈仓皇失措地问朱砂:"是不是要肾移植? 得一大笔钱吧?"

朱砂说:"不是钱的问题……"

她的话音未落,斯羽爸爸立即表态:"老婆,咱们回家去,砸锅卖铁,不行就把我的肝脏给卖了,听说能换不少钱。"

斯羽妈妈哭着接上来,说:"我的也能卖出去——老师,您是斯羽学校的吧? 我看人家有各种筹集资金的渠道,以前斯羽不肯那么干,现在能不能以咱们的名义找人募捐?"

听到这里,朱砂隐隐觉得这两人不太靠谱。她在医院里的这两天,见了好几个家长,都是孩子得了重病的,没有一个能如此流畅地抒情,更不会立即算计到别人的荷包里去。有一对父母,差不多跟她同时出现在花园里,在冷风中,呆呆地伫立着。那个母亲的眼眶是红肿的,泪水不断落下来,是比号啕大哭更为痛彻心扉的一种悲痛。那个父亲一直在打电话,絮絮地说着孩子的病情,向亲友借钱,在电话这端卑躬屈膝,只差朝着电话跪下去。

斯羽的父母跟别的父母是不同的。朱砂跟他们解释,斯羽已经没法做器官移植,他的生命进入倒计时。斯羽的父母似乎并不意外,或许他们已经预见到了这一天。斯羽妈妈哭了一会儿,就与斯羽爸爸离开了。他们就那样无牵无挂没有下文地走掉了,留下朱砂在风中凌乱。天下还真有这样冷漠的父母，真是"活久见"了。

朱砂在那个花园里待了整整三天。整个白天，她都在台阶上坐着，不时与罗勒通个电话。电话大多是罗勒打过来的，他与她说起准备筹办一次线上学术会议，他已经熟练地掌握了腾讯会议之类的软件。学术会议的主题是灾难电影研究。罗勒与朱砂的头头谈妥了，要在他们的刊物上发表一组相关论文，由朱砂编辑。也就是说，罗勒并非在与朱砂谈情说爱，他是在跟她正经地聊工作。

罗勒说："有几部不错的疫情影片，你可以先看一看。"

朱砂反驳："这种时候，看那样的题材，我做不到。"

罗勒说："那就读一点儿相关的研究资料，这一组论文做好了，会很有价值的。"

朱砂无奈道："我也没有办法读这样的研究资料，现在，我不能忍受任何负面的文字与信息，我觉得我正在被摧毁。"

罗勒温和地说："非常时期，我们往往会处于应激状态。读书是让自己镇定下来的重要途径。孔子说：'人能弘道，非道弘人。'从这个意义上来讲，读的东西还不是紧要的，读法和读到的境界才是最根本的。这个决定了你读的东西以什么方式与你的生命建立关联以及把你的生命带向何处。所谓以毒攻毒，这个时候我们需要读一点儿灾难。"

朱砂想的是，罗勒没有提到斯羽。罗勒不再下象棋，他重新担任她的人生导师。上了年纪的罗勒，肉体的欲望从学术名利中得以宣泄，他已经超越了饮食男女的范畴。这样的罗勒，只关心朱砂的灵魂提升，不关心她的肉身感受。她正在经历的煎熬，他一无所知，也不欲得知。

"斯羽还在 ICU。"朱砂忍不住说道。罗勒说的那些形而上的大道理，什么孔子、主题、会议、论文等,像一大堆碎片,从她的耳边飘过,她一个字都把握不住,此刻她具体而微地面对着奄奄一息的斯羽,那个什么都还没有经历过的、盲目而又隐忍地爱着她的大男孩。

沉默了一会儿,罗勒问:"通知他的父母了吗?"

朱砂说:"通知了。"她没有说,他们来了,又走了。

罗勒说:"他这病,没法子的,交给大夫吧。"顿了顿,又说:"交给天意好了。"

罗勒还说了什么,朱砂完全没有听见。她只知道,不再下象棋的罗勒,从疫情带来的最初的震惊中活了过来,他回到了他的世界,那个完全属于他的、在其中游刃有余的世界。

不过,罗勒联络的熟人好歹还是起了作用。朱砂与那位大夫详细谈过,大夫的语意居然与罗勒高度一致。大夫给了朱砂一个选择的机会,斯羽的心衰暂时稳住了,可以继续住在ICU,也可以转入普通病房。大夫的意思是,在家人的陪伴下,度过临终的日子,或许对病人是一种安慰。

朱砂打电话给斯羽的父母。那两人奇葩透顶,先是问了一遍朱砂住院费的情况,听说ICU的费用朱砂会全额支付,便放下心来,坦率地告诉朱砂,希望斯羽留在ICU,毕竟那里比普通病房的治疗条件更好。

"儿子活着就行,我们不在乎能不能每天见到他。"斯羽妈妈在电话里说。

朱砂不知道应该把这理解成伟大还是自私,总之,她放弃了斯羽的父母,她没法儿从他们那里得到任何有效的支持。从头到尾,他们甚至没有询问朱砂的身份,朱砂含糊地说是斯羽的老师,他们就当她是老师,老师愿意出钱也OK,一切都无所谓,理应跟他们息息相关的儿子,仿佛可有可无。

朱砂决定将斯羽转出ICU,她不想让他一个人孤零零地躺在里面,那是一个在寻常人看来极其可怕的地方,生不如死。办完转出手续,挨到下午,床位才腾出来,斯羽被护工推了出来。

几天不见,斯羽瘦得脱了形,整个人缩成了细小的一团,身上插满了管子、接满了线。这时候,朱砂反倒平静下来,她不是一个没有经历过生死的小女生,毕竟母亲去世前,是由她全天候看护,母亲咽气后,甚至是她亲手为母亲擦拭更衣。她并不畏惧将死时的衰微。面对斯羽,她的心里滋生出一种强烈的温柔,那是给予斯羽最后的、毫无保留的爱。

斯羽并不十分清醒,他会沉睡很久,然后苏醒一小会儿。当他醒来时,默默地睁大着双眼,看向天花板,像一个出生不久的婴儿,迷惘、柔弱。朱砂凑近他,轻轻唤着他的名字。斯羽转过视线,看见了她。

"您在这里?"他嗓音低微。

朱砂小心地握住他的手,他的手扎着留置针,手指有些浮肿。

"我的银行卡,在包里。"他继续说着,"钱,是够的。"

垂危时刻,他提到了钱。朱砂已经了然,钱对于他的意义非同寻常。他是不得不放下身段、拼了命地去挣钱,因为他什么都没有。

"听话,什么都别担心。"朱砂望着他的眼睛。他看起来很疲倦,尽管他努力地睁着双眼,但还是转眼间又睡了过去。他睡得并不安稳,嘴里发出轻微的呻吟,眉头不断地皱起来,像是被莫名的疼痛折磨着。朱砂让护工去打了热水,用热毛巾一点一点地为他擦着身子。他瘦得连皮肤都变成透明状,底下粉色的脂肪与青色的血管清晰可见。温热的毛巾让他舒服了不少,他沉沉地睡着了。

医院的护工大部分被困在了老家，少量没有回家过年的护工成了稀缺资源，做不到一对一的护理，朱砂只得将就雇了一个一对二的护工。护工也不过是打打下手，朱砂除了去给自己的伤口换药，几乎寸步不离开这里。斯羽醒过来，第一眼总是能够看到她。

"让您受累了，您回去吧，我没事的。"斯羽吃力地说道。

"我不想跑来跑去的。"朱砂轻言细语地说。

"您的伤口还没恢复呢，都怪我不争气。"斯羽看着她，他的眼里有那么多的歉意和疼惜。

朱砂什么都没说，用掌心抚摸着他的额头，他的额头是凉凉的，他的身子也是凉凉的。他的体温一直很低。朱砂不停地用手抚摸着他，想把自己的温度传输给他。

"谢谢您。"斯羽突然没头没脑地说道。

朱砂胸中刺痛，她不敢去想斯羽这句未说完的话——谢谢您，让我遇见您。谢谢您，让我爱着您。谢谢您，这样温暖地陪着我。每句话，都会令她潸然泪下。

"过去，我不希望有来世。"斯羽说着，"但是，此刻，我相信下辈子。假如可以，我期待与您血肉相连。"

朱砂看着他。

"您说过，您好做我的妈妈了。"斯羽道，"要是有来生，我做您的儿子，您做我的妈妈。"

朱砂竭力忍住眼泪，轻轻地说："真是那样的话，我会从你出生的第一天开始，无微不至地照顾你，永不离开你。"

斯羽费力地露出一个心满意足的微笑，紧接着，他叹口气，精疲力竭似的闭上眼睛。他又睡着了。朱砂再也控制不住,泪如雨下。

病房是三人间,另外两张床不停地换着病人。疫情初期的医院里住院病人不多,病情稍微稳定的都落荒而逃了。正因为如此,留在住院区里的便都是重病患者,隔不了几日就会有生离死别的情景上演。倒也没那种凄厉的哀号声,陪护的家属稀少,大多是静悄悄地为逝者蒙上白布,用平板车推出去,一个人的一生就此终结了。

有一天,言姐打电话给朱砂。她找不到斯羽。斯羽的手机并没有带来医院。言姐打了几次电话,没人接。再后来,斯羽的手机没电了。言姐便与朱砂联系。言姐是在新西兰发现了几款代购商品,打算推荐给斯羽,说是利润不错。言姐在那头解释了几句,朱砂没吭声,言姐意识到了什么。

“出什么事了吗?”言姐迟疑了一下,问道。

朱砂说:“我回拨给你。”

朱砂挂断电话,用微信视频电话拨给言姐。镜头里,言姐看到了斯羽。斯羽睡着了,病房里只有空调出风口轻微的声响。

“他这样,有多久了?”言姐轻声问。

“从ICU转出来,刚四天。”朱砂说。

“一直昏睡着?”

“嗯。”

言姐不再说什么,她们分别从镜头的内外凝视着苍白羸弱的斯羽。不知过了多久,言姐开腔道:“我第一次发觉,‘病入膏肓’这个词语,是可以望文生义的,您看他,身上那么多白色的线,像被裹在石膏里……”言姐的声音颤抖起来,朱砂分辨不出那是哭,还是笑。

通话猛地断掉了。言姐没有再打过来。隔了一会儿，对话框里出现一个转账信息。朱砂没有点开，她输入一句："不用那个。"言姐倒是没有坚持，对话框出现了"对方正在输入中"，但到底，言姐什么都没说，对话框里沉寂了下来。

夜里，朱砂就睡在病房中。她租了一张窄小的陪护床。那个一对二的护工见她在这里日夜陪伴，乐得偷懒，许久都不露面。朱砂和衣躺在陪护床上，一只手握着斯羽的手。她发现当她握着他的手时，他会睡得好一些。这让她想起了儿子的婴儿时代，小东西容易惊醒，必得她抓着他的小手，方能久睡。斯羽也是这样，像一个刚刚脱离子宫、没有安全感的小婴儿。

朱砂细心护理着斯羽，然而他的情形还是每况愈下。少有的醒来的时间，他开始变得迷糊，喃喃地背诵着一些电影台词，或者在迷乱中抓着朱砂的手，追问自己是在哪里。不过，他从来没有问过朱砂是谁，好像他一直是认得她的。他紧紧握着她的手，仿佛那是他在这世间唯一的依靠。

他身上插着太多管子了，朱砂哪里都不太敢轻易去触碰，除了他输着液的手。斯羽冷冷的手被她握在掌心里，偶尔她也把他的手贴到自己脸上，试图焐热它。

他们就这样待在寂寥的白色病房里，窗户紧闭着，窗外是淡灰色的冬季的天空。因为严重的睡眠不足，也因为手术导致的虚弱，朱砂又困又累，她不时打个盹。在浅睡中，她仿佛拉着斯羽的手，一起离开了这间散发着消毒水气味的屋子，走了出去，去往灰蓝色的大海、绿意葱茏的深山、鸡鸣粥熟的乡村，或是一切具有隐喻色彩之地。她想，那就是所谓的灵魂脱壳吧。她被斯羽引领着，经由凡俗，通向永恒宁静之境。

更为荒诞的是，有一天深夜，她伏在斯羽的病床边，迷离中竟然感到胸部有液体畅流的感觉，像被谁吮吸着。那是斯羽，成年的斯羽钻进她的怀中，使劲吸吮着她的乳汁，刹那间，时光流转，那张脸变成了儿子，幼小的儿子吭哧吭哧地努力吃着奶。她清晰地重温了一遍哺乳带给身体的细微的感受。丰沛的乳汁，犹如壮阔的河流，汹涌着、奔腾着，倾泻而下，充满了安静而柔和的美。她早已没有了年轻时哺育儿子的焦躁、烦闷，也不再是单纯的喂哺，一种莫名的情欲缓慢地流经全身。

朱砂从幻觉中苏醒过来，依旧是在灯光冷寂的病房中，床头的仪器时不时地发出嘀的一声。斯羽沉睡着，他的手不知何时脱离了她的掌心，搁在她的胸口处，指尖正对着她的乳房，惨白干瘦。她拿起他的手，放到唇边，轻轻吻了吻。她看着他瘦小得不像话的脸腮，情不自禁地凑过去，吻着他的眉头、眼睫毛。她没法亲吻他发白的嘴唇，因为那里插着氧气管。

那是深夜。在那个深夜，朱砂不敢再闭上双眼，唯恐再醒来时，斯羽那微弱的呼吸和温度就会消失不见。她是那样恐惧，生怕失去了他。她又是那样肯定地确认着对他的感情，毫无疑问，她爱他，她不介意那是怎样的爱，是对罗勒的那种爱，还是对儿子的那种爱，都不要紧。她只知道，她不能失去他，这是她的心爱之人。她神经质地去试着他的鼻息，久久地凝视着无知无觉的他，一遍又一遍地亲吻他的手，这一切行止都恍若昨日——她记起来了，在遭遇产后抑郁症袭击之前，她曾经有过很短的一段时间，也是这样深爱着从自己的身体里萌生出来的儿子，那个让她熟悉又陌生的新生儿，她也曾如此胆战心惊、如履薄冰地爱着他。潜意识里，她完全混淆了眼前的斯羽，和若干年前的儿子。

这是夜里的朱砂。白日的朱砂则是理智的。她吩咐那个一对二的护工照看斯羽的点滴瓶,她就靠在椅子上小憩。大夫查房以后,她会跟过去问一问斯羽的生命指征。将近中午时,她到自己的主治大夫那里治疗伤口。她的伤口已经恢复了很多,只是治疗还需要持续下去。她不再等着主治大夫的提醒和催促,每天午后准时去一趟治疗室,同时请大夫开了增强免疫力的药物,她需要尽快恢复元气,以便有足够的精力去照拂斯羽。

　　她决定陪伴斯羽走到最后一刻。无论疫情走向如何,她都会不管不顾。手术后的病假已经到期,由于疫情,杂志社没有安排大家到办公室值班,即使要求她去上班,她也会请假。至于罗勒那组文章,她交代给一个新来的年轻编辑,做一些基础性的辅助工作。她不会分心去做任何别的事,她的世界里,只有斯羽。

　　在这个年纪,每个人都穿着盔甲生活,面具与脸合二为一,不辨真伪,有些东西已经深入膝理,要任性一回是不容易的——最不容易的,就是说服自己。这么多年来,朱砂已经演化和修炼出一种疏淡的生活姿态,呈现出学术论文似的经世致用的端正感。要解构这个被她精心勾勒与描绘的世界,不是一朝一夕的事情。但是朱砂告诉自己,她一定能做到,没有什么能阻拦她。

　　这是夜晚。到了早晨,她得到了一个突如其来的消息。

II

来电显示是一个陌生号码。开头朱砂没打算接听。清早是医院最为忙乱的辰光，查房以后，新的用药方案就要启用。斯羽日夜不休地输着液，但每天的点滴可能会有一些调整。他已经不能进食，朱砂会用棉签浸水，润一润他干枯的唇部。她轻手轻脚地避开那些管线，用毛巾给他擦脸、擦手。她买的是婴儿专用的纱布毛巾，她觉得他的皮肤比婴儿还要脆弱。

那个号码不断地打进来，一共五次。第六次，她接了。是个不那么熟悉的声音，介于熟悉和陌生之间。与交往的密集程度无关，纯粹是时间的因素，太久太久没有听到她的嗓音了，久到仿佛上个世纪那么遥远，久到仿佛是上辈子，中间已经隔着一次生与死。

那是青豆。

这些年，她们从来没有直接通过电话。朱砂去见儿子的时候，青豆总是刻意回避，她藏匿在前夫与儿子的身后，无处不在，却又无从触及。她通过短信和微信向朱砂传达着儿子的近况，但是她从不打电话。儿子以朱砂肉眼可见的速度茁壮成长，一种既虚空又具象的气质伴随着儿子的整个成长过程。朱砂明白，青豆是这种安宁悠然的气质的施行者，也是相应的承受者，其内在肌理，是以朱砂难以窥见的、仅存于青豆和儿子之间的互动，方能细致寻绎的。朱砂必须承认，她对儿子与青豆之间的这份宁静美好的感情嫉妒得要命，尤其是青豆身上那种不可摧毁的、焕发着神性意韵的母性光芒，绝不仅仅作为一个表示美的能指而存在，它就是一把实实在在的刀刃，每时每刻都在肢解着朱砂身为女性的自我认知。

因此，她拒绝与青豆发生任何有可能的对话。

这通电话，朱砂备感意外。青豆也并非若无其事，她很紧张，甚至有些结巴。朱砂隔着听筒，都能想象她那副胆怯的模样。相反，朱砂是平静的，不是善于掩饰的平静，而是心不在焉的平静。她的心思根本没有放在青豆说的内容上，她的目光须臾不离斯羽。这会儿，斯羽清醒着，醒过来的斯羽看起来比在睡眠之中还要疲惫，他的两腮已经枯瘦得凹陷下去，显得眼睛大而空洞。他静静地看着天花板，隔一会儿，稍稍转过头去，看一看窗外灰蓝色的天。天色清朗，散开的云层不断变换着形状，像是所有美的事物。他一直是这样，若非朱砂唤他，他就会一直那样盯着天花板，或是盯着窗外的天空，直到再度进入昏睡中。

然而青豆的话，到底还是从一堆话语的碎片和灰烬中冉冉升起，朱砂终究被其中重要的语意给捉住了——小娜要生孩子了。不是普通的生产，这是一场危机四伏的分娩。之前，小娜的产检像教科书上写的那样顺利，原本预备在县城妇幼保健院顺产，但小娜突然出现先兆子痫，这是弄不好就会母子双亡的产科重症。小娜被火速转往成都的医院，同行的只有朱砂的儿子。前夫和青豆都因为疫情被隔离在小区里。小娜就这样住进了华西医院的产科，儿子已经在那里照料了小半个月。

这些信息一旦拼凑起来，朱砂立即意识到自己在儿子的生活里，就是一个不折不扣的旁观者。小娜怀孕的事情，她并不知情。这不是常态。儿子的大事，前夫、青豆或是儿子本人，必然会告诉她一声，哪怕是一些不起眼的小事，他们也会原原本本地说给她听，用这样的方式确认着她的价值。可是，这一回，不知道是哪个环节出现了偏差，那一家子欢天喜地之余，竟然忘记知会她。朱砂想起手术前给儿子打的那通电话，陪着小娜逛装修市场的儿子，只字未提小娜怀孕了，推算起来，那时小娜的肚子应该已经很大了。或许他们都觉得这是朱砂必然会得到的消息，他们也都以为对方会告知朱砂，但是朱砂一无所知。

不过，她来不及质疑自己在这桩喜事中的角色，因为接下来，青豆就开始用一种试探的、巴结的语气跟她商量，请求她去医院照看小娜一阵子。儿子感冒了，发着低烧，而在疫情期间，轻微的呼吸道感染都是可怕的。儿子被要求居家隔离观察，他在医院附近的出租屋里待着，心急火燎。小娜的祖籍是湖北，她的父母和一众家人按照惯例，年前回湖北老家祭祖，就此滞留在老家。在成都，他们没有别的亲友可以托付。

更糟糕的是，小娜的病区里找不到护工。这样一来，小娜就孤零零地躺在了医院里，独自面对着自己与胎儿不可测的下一步。

"可以请你帮忙去看看小娜吗？"青豆在塞过来一大堆乱七八糟的、极具抽象性的话语以后，加倍小心地说出了最为重要的一句话。

朱砂厌恶青豆说话的方式，这种试探，这种巴结，似乎青豆才是儿子的生母，而她不过是一个袖手旁观的路人。她的心里奔腾过一万匹脱缰的野马。

不过,这不是赌气的时候,她按捺着性子,耐心地询问了一遍关键环节,包括小娜的状况,以及各路亲友所在的位置。青豆逐一地回复后,朱砂意识到,这不只是一个坎过不过得去的问题,而是后面还有一个接着一个的坎。不仅小娜垂危,她腹中的胎儿尚未足月,儿子把她送到医院后,做的第一件事就是签署病危通知书。

挂断电话,朱砂起身,走到窗前,像斯羽一样呆望着天空。小娜那里,必须要去;斯羽这里,必须留下。这不是一道选择题,而是两道问答题,答案都是恒定的,也都是唯一的。她想起索福克勒斯在《安提戈涅》里写过一句话:你愿意生,我愿意死。此刻,她站在生与死的中间,而天色如此清朗,真是讽刺至极。

不知过了多久,她听见护工在按呼叫铃,提醒护士为斯羽更换输液瓶。幸亏这个一对二的护工,无所事事地来看了一眼,发觉斯羽的点滴输完了。

"这得时刻盯着,空气进入体内,麻烦就大了。"护工叮嘱朱砂。

朱砂突然就火了,她没有发飙,只是淡然地却坚决地对护工说:"今天下午开始,我要去别的地方,他就由你来照管了。"

说完这句话,她内心十分惊愕。如此艰难的决定,在这个命令里,竟然轻易得以呈现。护工也很惊讶,这份薪水本来赚得很轻松,现在要调整节奏,增加工作量,势必关涉精力和时间的重新安排。

当下护工就支支吾吾地说道:"那个,您可不能撒手啊,我一个人忙不过来的,那屋的那个老大爷,闹腾得很,家属又都没在身边,一时见不到人,就会大骂大叫的……"

朱砂制止她说下去:"我不会撒手的。"

护工说:"那您可得快点儿回来。"

朱砂说:"肯定的。"

护工说:"那边的输液也快完了,我去看看。"说完就趔趄着走开了。朱砂走到斯羽身旁,斯羽一直苏醒着,他转过视线,手指轻轻动了动,朱砂会意,握住他的手。他的眼睛看起来是清朗的,不是那种迷迷糊糊的状态。

朱砂坐下来,面对着他,低声说:"你都听到了,我得去看一眼小娜。"

斯羽的嘴唇翕动着,手指也动了一下,他已经说不出话来。但他的眼神中微微有光,朱砂愿意理解为对她的支持。若时光倒流,他必然会骑着自行车,送她去看小娜。朱砂想到那辆自行车,如今就停在小区的车棚里,坏掉了,还没来得及去修理。不知道斯羽还有没有机会再去骑那辆车,一念至此,朱砂眼窝一酸,险些落下泪来。

斯羽的手又动了一下,这一回,是挣扎着从她的手里抽出。他的目光也从她身上移开,转向窗外。朱砂站起身来,再看了斯羽一眼,斯羽已经合上双眼,不知道是累了,还是睡着了。她急急地转过头去,险些撞到点滴架,她快速往外走,她明白,如果她不能立即走开,可能就再也没有勇气离开。

在病房外,她找到护理公司的负责人,试图找一个一对一的护工,多少钱她都肯。但是,确实没有人,连那个负责人自个儿都从管理岗位进入一线,承担了一份一对三的活儿。朱砂到隔壁病房找到先前的护工,千叮咛万嘱咐,临走时还给了一个红包,嘱托她务必留心斯羽。护工接过红包,嘴里答应着,仍是提醒朱砂早早返回,她此时照看的那位大爷,不是省油的灯,她担心自己分身乏术。

朱砂再去值班室里见过当班大夫,那是一名实习生,翻出斯羽的病历,说了一些医学名词,没有得出任何结论。朱砂追问斯羽能不能挨过这几天,实习大夫耸耸肩膀,说要问主治大夫。朱砂通过罗勒联系的熟人,打电话给主治大夫,希望将斯羽转回 ICU,对方答应是答应了,但是需要等到第二天。

朱砂牵肠挂肚之下,无奈地朝着小娜的病区走去。

从斯羽住院的地方,到小娜的病房,步行不过十来分钟。朱砂一边走着,一边打电话给罗勒。罗勒没有接电话,发短信过来,说是在给别的学校做国家级课题的申报辅导,线上交流。朱砂没有回复。隔了一会儿,罗勒打过来,说是中场歇息一下,问她是不是有急事。

朱砂顾不得许多,说了眼下的窘况。斯羽垂危,小娜和肚子里的孩子也有危险,她一个人没法掰成两个。她走得很急,语速也就变得急迫,毕竟肺部手术不久,她很快就有些气喘吁吁的,不得不停下来。她意识到自己语无伦次,她的话语里有过于浓重的主观色彩,欠缺理性规范。她既没有提出解决的方案,也没有表达出对这件事的价值判断。而且在这种要命的时刻,她居然旁逸斜出地想着,提出诗意的逻辑这种说法的专家真是有病,世间哪有这回事,很多时候,诗意与逻辑其实是一种天然对抗的关系。

罗勒静默地听完,立即提出了一套行之有效的方案。他会联系师妹的先生,也就是朱砂的主治大夫,请他斡旋,一是帮小娜找一个权威的产科大夫,二是再次联系斯羽的主治大夫,请对方留意斯羽,尽快转入 ICU。

"事分轻重缓急,目前小娜最要紧,你安心陪着小娜,斯羽那边,我会留下我的手机号码,有事与我联络。"罗勒的话充满了毋庸置疑的味道。

朱砂听上去，天衣无缝，她觉得他是对的。潜意识里，她感激他的措辞，他说的是"轻重缓急"，而不是"亲疏远近"。假如他用了后者，她的内心必然会产生本能的抵触。

"告诉大夫，钱不是问题。"朱砂对罗勒强调。停了一下，她补充了一句："由我来负担。"

罗勒淡淡地说："知道了。"

罗勒挂断了电话。朱砂相信他会妥善地落实每一件事，他就是那样的人，尽管本质上是一位学者，但凡事妥帖、周到，给人值得倚重的感觉。认识斯羽，是因为罗勒。末了，到底还是将斯羽托付给了罗勒。

见到小娜的时候，朱砂庆幸自己立即赶了过来。小娜的手脚肿得老高，心脏的负荷已经接近极限。大夫每隔一小时就会来一次，测量各项生命体征。小娜又惊又吓，哭个不停。她跟儿子的视频通话就没有关过，儿子在屏幕那头给她打气，她就在这边哭泣。

朱砂的到来，让这惶恐惊惧的小两口有了主心骨。罗勒找的大夫也打过招呼了，她是该院著名的产科大夫，号称成都市"产科第一刀"，来到小娜床前，查看了病历和检查单，发觉胎儿出现了轻微的宫内窘迫，拖下去对大人、小孩都是不利的，因此当机立断做出了翌日进行剖宫产手术的决定，由她亲手主刀。尽管有名医傍身，但小娜的情绪波动依然严重，忧虑胎儿太小，想要多撑一撑却又害怕自己撑不下去，六神无主。

那真是兵荒马乱的一夜。小娜这边一纠结，血压和尿蛋白的数据简直不能看。到了后半夜，症状加重，小娜嚷嚷着头痛、眼睛看不清楚，急诊大夫过来一看，立即指挥着联系手术室，说是再晚一点，搞不好一尸两命。混乱中，一沓手术知情同意书被送到朱砂跟前，她签完字，小娜已经被推走了。

凌晨三点的走廊里，朱砂独自一人，忐忑不安。她背靠着墙壁，竭力让自己镇定。她没有通知儿子，儿子困在出租屋里，让他知道了，他也没法过来，徒增烦恼罢了。她也没有联系前夫和青豆，他们距离更远，完全帮不上忙。

朱砂犹豫了一下，拨通了那位"产科第一刀"的电话，进手术室的是急诊大夫，她不太放心。产科大夫的手机竟然没有关机，打了两遍，就接了。朱砂一再抱歉，说明身份和状况，对方很客气，没有起床气，但告诉她，自己住在城南，开车过来二十多分钟，等不到她抵达，孩子就出生了。

大夫说得没错，通完电话不到两分钟，孩子裹在褴褓里，躺在一个年轻护士的臂弯里，被抱了出来。一丁点大的小身子，巴掌大的小脸，皮肤上都是褶皱，像个老人家。那护士用一只手很是随意地揽着娃，仿佛抱着一个布娃娃那样稀松平常。

"家属跟我来。"护士大声说，也不解释，拔脚就朝电梯口去。朱砂赶紧跟上，护士走得飞快，她小跑着跟上，来不及细看那小东西，也来不及询问究竟。

护士熟门熟路地搭电梯、上楼、下楼，转得朱砂晕头转向的，不知怎么就到了新生儿ICU。按了铃，里面有大夫出来，把宝宝接进去，门就再度关上了。朱砂回头一看，产房里的那个护士也早就消失无踪。走廊里一个人都没有了，新生的宝宝呢？朱砂不禁出了一身冷汗，像是做了个噩梦。

ICU的门再度打开，刚才那个大夫出来了，又是一沓单子，让朱砂签字。朱砂瞥了一眼，一瞬间，危重儿、重度缺氧、预后不良、脑瘫之类的名词，脱离了那些单子，飘浮起来，在朱砂眼前晃动。朱砂晕得厉害，她掐住自己的人中,好歹没让自己倒下去。

签完这沓单子,还有下一沓,是账单。大夫让朱砂去给孩子办理住院手续。朱砂点头不迭,捏着那些单子,像捏着孩子的命,也没人催她,但她怎么都控制不住自己的速度,一溜烟地小跑,奔到财务室里,刷卡缴费。缴费窗口有APP的操作方法,她当场就下载了。

这时,电话响了,是手术室打来的。小娜的手术结束了,也要转入产科ICU,需要家属签字缴费。朱砂跌跌撞撞地赶过去,正好见到小娜被推出来。她走向前去,小娜睁着双眼,看到她,虚弱地开口问道:"宝宝呢?"

"宝宝很好,非常健康。"朱砂立即说。

小娜松了一口气,累极了似的,闭上眼睛。朱砂跟着护士将小娜推去产科ICU,重复了一遍先前的流程:签字、缴费。

终于回到新生儿ICU门外,朱砂学着先前产科护士那样,按了铃,里面的大夫出来了,接过缴费单据,递出来一张新的单子,这一回,是新生儿的日用品清单,有尿不湿、奶瓶、奶粉、痱子粉之类的,长长的一溜。

朱砂得令,不敢懈怠,立马去办。深更半夜,她满大街地走着,街上一辆车都没有。她在手机上不断地查找,终于找到一家24小时超市,跟着导航步行过去,一看,疫情期间,已经打烊。她累得险些瘫倒下去。在绝望中,她缓缓往回走。天色逐渐亮了,街道两边的店铺依旧毫无动静。

当她精疲力竭地走回医院,竟然意外地发现,门诊大厅角落里,就在售卖那些东西。她喜极而泣,奔过去,让人家只管拿最贵的婴儿用品。她两手拎得满满的,送去新生儿ICU。直到此时,她才惊觉,连宝宝是男是女都尚未得知。

"是个妹妹。"大夫说。

朱砂提出了一个请求，拜托大夫帮忙拍张照片。她根本没来得及拍照。大夫很是通情达理，接过她的手机，进行常规消毒以后，帮她拍了几张照片，又把手机送出来。

照片里的小婴儿睡得很香，鼻孔里接上了氧气管，眉眼看起来特别像儿子。儿子生下来就是一个大个子，这小小的婴儿像儿子的袖珍版，嘴角的弧度完全是儿子的翻版。

这个体重三斤八两的小姑娘，成功地在家里掀起了惊涛骇浪。朱砂拨通了儿子的电话，儿子从睡梦中被吵醒。那样一个乐呵呵的大个子，白天还在视频里给小娜讲段子，一听朱砂说小娜生下了女儿，女儿被送进了新生儿ICU，一时间悲喜交集，泣不成声。朱砂把宝宝的照片发给了儿子。

"是个漂亮宝贝。"朱砂说。

"谢谢老妈，您辛苦了。"儿子哽咽着说。

朱砂一怔，这是一个微妙的称号。"老妈"曾经是青豆专属的称谓，在这个夜晚之后，朱砂终于得以跟她共享。朱砂来不及琢磨这场突如其来的回归，因为事情还远远没完。ICU的电话来了，宝宝呼吸急促，大夫让朱砂赶紧带去拍个胸片。

又是一轮领单子、缴费，朱砂从大夫手里接过婴儿时，整个人都是蒙的。宝宝太小了，她像捧着稀世珍宝似的抱着她，生怕伤了小脑袋、小脖子、小胳膊、小腿。做胸透的时候，宝宝醒过来，挣扎得很凶，那么小的一团肉肉，居然有那么大的力气。她被叫进去，穿上防护衣，摁着宝宝不让动。

宝宝乌黑的眼睛滴溜溜地转着，停留在她的脸上，也不知道是否看到了她，突然，咧开嘴，露出一个大大的笑容。朱砂的心都要萌化了。就在这一刻,她意识到,与儿子和青豆的那些计较、博弈,都显得毫无意义,它们在刹那间灰飞烟灭,一种新的秩序,正经由这个软软的小生命,理直气壮地建构起来。

胸片提示宝宝的肺部有炎症,大夫给她注射了抗生素。当朱砂按照大夫的吩咐,抱着宝宝又去做头部CT时,那被扎过针的小额头贴着肉色的胶布,看上去可怜兮兮的。这一回,宝宝睡着了,检查很顺利。然而那些辐射,朱砂是懂得的,她如履薄冰地将宝宝送到检查室里。等待的间歇,她惊异地察觉到,从不信鬼神的自己,竟然在心里念念有词地为宝宝祈祷。

这些细节,朱砂在电话里事无巨细地说给儿子听。他们一天要通很多次电话,儿子渴望知道一切,每一个点都能被他追问出一大堆为什么。朱砂很有耐性,一件一件地说着,他们之间说过的话,比过去二十几年加起来的总和还要多。

小娜在ICU里躺了一晚后,被转到了普通病房。朱砂一个人照顾着产妇。剖宫产手术后的排气、第一次下床、喂初乳,凡此种种,都让她手忙脚乱。还得向小娜隐瞒宝宝的病情,只说因为早产和低体重,宝宝不得不在保温箱里住几天。新生儿ICU来电话,必须背着小娜接听。偏偏小娜敏感得很,只要朱砂的电话一响,就急不可耐地支起身子,问是不是宝宝的主治大夫打来的。朱砂一离开,小娜就泪眼汪汪,怀疑宝宝有个三长两短。那几天,朱砂对着小娜撒了无数的谎。

有一晚,小娜睡着以后,朱砂拿着水壶,到开水间里去接水。她忽然累得撑不住,就在楼道里坐了下来。这几天,她一直处在应激状态中,在一种很不真实的亢奋中,脑袋里却是空洞的,无暇去思考,就像一个空心人。

此刻,她疲倦至极地扶住自己的额头,在昏暗的楼梯上呆坐着。她总觉得有什么重要的事情被自己给遗漏了,但她什么都没有想起来,眼前全是宝宝输液后的额头。胶布的边缘,是一团淤青,那是怎么一回事呢? 宝宝的小嘴巴旁边还有一圈奶渍,她是呛奶了吗? 朱砂苦苦琢磨着。她想着为宝宝签过的那些单子,那些恐怖的关于后遗症的字眼,闷闷地堵塞在心头,像一块消化不了的大石头。

宝宝的病情,她还没有告诉儿子,她不想让他跟着担心。她也没有告诉罗勒,罗勒打过电话来,她轻描淡写地用近乎写实的手法描述了一下现状。她独自承受着关于宝宝的事,这是一个很沉很沉的秘密,沉到快要让她喘不过气来。她还从未如此失魂落魄过,除了另外一个相似的时刻——

她猛地抬起头来,一张枯干的脸与宝宝青白色的额头重叠起来,出现在她眼前。她想起他来,一个濒死的年轻男人,斯羽。在离开斯羽三天也就是整整七十二小时以后,她才重新想起他。

III

宝宝的百日宴就在家里举行。仪式很简单,也没有别的客人。远道而来的只有宝宝的外公外婆,他们在湖北解封以后,回到了四川,隔离期满后,迫不及待地赶来成都看宝宝。

宝宝将近两个月大时第一次被逗笑,将近三个月大时学会翻身,大夫的恐吓像一道魔咒,终究被坚强的宝宝打败。没有脑瘫的迹象,也没有别的什么问题,她像别的孩子一样,能吃能睡能拉。家里也跟别的新添了孩子的家庭一样,全家人集体围观宝宝洗澡、喝奶,屎尿屁成了一家子关注的焦点。

由于疫情,儿子一家子就在成都住了下来,住在罗勒和朱砂的家里。这是罗勒亲口发出的邀请,他从前岳母的家里回到成都时,刚好赶上宝宝出院,他亲自驾车去医院接回了宝宝。前夫和青豆随即也赶了过来,他们接过了朱砂手里的活,照顾着小娜和宝宝。幸好房子足够大,住得下这满满当当的一大家子人。

儿子先前是按照在县城生产做的准备,到了成都,临时订不到月子中心,月嫂也大多被困在老家。偏巧宝宝睡眠颠倒,并且极度缺乏安全感,日日夜夜都要抱在手里,放到床上就哭个不停,像是那些棉被里有刺。几个人连轴转,轮流哄宝宝。朱砂这一通折腾下来,新添了腱鞘炎和腰椎间盘突出症。

育儿队伍庞大,可是事情仿佛越来越多,每个人都忙得团团转。罗勒上完网课以后,不会像过去那样,把自己关在书房里看书写文章,他每每踱到宝宝的房间里,看一看宝宝。罗勒居然是所有人里面最有耐心的,当宝宝哭到声嘶力竭,大家轮流哄娃失败时,罗勒总是最后一个闪亮登场,而宝宝一定给足面子,在罗勒的怀里待上一小会儿,便酣然入眠。

有时大家在育儿方式上有分歧,罗勒会兢兢业业地参加辩论。他的话未必有道理,有时甚至流于迂腐,但态度是格外恭谨的,表现出高度重视宝宝的立场。朱砂明白,所有的这些,都是出于罗勒对她的尊重。她意识到这是一种回报,当她不去纠缠罗勒的前妻、言姐,甚至前岳母时,罗勒跟明镜似的,将她的明事懂理都记在了心里。

百日宴由青豆和小娜的母亲操刀,做了满满当当一大桌家常菜。朱砂没有去厨房打下手,她抱着宝宝站在楼顶花园里,指给宝宝看花盆里种植的那些小葱、蒜苗。那是青豆来了以后种下的。朱砂种花,青豆种菜。春天来了,花开了,菜也发芽了。

朱砂与青豆处在极为暧昧的状态中,她们会聊天,聊的都是宝宝的事,借着宝宝,青豆也会怀念儿子从小到大的各种糗事,有好多好多的事,朱砂都毫不知情。她甚至不知道,儿子在初恋之后、和小娜谈恋爱之前,还有过一个谈婚论嫁的女朋友,对方劈腿,嫁给了县城里的一个富二代,儿子痛不欲生，有一次在酒吧里喝到酩酊大醉，连手机都丢了。大半夜的，青豆和前夫满大街找人，末了是在街心花园捡回席地而眠的儿子。之后，青豆鼓励儿子去一趟西藏，那是儿子原来打算跟前女友去度蜜月的地方。儿子还真去了，一个人，当背包客。在墨脱，他遇见了小娜——朱砂以前不知道儿子与小娜是如何相识的，当小娜出现在朱砂的世界里时，身份已是儿子的未婚妻。在小娜生孩子以前，她们统共才见过三次面。在产科医院里的那一段经历，让她们迅速地熟识起来，朱砂能够清晰地感受到小娜对她的信任与依赖。专属于她俩的那种患难与共的情愫，是任何人都难以取代的，即使是青豆到来以后。不仅如此，哪怕是小娜的亲妈来了，这一切都不会改变。

朱砂摘下一小根青葱，让宝宝嗅一嗅不同的气息。宝宝打了个喷嚏，小眉头皱了起来。朱砂笑着亲吻她柔软的头发。罗勒走了过来，宝宝一见他，就欢喜地蹦跶。罗勒伸手接过宝宝。

"老年人经常说，有小朋友缘的人，是有福之人。"朱砂笑道。

罗勒笑着说："小朋友喜欢我，大朋友可就未必了。我那些学生，大多躲着我。"当他提到"学生"两个字时，朱砂的心不知怎么的，突然漏跳了两拍。然而罗勒接着说了下去，他说的是："只有斯羽，他很愿意到我们的身边来。"

朱砂像是被捅了一刀，蓦然间有些站立不稳。她不由得抓住身旁的花架，那些花盆吃了力，一阵丁零当啷地响。罗勒充耳不闻，只是握着宝宝的小手，跟她跳华尔兹，宝宝被逗得发出清脆的笑声。

罗勒停下脚步，兀自说道："这孩子可惜了，那么短暂的生命，到尽头，连自己的父母都不肯送一程。若不是遇到你，他还不知道会是怎样的结局,横尸街头都是有可能的。"

朱砂一个字都说不出来,她不知道罗勒对这件事知道多少。后来,她问过护工,护工说,斯羽在弥留阶段,什么话都没有留下,只是一个劲地朝门边张望,眼神都快涣散了,还是脸对着门,似乎是在等待着谁。

就是这些。

被困在前岳母家的罗勒通过熟人找到大夫,接管了斯羽,罗勒甚至在电话里交代斯羽的护工,不要去打扰朱砂,让朱砂全力以赴地陪伴小娜母女。罗勒有没有从护工那里了解到斯羽临终前的细节,朱砂不得而知。不过,就算护工重新干巴巴地叙述一遍,也没什么不妥之处。退一万步来讲,即便罗勒知道了一点风吹草动,那也没什么大不了的。以罗勒的世故和阅历,他会看得透,也会选择原谅。他会明白这是朱砂的生活史与情感史中一段不起眼的篇章,这个女人和所有同龄的别的女人一样,既是有情的,更是无情的。

对罗勒的做法,朱砂也无可指摘。他处理得很圆满,每个人都照顾到了,就连斯羽的后事,他也千方百计地知会了他的父母。他考虑到了所有的人、所有的事,即使有什么遗憾,那也绝对不是他的问题。

朱砂不认为斯羽会责怪自己,因为他一定希望朱砂跟儿子和青豆前嫌尽释,他是那样的人。他愿意她得到内心的清明与安宁。没什么是不对的,斯羽那样重的病,死亡亦是意料之中。

只是,她的一颗心,再也不能回到过去。她再也不能若无其事地想到斯羽,就像是想到任何一个不相干的年轻男人。她也再不能与罗勒聊起斯羽,那是她的禁忌。即使是罗勒,她发现,她也没有办法再像以前那样,漫不经心地去爱着他。现在,爱是她不可触碰的一道伤,她要努力去避开它，无欲无求地度过余下的中年时光，以及即将到来的暮年。

百日宴的菜品很好，几个男人喝了一点酒，气氛就更为融洽了。大家为宝宝挑选的礼物也被拿出来逐一欣赏，每件礼物都获得了足够夸张的喝彩声。坐在这间餐厅里的人全都幸运地躲过了疫情，也躲过了别的各种各样的天灾、人祸，就连青豆都违背了大夫的医学诊断，一年又一年地活下去。

朱砂最近听罗勒说起，盛夏联系了徐秘书，申请参加下一轮毕业答辩，他终究还是在乎这张毕业证书的，他不会无端端地让自己成为一个莫名其妙的情圣。言姐也拿到了澳大利亚一所名校传媒专业的硕士录取通知书，她的母亲送她到澳大利亚后，就打算返回国内。言姐会在澳大利亚继续完成她的学业。这些人，他们一定都在背地里为斯羽哭泣过，但是，眼泪风干以后，日子照旧不疾不徐地过下去。

至于朱砂，她最终取到了大病理报告，跟手术中的判断是一致的，用大夫的原话说，只要不作，活到中国女性的平均寿命是没问题的。

家里还颇有些喜事，罗勒在年前申报的一项重大评审，新近得到消息，大概率是通过了。这样一来，如若启动文科一级教授的审核，罗勒就有资格申报了。这是最为顶尖的荣誉，意味着罗勒进入学术圈的最顶端，那里聚集着最少的一小撮人，掌握着最为浩瀚的学术资源。

此外，在罗勒的运作下，朱砂成功地战胜了所有的对手，当上了刊物的副主编。在杂志社里，也算是进入了说话算话的领导层，视野与格局又将迈上新的高度。

在朱砂的身边，没有人死去，没有人提前离场，大家都是一边被生活虐得死去活来，一边紧紧看顾着自己的小命，兴兴头头地求取功名、繁衍生息。

除了斯羽。

斯羽走在宝宝出生时的那个凌晨，没来得及与朱砂说一声再见。